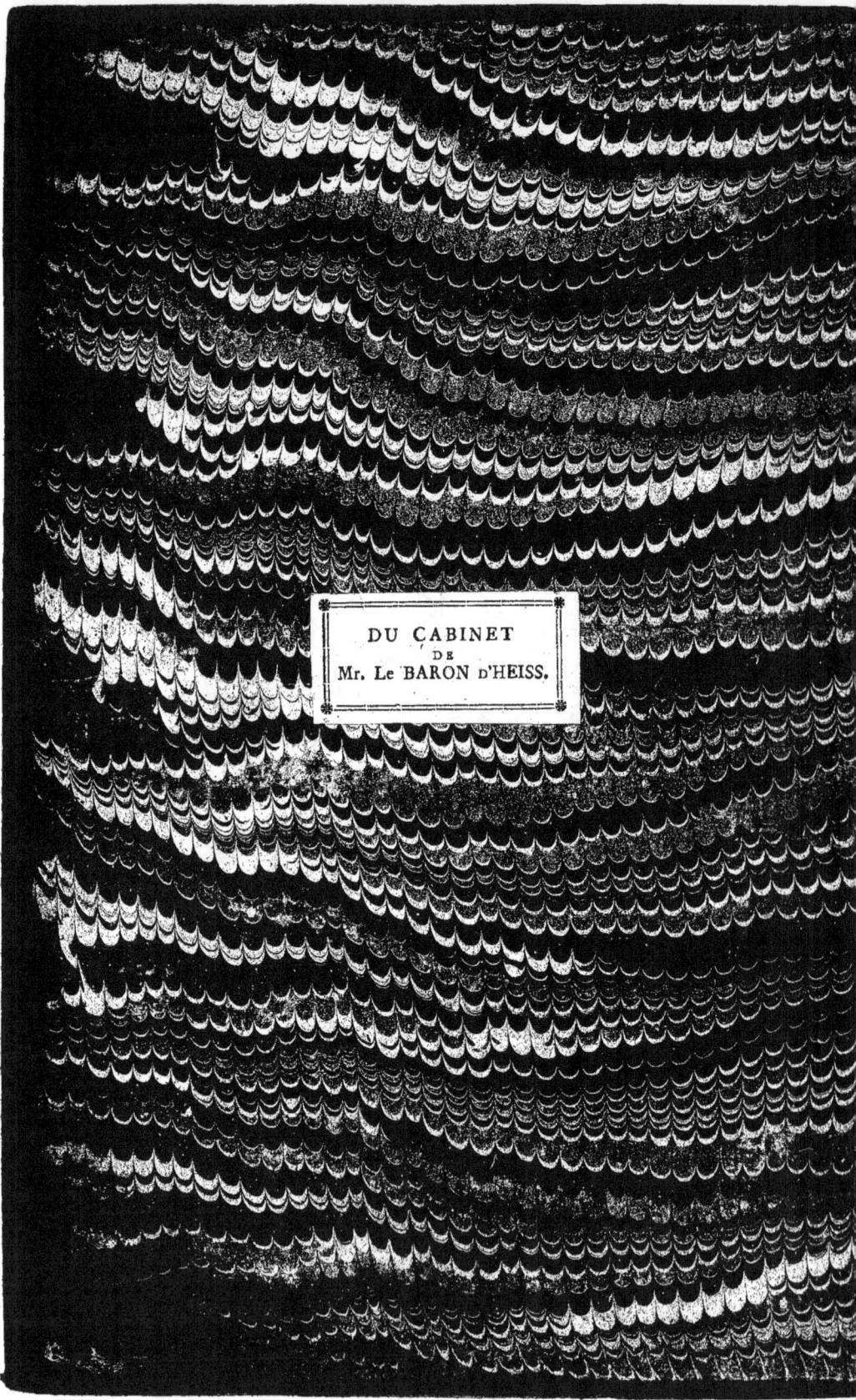

DU CABINET
DE
Mr. Le BARON D'HEISS.

ji lay en d un troc fair auec boistes
il uens y gtd

Filemen et Arta N° 3785. 1612.

LES REVERIES

OU

MEMOIRES

SUR L'ART DE LA GUERRE

DE

MAURICE COMTE DE SAXE,

DUC DE COURLANDE ET DE SEMIGALLE,

MARECHAL-GENERAL DES ARME'ES DE S. M. T. C. &c. &c. &c.

DEDIÉS A MESSIEURS LES OFFICIERS GENERAUX

PAR MR. DE BONNEVILLE *Capitaine Ingenieur de Campagne de Sa Majesté le Roi de Prusse.*

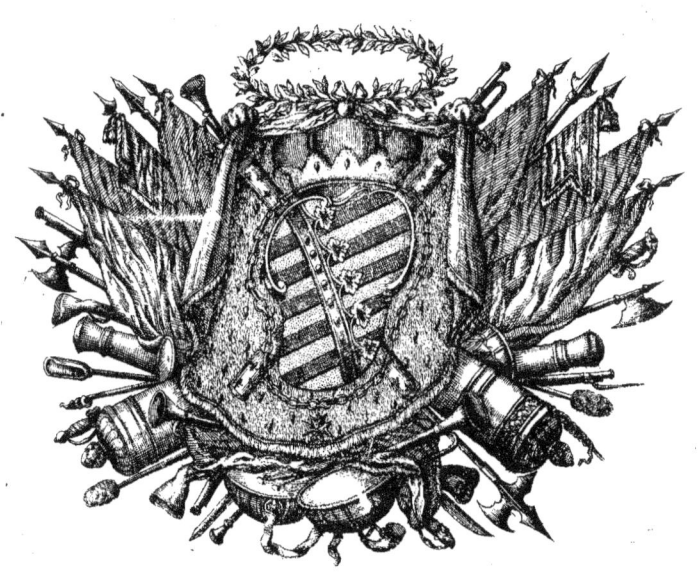

A LA HAYE,

CHEZ PIERRE GOSSE Junior, *Libr.* de S. A. R.

M. D. C. C. L. V. I.

EPITRE DEDICATOIRE

A

MESSIEURS LES OFFICIERS GENERAUX.

Messieurs,

CET Ouvrage, que j'ai l'honneur de vous dedier ne peut qu'être bien reçu venant d'un Auteur ſi Illuſtre: c'eſt dans cette confiance que j'ai celui de vous le preſenter.

A qui pouvois-je mieux l'offrir qu'à Vous, MES-SIEURS, puisqu'il n'a été fait que pour votre ufage? Recevez-le donc comme un bien qui vous appartenoit, que je ne fais que vous reftituer, & non comme un hommage que fait le vil Adula-teur dans fon Epitre dicté par la flatterie ou l'in-terêt; je n'en n'ai d'autre, MESSIEURS, que de fouhaiter que mon Zele vous foit agreable.

Je fuis avec une très-profonde Veneration,

Messieurs,

Votre très-humble & très-obéiffant Serviteur

C. de Bonneville.

DIS-

DISCOURS PRELIMINAIRE.

SI la plûpart de ceux qui ont écrit fur la Science militaire euffent fait cette Reflexion : *qu'il ne fuffit pas d'avoir de la theorie*, *mais qu'il faut encore beaucoup d'experience pour être en droit de donner des preceptes* : l'on ne verroit pas tant de mauvais livres.

L'Art de la Guerre eft de tous, celui qui demande le plus de pratique & d'application ; il n'appartient qu'à ces Guerriers doués d'Intelligence, d'Efprit & d'Experience de nous en donner une faine theorie. Qu'ils font rares ces grands hommes ! & que bien peu d'ouvrages font fortis de leur plume ! Par contre que d'Auteurs prefomptueux, & combien de ces Compilateurs dont la fotte vanité a enfanté une infinité de volumes qui depuis quelques années ont accablés le Public de tout ce que la Stupidité & la Pedanterie militaire aient jamais pu produire ! Les uns ont pretendu prefcrire des Regles pour faire mouvoir des armées, pendant qu'ils ignoroient les principes de l'Art, fur les quels ils nous ont debité mille abfurdités & mille folies qui ne meritent pas l'attention des gens fenfés. Les autres ont pillés & rapfodiés des ouvrages, les quels ils ont (difent-ils) rendus

**

dus

dus moins prolixes & plus intelligibles, mais qui à la verité font toujours reftés les mêmes, & où l'on n'apperçoit d'autre changement que des Titres pompeux, des Obfervations auffi ridicules que depourvues de fens, des Citations tirées de *Moyfe* & des Prophetes, & plufieurs autres femblables miferes. Ces Meffieurs veulent fans doute fe faire une reputation par leurs ecrits. Ces petits Auteurs fe croiroient-ils grands hommes? Que fçait-on ? fous ombre de cette fauffe modeftie qu'ils font paroitre dans leurs Prefaces, & dans leurs Epitres, peut-être leur vanité va-t-elle jufqu'à s'imaginer qu'on les croira dignes de commander les armées.

Que des Militaires lifent les ouvrages d'un *Condé*, d'un *Turenne*, d'un *Montecuculi*, d'un *Eugene*, ils y trouveront de l'utile : mais à quoi bon ceux d'un Guerrier qui ne s'eft point fignalé & qui n'a pas donné des preuves de fa capacité ?

Malheureufement pour nous, ces Grands Hommes ont peu ecrit fur les talens qu'ils poffedoient, & des Memoires qu'ils nous ont laiffés à peine en formeroit-on deux *in quarto* ; mais ils difent cependant beaucoup, bien differens en cela de certains ouvrages volumineux qui ne difent rien.

Peu

Peu de gens ont fçu ce que c'étoit que LES REVERIES *de feu Mr. le Marechal de Saxe* (*); l'on a cru que ce Titre n'annonçoit que des projets chimeriques & des innovations ridicules; & des ennemis jaloux de la Gloire & de la Memoire de ce grand homme n'ont pas manqué d'appuier fur la mauvaife opinion que l'on s'en étoit formé. Ce n'eft pas feulement pour fatisfaire à la curiofité du Public, que j'ai fait imprimer cet ouvrage, mais bien encore à l'intention de fon Illuftre Auteur qui ne l'a fans doute ecrit que pour en faire part aux Militaires: Ceux qui font pourvus de bon fens & qui ont de l'experience verront s'il contient des chofes ridicules. Il y a des idées qui paroitront peut-être telles à certains Officiers qui, quoique Novices à la guerre y occupent les premiers grades, aux quels ils n'ont été elevés que par la faveur ou l'interêt qui leur ont tenus lieu de merite & de capacité; mais on fera peu de cas de la façon de penfer de ces Meffieurs : ce n'eft pas à la Decifion d'un *Goujas* (†) fur les beautés ou

les

(•) Il difoit que toutes les actions de la Vie n'étoient que des Reves ; & c'eft apparemment pourquoi il a titré cet ouvrage de *Reveries*.

(†) Un Goujas eft un manœuvre qui porte le mortier aux maçons.

** 2

les defauts de l'Architecture d'un Palais qu'on s'en rapportera , ce fera fans doute au jugement des grands Maitres & des Connoiffeurs.

Je crois devoir avertir ici les Lecteurs, que pour bien comprendre les idées de l'Auteur, il eft neceffaire qu'ils lifent, avec attention, l'Ouvrage d'un bout à l'autre avant que de fauter les Chapitres indifferemment comme la plûpart ont coutume de faire. Il y en aura qui trouveront fans doute bien des fautes dans le ftile où il y a beaucoup de repetition des mots & des termes qu'on appelle ufés; mais ils devront favoir qu'il ne s'agit point ici d'une piece d'Eloquence, & que l'on ne fauroit repeter affez fouvent ni avec trop de fimplicité les chofes que l'on veut bien faire entendre, furtout lors qu'il eft queftion de matieres ferieufes & inftructives.

MES

MES REVERIES.

LIVRE PREMIER.

***

SOMMAIRE

DES

CHAPITRES

Contenus dans le

LIVRE PREMIER.

AVANT-

AVANT-PROPOS.

LA Guerre eſt une Science couverte de té-
nèbres dans l'obſcurité des quelles on ne
marche pas d'un pas aſſuré : la routine
& les prejugés en font la baze, ſuite naturelle de l'ignorance.

⌐ Toutes les Sciences ont des Principes & des Regles (*),
la Guerre ſeule n'en a point. Les grands Capitaines qui en
ont écrit ne nous en donnent point. Il faut être conſommé
pour les entendre, & il eſt impoſſible de ſe former le jugement ſur les Hiſtoriens qui ne parlent de la guerre que ſelon
qu'elle ſe peint à leur imagination. Quant aux Capitaines
qui en ont écrit, ils ont plus ſongé à être agréables qu'à in-
ſtruire, parce que la mechanique de la guerre eſt d'une nature ſèche & ennuieuſe. Les livres qui nous donnent dès
Principes ne font qu'une fortune mediocre & ne peuvent

avoir

(*) La Guerre a des Regles dans les parties de détails ; mais elle n'en a point
dans les ſublimes.

A

avoir leur mérite que lors que le tems a tout effacé. Ceux qui traitent de la guerre en Hiftoriens n'ont pas le même fort, il font recherchés par tous les Curieux & confervés dans les Bibliotheques. C'eft ce qui fait que nous n'avons qu'une idée confufe de la Difcipline des Grecs & des Romains.

Guftave - Adolphe a créé une méthode que fes difciples ont fuivi & qui tous ont fait de grandes chofes. Depuis ce tems-là nous avons dérogé fucceffivement, parce que ce n'étoit que par routine que l'on avoit appris; de-là vient la Confufion des Ufages où chacun a augmenté ou retranché. Ces Ufages font cependant refpectés à caufe de leur illuftre origine. Mais quand on lit *Montecuculli* qui étoit contemporain & qui eft le feul Général qui foit entré dans quelque détail, l'on s'apperçoit très-bien que nous nous fommes déja plus éloigné de la méthode de *Guftave-Adolphe* , qu'il ne l'étoit de celle des Romains. Il n'y a donc plus que des Ufages dont les principes nous font inconnus.

Le *Chevalier de Follard* a été le feul qui ait ofé franchir les bornes des prejugés; j'approuve fa noble hardieffe; rien n'eft fi pitoïable que d'en être l'efclave: c'eft encore une fuite de l'ignorance & rien ne la prouve tant. Mais il va trop loin, il avance une opinion qui en détermine le fuccès, fans faire attention que ce fuccès dépend d'une infinité de circonftances que la prudence humaine ne fauroit prévoir. Il fuppofe toujours les hommes braves , fans faire

re

re attention que la valeur des troupes eſt journalière, que rien n'eſt ſi variable, & que la vraie habileté d'un Général conſiſte à ſavoir s'en garantir, par les diſpoſitions, par les poſitions, & par ces traits de lumières qui caractériſent les grands Capitaines. Peut-être s'eſt il réſervé cette matiere qui eſt immenſe, peut-être auſſi n'y a-t-il pas fait attention. C'eſt pourtant de toutes les parties de la guerre la plus néceſſaire d'étudier.

Telles troupes ſeront infailliblement battues dans des rétranchemens, qui en attaquant auroient été victorieuſes : peu de gens en donnent de bonne raiſon ; elle eſt dans le Cœur des humains & on doit l'y chercher. Perſonne n'a traité cette matiere qui eſt la plus conſiderable dans le métier de la guerre, la plus ſavante, la plus profonde & ſans laquelle on ne peut ſe flatter que des faveurs de la fortune qui quelquefois eſt bien inconſtante. Je vais rapporter un fait, entre mille autres, pour perſuader mon opinion ſur l'imbecilité du Cœur humain.

A la Bataille de *Friedlingen* l'Infanterie Françoiſe, après avoir repouſſée celle des Imperiaux avec une valeur incomparable, après l'avoir enfoncée pluſieurs fois & l'avoir pourſuivie à travers d'un bois juſques dans une plaine qui étoit au delà, quelqu'un s'aviſa de dire, que l'on étoit coupé ; il parut deux Eſcadrons (François peut-être) ; toute cette Infanterie victorieuſe s'enfuit dans un déſordre affreux ſans que perſonne l'attaquat ni la ſuivît, repaſſa le bois & ne s'arrêta que par-delà le Champ de bataille. Le *Marechal de*

Villars & les Généraux firent de vains efforts pour les ramener ; la Bataille étoit cependant gagnée, & la Cavalerie Françoise avoit défait l'Imperiale de façon que l'on ne voïoit plus d'ennemis. C'étoient pourtant les mêmes hommes qui venoient de vaincre qu'une terreur panique avoit troublé les sens & qui avoient perdus contenance au point de ne la pouvoir reprendre. C'est de M. le Marechal de Villars que je tiens ce fait & qui me l'a raconté à Vaux-villars en me montrant les Plans des Batailles qu'il a donnés. Qui voudroit chercher de pareils exemples en trouveroit quantité chez toutes les nations. Celui-ci prouve affez la variété du Cœur humain & le cas qu'on en doit faire. Mais avant de paffer à des parties si élevées il faut examiner les moindres, je veux dire les Principes de l'Art.

Quoique ceux qui s'occupent des Détails paffent pour des gens bornés, il me paroit pourtant que cette partie est effentielle, parce qu'elle est le fondement du métier & qu'il est impoffible de faire aucun édifice & d'établir aucune méthode fans en favoir les principes. Je me fervirai ici d'une comparaifon. Tel homme a du gout pour l'Architecture & fait deffiner, il fera très-bien le Plan & le deffein d'un Palais; faites-le lui exécuter, s'il ne fçait la coupe des pierres & s'il ne fçait affeoir fes fondemens tout l'édifice s'écroulera bientôt.

Il en est de même d'un Général qui ne connoit point les Principes de l'Art & comme fes troupes doivent être compofées, ce qui doit fervir comme de baze à tout ce qui fe fait à la guerre.   Les

Les principaux fuccès que les Romains ont toujours eù avec de petites armées contre des multitudes de Barbares, ne doivent s'attribuer à autre chofe qu'à l'excellente compofition de leurs troupes. Ce n'eft pas que je pretende pour cela qu'un homme d'efprit ne puiffe fe tirer d'affaire quand il fe trouveroit commander une armée de Tartares; il eft plus aifé de prendre les gens comme ils font que de les former comme ils doivent être, & l'on ne difpofe pas des opinions, des prejugés & des volontés.

Je commencerai par la methode de lever des troupes, celle de les habiller, celle de les entretenir, celle de les former & celle de combattre. Il feroit hardi de dire que toutes les methodes que l'on emploïe à prefent ne valent rien, car c'eft faire un facrilege que d'attaquer les Ufages, moins grand cependant que d'établir des Nouveautés. Je déclare donc que je tacherai feulement de faire voir les abus dans les quels nous fommes tombés.

LIVRE

LIVRE PREMIER

Des parties de Détails.

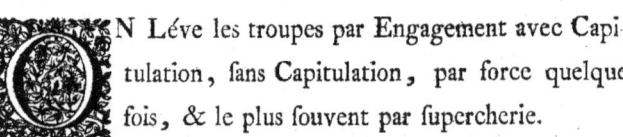

CHAPITRE PREMIER

*De la maniere de lever les Troupes, de celle de les
habiller, de les entretenir, de les päier, de les
exercer & de les former pour le Combat.*

ARTICLE PREMIER

De la maniere de lever des Troupes.

O N Léve les troupes par Engagement avec Capitulation, fans Capitulation, par force quelque
fois, & le plus fouvent par fupercherie.

Quand on fait des Recruës avec Capitulation, il eft in-
jufte & inhumain de ne la pas tenir, parce que ces hommes
étoient libres lors qu'ils ont contractés l'engagement qui
les

les lie, & il est contre toutes les loix, Divines & humaines;
de ne leur pas tenir ce qu'on leur a promis: on n'en fait
cependant rien; qu'en arrive-t-il? Ces gens désertent: Peut-
on avec justice leur faire leur procès? on a violé la bonne
foi qui rend les Conditions égales. Si on ne fait pas d'actes
de severité on perd la discipline militaire, & si on en fait
on commet des actions odieuses & affreuses. Il se trouve
cependant plusieurs Soldats au commencement d'une Campagne dont le tems de servir est fini: les Capitaines qui
veulent être complets les entrainent par force, de là on
tombe dans le cas que je viens de dire.

Les Levées qui se font par Supercherie sont tout-aussi
odieuses; on met de l'argent dans la poche d'un homme &
on lui dit qu'il est Soldat. Celles qui se font par Force le
font encore plus; c'est une désolation publique dont le Bourgeois & l'habitant ne se sauve qu'à force d'argent & dont le
fond est toujours un moïen odieux.

Ne vaudroit-il pas mieux établir par une loi que tout homme de quelque condition qu'il fût feroit obligé de servir son
Prince & sa patrie pendant cinq ans? Cette loi ne sauroit
être desaprouvée, parce qu'il est naturel & juste que les
Citoïens s'emploïent pour la deffense de l'Etat. En les choi-
sissant entre vingt & trente ans, il ne resulteroit aucun inconvenient. Ce font les années du libertinage où la jeunes
se va chercher fortune, court le païs & est de peu de sou-
lagement à ses parens. Ce ne feroit pas une désolation publique, parce que l'on feroit sûr que les cinq années revo-

lües

luës on feroit congedié. Cette methode de lever des troupes feroit un fond inépuifable de belles & bonnes recruës
qui ne feroient pas fujettes à deferter. L'on fe feroit même
par la fuite un honneur & un devoir de fervir fa tache. Mais
pour y parvenir il faudroit n'en excepter aucune condition,
être fevere fur ce point & s'attacher à faire exécuter cette
loi de préférence aux Nobles & aux riches: perfonne n'en
murmuroit; alors ceux qui auroient fervi leur tems verroient
avec mépris ceux qui repugneroient à cette loi, & infenfiblement on fe feroit un honneur de fervir: le pauvre Bourgeois
feroit confolé par l'exemple du riche, & celui-ci n'oferoit
fe plaindre voïant fervir le Noble. La Guerre eft un métier
honorable. Combien de Princes ont portés le Moufquet!
Et à combien d'Officiers n'ai-je pas vû le reprendre après
une reforme plûtôt que de vivre dans une condition vile!
Ce n'eft donc que la moleffe qui feroit paroître à quelqu'un
cette loi dure.

Quel fpectacle nous prefentent aujourd'hui les nations ? On
voit quelques hommes riches, oififs & voluptueux qui font
leur bonheur aux dépens d'une multitude qui flatte leurs
paffions & qui ne peuvent fubfifter qu'en leur preparant fans
ceffe de nouvelles voluptés. Cet affemblage d'hommes op-
preffeurs & opprimés forme ce qu'on appelle la Société, &
cette Société raffemble ce qu'elle a de plus vile & de plus
meprifable & en fait fes Soldats. Ce n'eft pas avec de pareils mœurs ni avec de pareils bras que les Romains ont
vaincus l'Univers.

Mais

Mais toutes lés chofes ont un bon & un mauvais côté. Il
eft certain qu'il n'y a rien de fi avantageux pour la bonté
des troupes que d'obliger les Provinces à fournir les Recruës;
mais il en refulte un grand inconvenient, qui eft que les
Officiers n'ont aucun foin de leurs Soldats. J'ai vû prefque
toujours chez les Imperiaux une grande moitié de Recruës,
quelque fois les trois quarts: cela vient du peu d'attention
que les Officiers font à la confervation du Soldat. S'il tombe malade, ils le laiffent perir faute de fecours, parce qu'il
en coute pour le foigner.

Il y a un remede à cet abus qui eft bien fimple; c'eft de
faire payer les Recruës aux Officiers. Il faut que les Provinces les fourniffent, mais les Officiers dis-je doivent les payer;
& cet argent doit retomber dans la Caiffe militaire, ce qui
ne laiffe pas de faire un objet & tend à la Confervation. Car
fuppofé qu'il faille vingt-mille Recruës dans une armée &
que le Capitaine foit obligé de payer cinquante livres par
chacune, il en reviendra un Million dans l'épargne militaire,
& il s'en faudra bien que l'Etat y perde tant d'hommes.

Ce que je viens de dire fur cette maniere de lever des
troupes, elle eft très-bonne dans des Etats bien peuplés
comme la France & qui peuvent fe paffer d'Etrangers.

Il y a des Puiffances, il eft vrai, qui font obligées de re-
cruter chez toutes les nations: mais ne pourroient-elles pas
auffi former une milice nationale fur ce pied? Et ces Puiffances qui font dans la neceffité de former la plus grande par-

tie

tie de leurs armées d'étrangers, ne font-elles pas bien plus obligées à tenir la Capitulation qu'elles ont faites à ces Recruës étrangeres qu'à leurs propres fujets? Ce feroit affurement le moyen d'en trouver facilement.

ARTICLE DEUXIEME.

De l'Habillement.

NOTRE Habillement eft très-couteux & très-incommode: le Soldat n'eft chauffé, ni vêtu, ni couvert. L'amour du coup d'œil l'emporte fur les égards que l'on doit à la Santé, qui eft un des grands points au quel il faut faire attention.

En Campagne les Cheveux font un ornement très-fâle pour le Soldat, & quand la faifon pluvieufe eft une fois arrivée fa tête ne fe fêche plus.

Son Habit ne le couvre point; à l'égard des pieds il n'en eft pas queftion, les bas, les fouliers & les pieds pouriffent enfembles, parce que le Soldat n'a pas de quoi changer, & quand il l'auroit, cela ne lui ferviroit de rien, parce qu'un moment après il feroit dans le même état. Ce pauvre Soldat eft donc bien-tôt envoïé à l'hôpital.

Les Guêtres blanches ne font propres que pour un jour de parade & le ruine en blanchiffage; cette chauffure eft très-incommode, très-mal-faine, de nulle utilité & très-

cou-

couteufe. Le Chapeau perd bientôt fa forme & fa grace, il ne fauroit refifter aux fatigues & aux pluies d'une Campagne, il eft bien-tôt percé & dès que le Soldat eft couché il lui tombe de la tête ; cet homme accablé de laffitude s'endort à la pluie, & au ferein la tête nuë, & le lendemain il a la fièvre.

Je voudrois que le Soldat eût les Cheveux courts & qu'il eût une petite Perruque de peau d'agneau d'Efpagne de couleur grifaille ou noire, qu'il mettroit lors des mauvais tems. Cette Perruque imite la tête naiffante à ne pouvoir la diftinguer & coëffe très-bien quand la coupe en eft bien faite ; elle coute environ vingt fols & on n'en voit pas la fin. Cela eft très-chaud, garantit des rhumes & des fluxions, & a tout-à-fait bonne grace. Au lieu de Chapeau je leur voudrois des Cafques à la Romaine ; ils ne péfent pas plus, ne font point du tout incommodes, garantiffent du coup de fabre, & font un très-bel ornement.

Je voudrois qu'il fût vêtu de manière qu'il eût une Vefte un peu ample avec une petite vefte de deffous en forme de gillet (*), un Manteau à la Turcque avec un Capuchon. (†) Ces manteaux couvrent bien & ne contiennent que deux aunes & demi de draps, péfent peu & coutent peu. Le Soldat auroit la tête & le col à couvert de la pluie & du vent,

(*) Prefque toute la Cavalerie Allemande eft habillée de même. A la verité à quoi fervent à un habit ce que nous appellons les pans ou les plis, lors que l'on a un manteau pour fe garantir du froid & de la pluie ?

(†) Ces manteaux ne doivent pas paffer le haut du gras de jambe.

vent, & lors qu'il eſt couché il eſt conſervé & a le corps
ſec, parce que cet habillement ne colle point & le Soldat
le ſèche à l'air dès qu'il fait un moment de beau tems.

Il n'en eſt pas de même d'un habit ; car dès qu'il eſt mouil-
lé le Soldat en reſſent l'humidité juſqu'à la peau & il faut
qu'il lui ſèche ſur le corps : l'on ne doit donc pas être étonné de voir tant de maladies dans une armée ; les plus robuſ-
tes y reſiſtent le plus long-tems , mais à la fin il faut qu'ils
ſuccombent.

Si l'on ajoûte à ce que je viens de dire le ſervice que ſont
obligé de faire , ceux qui ſe portent encore bien , pour ceux
qui ſont malades, les morts, les bleſſés & les deſertés, on
ne doit pas être étonné de voir à la fin d'une Campagne des
Bataillons reduits à cent hommes.

Voilà comme les plus petites choſes influent ſur les plus
grandes. Mais je reviens à mes Manteaux. Comme ils contiennent peu d'étoffe & qu'ils ſont legèrs , ils peuvent ſe rouler & s'attacher le long de la Giberne ſur le dos, ce qui ne
fait point du tout un vilain effet, & le Soldat lors qu'il eſt
ſous les armes & qu'il fait beau a toujours l'air ingambe &
leſte. Ces Manteaux peuvent durer trois à quatre ans ;
ainſi l'habillement ſeroit moins couteux, plus ſain & pour le
moins auſſi parant.

Quant à la Chauſſure, je voudrois que les Soldats euſſent
des Souliers d'un cuir delié avec des talons bas, ce qui chauſ-
ſe

fe parfaitemnet bien & fait marcher de meilleure grace , parce
que les talons bas font porter la pointe du pied en déhors ,
tendre le jarret & effacer par confequent les épaules.   Il
faut qu'ils foient chauffés à nud fur le pied & graiffés avec
du fuif ou de la graiffe.   Les Damerets trouveront cela bien
étrange : mais l'expérience fait voir que tous les vieux Soldats François en ufent ainfi , parce qu'avec cette precaution ils ne s'écorchent jamais les pieds dans les marches , &
l'humidité ne les penètre pas fi aifément parce qu'elle ne
prend pas fur la graiffe , le cuir du foulier ne fe racornit
point & ne fçauroit bleffer.   Les Allemands , qui font porter à leur Infanterie des bas de laine , ont toujours une quantité d'Eftropiés , parce qu'il leur vient des ampoules , des
loups & toutes fortes de maladies aux pieds & aux jambes,
la laine étant venimeufe à la peau : d'ailleurs ces bas fe percent par les bouts , reftent humides & pouriffent avec les
pieds.   A ces Efcarpins il faut ajouter des Guêtres d'un cuir
delié , chauffées auffi à nud fur la jambe.   Les Culottes
doivent être de peau les quelles arrêteront les guêtres avec
des boutons au deffus du genouïl ; moïennant quoi l'on évite les jarretieres , ce qui n'eft pas une petite affaire : les Soldats en ont jufqu'à trois l'une fur l'autre , une pour tenir le
Bas , l'autre pour fermer la Culotte , & la troifième pour
arrêter les Guêtres , ce qui eft un vrai martyre & leur
gâte le nerf.

A cette chauffure il faut ajouter des Sandales ou galoches , femelés de bois de l'épaiffeur d'un pouce , ce qui
empêche les pieds de fe mouiller dans les bouës , ni à la

D   rofée

rofée, & fur-tout lors que le Soldat eft en faction (*).

Dans les tems fecs, pour les Combats & pour la Parade, on les leur feroit quitter : au premier de Novembre on leur donneroit de gros Bas de laine qu'ils chaufferoient par-def-fus les fouliers & la guêtre, les quels feroient auffi arrêtés par le haut. Ces Bas devront être femelés d'un cuir mince qui remontat un peu fur les côtés & fur le bout du pied, pour être enfuite chauffés dans les Sandales.

ARTICLE TROISIÈME

De l'Entretien des Troupes.

IL eft avantageux pour le bon ordre, pour le menage & pour la fanté, de faire faire Ordinaire aux troupes : le Soldat ne devient point libertin, ne joue pas fon prêt & eft très-bien nourri. Mais cela ne laiffe pas que d'avoir fes inconveniens, parce que le Soldat fe tuë après une marche à aller chercher du bois, de l'eau &c. il devient marau-deur, il eft toujours fâle & mal-propre ; fon habillement fe perd de porter d'un camp à l'autre toutes les chofes nécef-faires à fon menage, & fa Santé s'altère par toutes les fati-gues que cela lui caufe.

Mais auffi il y a un remede à ces inconveniens. Comme
je

(*) Beaucoup de Soldats François font eux-mêmes de ces galoches en hiver avec leurs vieux fouliers.

je difpofe mes troupes en Centuries , je voudrois qu'il y eût à chacune un Vivandier avec quatre chariots attelés de deux bœufs chacun; qu'il eût une grande marmite pour faire la Soupe à toute la Centurie , & que l'on donnat à chaque Soldat fa portion à midi en Soupe avec du boüilli , & le foir en Rôti , chacun dans une écuelle de bois. Ce feroit aux Officiers à voir qu'on ne les trompat pas & qu'ils n'euffent pas à fe plaindre.

Le Gain qu'il feroit permis aux Vivandiers de faire , feroit fur la boiffon , le fromage , le tabac , les peaux qui leur refteroient des beftiaux qu'ils auroient tués &c. Les Vivandiers prendroient les beftiaux aux Vivres & lors qu'on fe trouveroit en lieu où il y auroit des legumes l'on y enverroit avec ordre.

Cela paroit d'abord un peu difficile à arranger , mais avec un peu d'attention tout le monde doit y trouver fon compte. Lors que les Soldats iroient en détachement , ils prendroient pour un ou deux jours de Rôti avec eux; cela ne fait point d'embarras: il faut plus de bois , d'eau & de chaudrons pour faire la Soupe à cent hommes qu'il n'en faudroit pour mille de la façon dont je le propofe , & la Soupe n'eft jamais fi bonne; d'ailleurs les Soldats quittent toutes fortes de chofes mal-faines qui les font tomber malades , comme du cochon , du fruit qui n'eft pas mûr , & l'Officier ne fauroit y avoir l'œil comme à une feule marmite , où il y en auroit toujours un prefent à chaque repas pour voir fi les Soldats n'ont pas lieu de fe plaindre. Lors qu'il y auroit des

D 2   mar-

marches forcées ou que les équipages ne pourroient pas joindre, on diſtribueroit des beſtiaux aux troupes, & les Soldats feroient des broches de bois pour rôtir leur viande; cela ne fait point d'embarras & ne dure que quelques jours. Que l'on balance notre methode à celle-là, & l'on verra quelle eſt la meilleure. Les Turcs en uſent ainſi & ſont parfaitement bien nourris: auſſi reconnoit-on bien leurs cadavres après les batailles d'avec ceux des troupes Allemandes qui ſont haves & decharnés. Cela a auſſi un autre avantage dans certains cas: on menage la bourſe du maître en leur donnant leur prêt en entier & en leur vendant des vivres. Il y a des païs comme la Pologne & l'Allemagne qui fourmillent de beſtiaux ; lors qu'on demande aux habitans des Contributions, pour qu'ils puiſſent les ſoutenir on prend moitié en vivres, moitié en argent, & on vend les vivres aux troupes: ainſi la paye du Soldat fait une navette continuelle, & il ſe trouve qu'on a de l'argent & des contributions de reſte.

Il en reſulte encore une grande utilité lors qu'on a été obligé de faire des magazins & qu'il eſt tems de les conſommer. On y envoie des troupes, ſur quoi il y a toujours beaucoup moins de perte pour le maître ſans que les troupes aient lieu de s'en plaindre.

Il ne faut jamais donner le Pain aux Soldats en Campagne, mais les accoutumer au Biſcuit, parce qu'il ſe conſerve cinquante ans & plus dans les magazins & qu'un Soldat en emporte aiſément avec lui pour ſept à huit jours: il eſt ſain,

il

il n'y a qu'à s'informer à des Officiers qui aient fervis chez les Venitiens pour favoir le cas qu'on en doit faire. Celui des Mofcovites qu'ils nomment Soukari eft le meilleur de tout, parce qu'il ne s'émiette pas; il eft quarré de la grosfeur d'une noifette, & il ne faut pas tant de chariots pour le tranfporter qu'il en faut pour le pain.

Les Pourvoïeurs des Vivres font accroire tant qu'ils peuvent que le pain vaut mieux pour le Soldat; mais cela eft faux, & ce n'eft que pour avoir occafion de friponner qu'ils cherchent à le perfuader : ils ne cuifent leur pain qu'à moitié & mêlent toutes fortes de chofes mal-faines qui avec la quantité d'eau qu'il contient augmente le poids & le volume du double. Outre cela ils ont un train de boulangers, de valets, de chariots & de chevaux, fur quoi ils gagnent beaucoup. Tout ce train eft embarraffent dans une armée, il leur faut des quartiers; des moulins & des detachemens pour les garder. Enfin l'on ne fauroit croire les voleries qui fe commettent, l'embarras que toutes ces chofes font, les maladies qui en refultent du mauvais pain, les fatigues que cela caufe aux troupes, dans quel embarras cela jette un Général & quelles en font les fuites. La certitude dans laquelle l'ennemi eft prefque toujours de ce que vous allez faire par l'arrangement de vos fours & de vos cuiffons me fuffira pour n'en pas dire davantage. Si je voulois m'amufer à prouver tout ce que j'avance par des faits, je n'aurois pas fi tôt fait; mais je fuis perfuadé que l'on doit beaucoup de mauvais fuccès dont on attribue la caufe à autre chofe qui proviennent cependant de celle-là.

E

Il

Il faut même accoutumer quelque fois les Soldats à se passer de biscuit & leur distribuer du Grain qu'il faut leur apprendre à cuire sur des palettes de fer après l'avoir broïé &
réduit en pâte. Mr. le *Maréchal de Turenne* dit quelque
chose à cet égard dans ses Mémoires, & j'ai ouï dire à de grands
Capitaines que quand même ils auroient du pain ils en laisse-
roient quelque fois manquer aux troupes, afin de les accoutumer à savoir s'en passer. J'ai fait des Campagnes de dix-
huit mois avec des troupes qui étoient accoutumées à se passer de pain sans que j'aie entendu murmurer; j'en ai fait plusieurs autres avec des troupes qui y étoient accoutumées, elles ne pouvoient s'en passer, dès que le pain manquoit un
jour tout étoit perdu : cela faisoit que l'on ne pouvoit
faire un pas en avant ni aucune marche hardie.

Pour la Viande on est toujours à portée d'en avoir, parce
que les bestiaux suivent par-tout & le transport n'en coûte
rien; je ne sais pas même comme on peut en manquer. Que
l'on compte qu'un bœuf pèse cinq cent livres, qu'on donne
une demi-livre de Viande à chaque homme, ainsi un bœuf
en nourrira mille : cinquante-mille hommes consumeront donc
cinquante bœufs par jour. Supposé que la Campagne dure
deux-cent jours, cela ne fait jamais que dix-mille bœufs qui
suivent & pâturent par tout; l'on en fait differens dépôts
qu'on fait avancer à mesure qu'on en a besoin.

Je ne dois pas passer ici sous silence un usage établi chez
les Romains, par le quel ils prévenoient les maladies & les
mortalités qui se mettent dans les armées par les changemens

de

de Climats. On doit auſſi attribuer à cet uſage une partie des prodigieux ſuccès qu'ils ont eus. Un grand tiers des Armées Allemandes perit en arrivant en Italie & en Hongrie. En 1718 nous entrames cinquante-cinq-mille hommes dans le Camp de Belgrade (*) preſqu'en ſortant des quartiers; il eſt ſur une hauteur, l'air y eſt ſain, l'eau de ſource y eſt bonne, & nous avions abondance de toutes choſes : le jour de la Bataille qui étoit le 18. Août il ne ſe trouva que vingt-deux-mille combattans ſous les armes, tout le reſte étoit mort ou hors d'état d'agir. Je pourrois citer de pareils évenemens chez d'autres nations ; c'eſt le changement de Climats qui les produit. L'on ne voit point de ces exemples chez les Romains tant que le vinaigre ne leur manque pas : mais dès que l'*Acetum* leur manquoit ils étoient ſujets aux mêmes accidens que nos troupes le ſont à preſent. C'eſt un fait auquel peut-être peu de perſonnes ont fait attention & qui cependant eſt d'une très-grande conſequence pour les Conquerans & pour les ſuccès. Quant à la maniere de s'en ſervir, les Romains faiſoient diſtribuer le vinaigre par ordre, chaque Soldat avoit ſa portion qui lui ſervoit pluſieurs jours, & il en verſoit quelques goûtes dans l'eau qu'il buvoit. Je laiſſe aux Médecins à penetrer les cauſes d'un effet ſi ſalutaire : ce que je rapporte eſt un fait bien conſtant.

(*) Mr. le Maréchal fit cette campagne comme Volontaire.

ARTI-

ARTICLE QUATRIEME.

De la Paye.

SAns entrer dans le détail des differentes payes, je dirai seulement qu'elle doit être forte : il vaut mieux avoir un petit nombre de troupes bien entretenuës & bien difciplinées que d'en avoir beaucoup qui ne le foient pas : ce ne font pas les grandes armées qui gagnent les batailles, ce font les bonnes. L'Oeconomie ne peut être pouffée qu'à un certain point, elle a fes bornes après quoi elle degenere en lézine. Si vous ne donnez pas des appointemens honnêtes aux Officiers vous n'aurez que de gens riches qui fervent par libertinage ou des miferables dont le courage eft abatu. De la plûpart des premiers j'en fais peu de cas, parce qu'ils ne tiennent pas au mal-être ni à la rigueur de la difcipline ; leurs propos font toujours féditieux & ce ne font que francs libertins. Les feconds font fi abatus que l'on n'en fauroit attendre grande Vertu ; leur ambition eft bornée, parce que l'objet qu'ils ont devant eux ne les intéreffe guere, je veux dire l'avancement ; & miferable pour miferable, ils aiment autant refter ce qu'ils font, fur-tout lorfque le grade leur devient à charge.

L'Efperance fait tout endurer & tout entreprendre aux hommes ; fi vous la leur otez, ou qu'elle foit trop éloignée, vous leur otez l'ame. Il faut que le Capitaine foit mieux que le Lieutenant ; ainfi de tous les grades. Il faut que le pauvre Gentilhomme regarde comme une fortune très-confiderable

&

& non comme une charge d'avoir un Regiment, & qu'il foit moralement fûr de parvenir par fes actions & fes fervices. Lors que toutes ces chofes font bien compaffées vous pouvez contenir vos troupes dans la difcipline la plus auftère. Il n'y a de vraiment bons Officiers que les pauvres Gentilshommes qui n'ont que la cape & l'épée; mais il faut qu'ils puiffent vivre honnêtement de leur emploi. L'homme qui fe voüe à la guerre doit la regarder comme un ordre dans le quel il entre, il ne doit avoir ni connoitre d'autre domicile que fa troupe & doit fe tenir honoré de fon emploi.

Un jeune homme de naiffance regarde comme un mépris que la Cour fait de lui fi elle ne lui confie pas un Regiment à l'âge de dix-huit ou vingt ans. Cela ôte toute émulation au refte des Officiers & à toute la pauvre Nobleffe, qui eft prefque dans la certitude de ne pouvoir jamais avoir de Regiment & par conféquent les poftes les plus confiderables, dont la Gloire puiffe la dédomager des peines & des fouffrances d'une vie laborieufe qu'elle facrifie avec confiance à un avenir flatteur & à la Renommée.

Je ne pretends pas pour cela que l'on ne puiffe marquer quelque préférence à des Princes ou autres perfonnes d'un rang illuftre: mais il faut que cette marque de préférence foit juftifiée par un mérite diftingué; alors on peut leur faire la grace de leur permettre d'acheter un Regiment d'un pauvre Gentilhomme que les infirmités ou l'âge mettent hors d'état de fervir: c'eft alors une recompenfe pour ce pauvre Gentilhomme ou cet Officier de fortune. Mais ce Seig-

neur

neur riche ne doit pas pour cela être en droit de revendre
fa troupe à un autre : on lui a affez fait de grace en lui permettant de l'acheter , & elle doit rédevenir le prix des
fervices & de la vertu.

ARTICLE CINQUIEME.

De l'Exercice.

C'Eft une chofe néceffaire que l'Exercice ou maniement
des armes pour dégager le Soldat & le rendre adroit :
mais on ne doit pas y mettre toute fon attention ; c'eft même de toutes les parties de la guerre celle à laquelle il en
faut faire le moins fi l'on en excepte celle d'éviter les mouvemens qui font dangereux , comme de faire porter le fufil fur
le bras gauche & de faire tirer par pelotons , ce qui a fouvent caufé des defaites honteufes.

Après cette attention le Principal de l'Exercice font les
jambes & non pas les bras : c'eft dans les jambes qu'eft tout
le fecret des manœuvres , des combats , & c'eft aux jambes qu'il faut s'appliquer. Quiconque fait autrement eft
un ignorant & n'en eft pas feulement aux elemens de ce
qu'on appelle le métier de la guerre.

Le *Chevalier de Follard* définit affez bien la queftion qui
s'éleve quelque fois , fçavoir , fi la Guerre eft un métier ou
une fcience ? Il dit : ,, La Guerre eft un Métier pour les
,, ignorans & une Science pour les habiles gens.

Après

Après avoir parlé de la maniére de lever les troupes, celle de les habiller, & celle de les entretenir , il eft jufte
que je parle de celle de les former pour le Combat.

ARTICLE SIXIEME.

De la maniére de former les Troupes pour le Combat.

CEtte matiere eft fi ample que je me propofe de la traiter d'une maniere fi differente du refpectable ufage
que je paroitrai peut-être bien ridicule ; mais pour le paroitre un peu moins, il faut que je faffe voir celui de la methode d'à prefent : ce qui n'eft pas une petite affaire, car
j'en compoferois un gros livre.

Je commencerai par la Marche : cela me met dans la
neceffité de dire une chofe qui paroitra bien extravagan-
te aux ignorans.

Perfonne ne fait ce que c'eft que la *Tactique* des Anciens ,
cependant beaucoup de Militaires ont fouvent ce mot à la
bouche & croient que c'eft l'exercice ou l'ordonnance des
troupes pour les mettre en bataille. Tout le monde fait
battre la marche fans en favoir l'ufage , & tout le monde
croit que ce bruit eft un ornement militaire.

Il faut avoir meilleure opinion des Anciens & des Romains qui font nos maîtres ou qui devroient l'être. Il eft
abfurde de croire que les bruits de guerre ne fervent uni-

que-

quement que pour s'étourdir les uns les autres. Mais revenons à la Marche fur la quelle je vois que tout le monde
s'étourdit, fe tourmente & fe tue, & dont on ne viendra
jamais à bout fi je n'en découvre le fecret. Les uns veulent marcher lentement, les autres veulent marcher vîte;
mais qu'eft ce que des troupes que l'on ne fauroit faire marcher vîte & lentement comme l'on veut & felon qu'on en
a befoin, aux quelles il faut à chaque coin un Officier pour
les faire tourner, les uns comme des limaçons & les autres
en courant, pour faire avancer cette queuë qui traine toujours? C'eft un Opéra que de voir feulement un Bataillon fe mettre en mouvement, on diroit que c'eft une machine mal agencée qui va rompre à tout moment & qui ne
s'ébranle qu'avec une peine infinie. Veut-on avancer
promptement? Avant que la queuë fache que la tête marche vîte il fe fera des intervalles, & pour les regagner il
faudra que la queuë courre à toutes jambes; une autre tête
qui fuit cette queuë fera la même chofe : ce qui met bientôt tout en desordre & vous met dans la neceffité de ne
pouvoir jamais faire marcher vos troupes avec celerité.

Le moyen de remedier à tous ces inconveniens & à d'autres qui en refultent qui font d'une bien plus grande confequence, eft cependant bien fimple puifque la nature le
dicte. Le dirai-je ce grand mot en quoi confifte tout le
fecret de l'art & qui va fans doute paroitre ridicule ? *Faites-
les marcher en Cadence* (*). Voilà tout le fecret, & c'eft

le

(*) Le Pas Cadencé ou Mefuré eft le même que celui qu'ont actuellement les
Troupes Pruffiennes.

le Pas militaire des Romains. C'eſt pourquoi les marches
ſont inſtituées & pourquoi on bat la Caiſſe. C'eſt ce qu'on
appelle *Tact*, & c'eſt ce que perſonne ne fait & dont perſonne ne s'aviſe : avec cela vous ferez marcher vîte & lentement comme vous voudrez ; votre queuë ne trainera jamais ;
tous vos Soldats iront du même pied ; les converſions ſe feront enſemble avec celerité & grace ; les jambes de vos
Soldats ne ſe brouilleront pas ; vous ne ferez pas obligé d'arrêter à chaque converſion pour faire repartir du même pied,
& vos Soldats ne ſe fatigueront pas le quart de ce qu'ils ſont
à preſent. Ceci va encore paroitre extraordinaire. Il n'y
a perſonne qui n'ait vuë danſer des gens pendant tout - une
nuit en faiſant des ſauts & des hauts - le - corps continuels.
Que l'on prenne un homme, qu'on le faſſe danſer pendant
deux heures ſeulement ſans muſique & que l'on voie s'il y
reſiſtera ; cela prouve que les tons ont une ſecrette puiſſance ſur nous qui diſpoſent nos organes aux exercices du corps
& les facilitent (*).

Si quelqu'un me fait la queſtion & me demande, quel
Air il faut jouer pour faire marcher un homme ? Je lui repondrai ſans ruminer ſur la plaiſantrie, que toutes les marches,
tous les airs à deux ou trois tems y ſont propres, les uns
plus les autres moins, ſelon qu'ils ſont marqués, que tous
ces airs ſe jouent ſur le tambour avec le phiffre & qu'il n'y
a qu'à choiſir les plus convenables.

L'on

(*) Lorſque les Chameliers veulent faire avancer leurs chameaux, au lieu de
ſe ſervir du fouët ou du bàton, ils diſent une Chanſon.

G

L'on me dira peut-être que bien des hommes n'ont pas d'oreille. Cela eſt faux; ce mouvement eſt ſi naturel qu'il ſe fait pour ainſi dire de ſoi-même. J'ai ſouvent remarqué qu'en battant au drapeau tous les Soldats alloient en Cadence ſans intention & ſans qu'ils le ſçuſſent: la nature & l'inſtinct y portent de ſoi-même. Je dirai plus: il eſt impoſſible de faire aucune Evolution ſur un ordre ſerré ſans le *Tact*, & je le prouverai en ſon lieu.

A conſiderer ſuperficiellement ce que je viens de dire, il ne paroit pas que cette Cadence ſoit d'une grande importance: mais dans une Action pour augmenter la rapidité de la marche ou pour la diminuer cela tire à des conſequences infinies. Le Pas militaire des Romains n'étoit autre choſe; c'eſt avec ce Pas qu'ils faiſoient vingt-quatre milles, qui font huit lieuës d'une heure de chemin, en cinq heures. Que l'on prenne à preſent un corps d'infanterie & que l'on voie s'il eſt poſſible de lui faire faire huit lieuës en cinq heures. Cela faiſoit cependant parmi eux la principale partie de l'exercice. De là on peut juger de l'attention qu'ils donnoient à tenir leurs troupes en haleine & de la puiſſance du *Tact*.

Que dira-t-on ſi je prouve qu'il eſt impoſſible de charger vigoureuſement l'ennemi ſans cette Cadence, & que ſans cela on arrive toujours ſur lui à rangs ouverts? Quel défaut monſtrueux! Je penſe cependant que depuis trois ou quatre ſiécles perſonne n'y a fait attention.

Il faut maintenant un peu éplucher notre maniere de for-

former les Bataillons & celle de Combattre. Ceux qui l'entendent le mieux divifent le Bataillon en feize parties que chacun nomme à fa façon ; l'on met une Compagnie de Grenadiers fur une aile , un Piquet fur l'autre , voilà la methode ufitée & reçuë. Ce Bataillon eft à quatre de hauteur & marche en front de bandiere pour attaquer l'ennemi , & cela pour avoir dit - on un grand front.

Les Bataillons fe touchent les uns les autres , car l'Infanterie eft toute enfemble & la Cavalerie auffi , à quoi en verité il n'y a pas le fens commun ; mais nous en parlerons en fon lieu. Ces Bataillons marchent donc en avant & cela bien lentement parce qu'ils ne peuvent faire autrement ; les Majors crient, *Serre* ! on ferre vers le Centre ; infenfiblement ce Centre creve, on s'y trouve à huit de hauteur & fur les ailes à quatre , ce qui fait des intervalles entre les Bataillons. Il n'y a perfonne qui fe foit trouvé à des affaires qui ne convienne de ce fait : la tête tourne aux Majors, parce que le Général , à qui elle tourne auffi , crie après eux, lorfqu'il voit ces vuides entre les bataillons , qui lui fait craindre d'être pris par les flancs : il eft donc obligé de faire halte , ce qui devroit le perdre ; mais comme fon ennemi eft tout auffi mal difpofé , le mal n'eft pas grand. Un homme qui auroit de l'intelligence ne s'arrêteroit pas à remedier à cette confufion, mais marcheroit en avant , car pendant qu'il y remedie fi l'ennemi s'ébranle il eft perdu , qu'arrive-t'il ? On commence à tirer de part & d'autre , ce qui eft le comble de la mifere. Enfin on s'approche & l'un des deux Partis

ordi-

ordinairement s'enfuit à cinquante ou soixante pas, plus ou moins. Voilà ce qui s'appelle charger. D'où cela vient-il? De ce que la mauvaise disposition empêche que l'on ne puisse faire mieux. Mais je veux supposer une chose impossible à des troupes qui n'auront pas le Pas mesuré. Que deux Bataillons s'attaquant marchent l'un à l'autre sans flottement, sans se doubler, sans se rompre; lequel emportera l'avantage, de celui qui s'est amusé à tirer ou celui qui n'aura pas tiré? Les gens habiles me diront que c'est celui qui aura conservé son feu, & ils auront raison : car outre que celui qui a tiré est décontenancé, s'il voit marcher à lui à travers la fumée des gens qui ont conservés leur feu, il faut qu'il s'arrête pour récharger ou du moins qu'il marche bien lentement; or il est perdu lorsque l'autre marche à lui d'un grand pas & avec celerité.

Si la dernière guerre avoit durée encore quelque tems l'on se feroit battu indubitablement de part & d'autre à l'arme blanche, parce que l'on commençoit à connoitre l'abus de la tirerie qui fait plus de bruit que de mal, & qui fait toujours battre ceux qui s'en servent. Or si on ne tiroit plus, je crois que l'on changeroit bien vîte la methode de se mettre à trois ou quatre de hauteur sur un grand front, aussi bien que les armes que l'on a à present : car à quoi serviroit ce front lent & pesant à s'émouvoir, contre des gens qui marcheroient avec plus de celerité & qui se remueroient avec plus d'aisance ? Mais pour rendre ceci plus intelligible il faut un peu mieux l'expliquer.

Sup-

Suppofons donc deux Bataillons chacun de fix-cent hom- Planche II. mes qui feroient difpofés ainfi. A eft celui qui eft rangé fuivant l'ufage, B eft celui que je range à ma methode & qui eft à huit de hauteur; n'eft-il pas vrai qu'il occupe le même front que celui qui eft à quatre, & que je fuis le mai- tre de lui en faire occuper un plus grand, ce que l'autre ne fauroit faire? Je le deborderai toujours en donnant un ou deux pas de plus à mes intervalles & je demeure plus fort que lui: je fuis toujours à huit de profondeur, contre des gens qui ne font qu'à quatre, je n'ai ni flottement ni dou- blement à craindre, rien qui m'arrête; je ferai deux-cent pas plus vîte qu'il n'en fera cent; à l'arme blanche je l'au- rai percé dans un moment, & s'il tire il eft perdu. Que fera-il? Se rompra-t-il devant moi pour me prendre dans les flancs de mes divifions? il ne l'oferoit, mes intervalles font trop petits, les armes de longueur s'y croifent, il fe- roit percé & en confufion en faifant ce mouvement. Se mettra-t-il à tirer? Comme rien ne m'arrête plus en che- min il en feroit mauvais marchand.

C'eft la pure methode des Romains & c'eft auffi la meil- leure : reconnoiffons-les pour nos maitres & imitons-les. L'on me dira que les Romains n'avoient pas de poudre; il eft vrai, mais ils avoient ainfi que leurs ennemis des armes de trait qui faifoient le même effet que les nôtres, fi l'on en excepte le bruit, & la poudre n'eft pas fi terrible qu'on le croit. Peu de gens dans les affaires font tués de bonne guerre & par devant; j'ai vû des Salves entières ne pas tuer quatre hommes, & je n'en ai jamais vû ni perfonne je penfe

II   qui

qui ait caufé un dommage affez confiderable pour empêcher
d'aller en avant & de s'en venger à grands coups de bayonettes & de fufils tirés à brule - pourpoint. C'eft là où il fe
tuë du monde & c'eft le victorieux qui tuë.

·A la Bataille de Caftiglione, *Mr. de Reventlau* qui commandoit l'armée Impériale avoit rangé fon Infanterie fur un
plateau & lui avoit ordonné de laiffer approcher l'Infanterie
Françoife à vingt pas, efperant la détruire par une décharge
générale. Ces troupes executèrent ponctuellement l'ordre
qu'elles avoient reçues; les François montèrent par des endroits affez rudes la côte qui les feparoit des Imperiaux & fe
rangèrent fur le plateau vis-à-vis de l'ennemi; ils avoient
ordre de ne point tirer de tout. Comme *Mr. de Vendôme*
jugea à propos de ne point faire attaquer qu'on n'eût auparavant entrepris une Cenfe qui étoit fur la droite, les troupes reftèrent un long efpace de tems à fe regarder de très-
près; enfin elles reçurent l'ordre d'attaquer. Les Imperiaux
les laiffèrent approcher à vingt ou vingt-cinq pas, prefen-
tèrent les armes, tirèrent bien de fang froid & avec toutes
les precautions que l'on peut prendre; mais ils furent rompus
avant que la fumée fut diffipée; il y eut beaucoup d'Imperiaux tués à grands coups de fufils & de bayonettes : en un môt
le defordre fut général.

A la Bataille de Belgrade j'ai vû tailler en pieces deux
Bataillons dans un inftant; voici comme l'affaire fe paffa.
Un Bataillon de Lorraine & un de Neuperg fe trouvèrent
fur une hauteur que nous apellions la batterie, & dans le moment

ment qu'un coup de vent diffipa un brouillard qui nous em-
pêchoit de rien diftinguer, je vis ces troupes fur la crête
de la hauteur feparées du refte de notre armée. Le *Prince
Eugene* me demanda fi j'avois la vue bonne & ce que c'étoit
qu'une troupe de Cavaliers qui faifoient le tour de la montagne; je lui repondis que c'étoit trente ou quarante Turcs:
il me dit, ces gens font renverfés, voulant parler des deux
Bataillons: je ne voïois cependant pas qu'ils fuffent attaqués
ni qu'ils duffent l'être, parceque je ne pouvois voir ce
qu'il y avoit de l'autre côté de la montagne; j'y pouffai à
toutes jambes; dans le moment que j'arrivai derriere les dra-
paux de Neuperg, je vis les deux bataillons prefenter les armes, coucher en jouë & faire une decharge générale à
trente pas fur un gros de Turcs qui les attaquoit. Le feu
& la mêlée ne furent qu'une même chofe & les deux bataillons n'eurent pas le tems de fuir, car tous furent étendus fur
le carreau à coups de fabres dans un terrein de trente à
quarante pas: il ne s'en fauva que Mr. de Neuperg qui heu-
reufement pour lui étoit à cheval, un Enfeigne avec fon
drapeau qui fe jetta aux crins de mon cheval & m'embar-
raffa fort, avec deux à trois Soldats. Dans ce moment le
Prince Eugene arriva prefque tout feul, c'eft-à-dire avec
la troupe dorée, & les Turcs fe retirèrent, je ne fçais trop
pourquoi: ce fut là qu'il reçut un coup de fufil à travers la
manche. Quelques troupes de Cavalerie & d'Infanterie ar-
rivèrent, & Mr. de Neuperg demanda un detachement
pour conferver l'habillement; on mit des fentinelles aux
quatres coins du terrein qu'occupoient ces déffunts bataillons,
& l'on fit faire des piles d'habits, de chapeaux, de fou-

liers

liers &c. Enfin pendant que cette cérémonie se faisoit, je
m'amusai à compter les morts, & je ne trouvai que trente
deux Turcs tués de la decharge générale de ces deux bataillons ; ce qui n'a pas augmenté l'estime que j'ai pour
le feu (*).

Mr. *de Greder* homme de reputation & qui a long-tems
commandé le Regiment d'infanterie que j'ai en France, avoit
toujours pour Maxime de faire porter le Mousquet sur
l'épaule dans les affaires, & pour être encore plus maitre
du feu, il ne faisoit point compasser les mêches, marchoit
ainsi à l'ennemi & dans l'instant qu'il commençoit à tirer
(l'ennemi) il se jettoit devant les drapeaux l'épée à la main
en criant *à Moi* : cela lui a toujours réussi & c'est ainsi qu'il
défit les gardes de Frieze à la bataille de Fleurus.

Il me semble que tout ce que je viens de dire est appuié
sur l'expérience & la raison, & prouve que ces grands Bataillons ont de terribles défauts ; car ils ne sont bon qu'à tirer : aussi ne sont-ils formés que pour cela. Quand donc
cette tirerie n'y fait rien, ils ne valent plus rien & il n'y
a qu'à se sauver, aussi est-ce le parti que l'on prend ; ce
qui fait voir que chaque chose tombe comme de soi-même
dans son point d'équilibre. Dirai-je d'où je crois que nous

est

(*) La Vitesse avec la quelle les Prussiens chargent leurs fusils, est avantageuse en ce qu'elle occupe le Soldat & l'empêche à la Réflexion lorsqu'ils marchent à l'ennemi. C'est une erreur de croire que les cinq victoires qu'a rempor-
tée cette nation pendant la derniere guerre, sont duës à leur tirerie, puisqu'on
a remarqué que dans la plûpart de ces actions, il y a eu plus de Prussiens tués
par le feu de leurs ennemis, que de ceux-ci par le feu des Prussiens.

eſt venuë cette belle methode ? Je penſe que c'eſt des re-
vuës : cette façon de ſe ranger fait une plus belle montre, &
inſenſiblement l'on s'y eſt ſi bien accoutumé que l'on en a
fait celle de combattre ; l'on a appuié cette ignorance ou cet
oubli des bonnes choſes de raiſons apparentes ; on a trouvé
que cela faiſant un plus grand front on pouvoit mieux emploïer le feu : j'en ai même vû qui mettoient les bataillons à
trois de hauteur, mais mal en a pris à ceux qui l'ont fait ,
ſans cela je crois , Dieu me pardonne , qu'on les mettroit à deux
& peut - être à un , car j'ai toute ma vie entendu dire qu'il
falloit bien s'étendre afin de pouvoir embraſſer l'ennemi :
quelle abſurdité ! Mais il n'eſt pas encore queſtion de tout
ceci, je dois démontrer avant, ma methode de former les
Regimens & les Legions; après quoi je traiterai de la Cavalerie ; parce qu'il faut tabler ſur un principe & un ordre
de combattre, que la variété des lieux change à la verité ,
mais qu'elle ne doit pas détruire.

CHAPI-

CHAPITRE DEUXIEME.

De la Legion.

LES Romains ont vaincus toutes les nations par leur Difcipline, ils fe font fait de la guerre une meditation continuelle & ils ont toujours renoncés à leurs ufages, fi tôt qu'ils en ont trouvés de meilleurs; differens en cela des Gaulois, qu'ils ont battus pendant plufieurs fiecles fans que ces derniers aient fongé à fe corriger. Leur Legion étoit un corps fi formidable qu'il entreprenoit les plus grandes chofes. C'eft fans doute un Dieu, dit *Végéce*, qui leur infpira la Legion: j'en ai eu la même opinion depuis longtems, & c'eft ce qui m'a rendu plus fenfible aux defauts de nos ufages.

Je formerai donc mes corps d'infanterie en Legions compofées de quatre Regimens chacune, & chaque Regiment de quatre Centuries d'infanterie, qui auront chacune une demi centurie d'armés à la legère & une demi-Centurie de cavalerie.

J'appellerai Centurie, Bataillon quand elle fera formée en

corps

corps feparée , & les troupes de Cavalerie Efcadrons, afin de me conformer à notre ufage , ce qui raprochera les idées.

Ces Centuries tant d'infanterie que de cavalerie feront chacune compofée de dix Compagnies, & chaque Compagnie de quinze Soldats, ainfi que les détails qui fuivent l'explique-ront plus amplement. Il faut concilier dans une Monarchie l'état des troupes avec l'œconomie; pour cela il convient de former fes troupes fur trois pieds que nous nommerons pied de paix, pied de guerre, & grand pied de guerre.

Lors que l'Etat eft dans une profonde paix les Compag- Planche III. nies doivent être compofées d'un Sergent, d'un Caporal & de cinq Veterans; lors qu'on veut être armé, elles doivent Planche IV. être d'un Sergent, d'un Caporal & de quinze hommes , ce qui fait une augmentation de feize-cent par Légion; mais lors qu'on veut feulement être armé fans que la guerre foit declarée, il fuffira qu'elles foient compofées d'un Sergent, d'un Caporal & de dix hommes.

Moyenant quoi on n'eft pas obligé de faire de nouveaux Officiers & Bas-officiers qui font toujours le plus difficile à former: car des cinq Veterans il vous refte toujours un fond à remplacer les Officiers. Je ne fuis point du tout pour les nouveaux Regimens ; quelques fois ils ne valent rien au bout de dix Campagnes, à moins qu'ils n'aient été hantés fur de vieux Soldats & qu'ils foient commandés par de bons Officiers.

Il

Il ne faut jamais toucher à la Cavalerie; les vieux Cavaliers & les vieux chevaux sont les meilleurs, tout ce qui est recruës n'y vaut absolument rien. C'est une charge & une depense à l'Etat, mais elle est indispensable.

Quant à l'Infanterie pourvû qu'il y ait de vieilles têtes on fait des queuës tant que l'on veut.

Comme j'ai à parler de la guerre, je vai mettre les troupes selon mon systeme sur le grand pied de guerre.

Les Centuries d'Infanterie seront donc ainsi composées.

Centurion.	1
Lieutenant.	1
Seconds Lieutenans . .	4
Enseigne.	1
Sergent d'affaire. . . .	1
Fourier.	1 } 184
Capitaine d'armes. . . .	1
Phiffre.	1
Tambours.	3
Dix Compagnies à dix-sept hommes chacune.	170

La Compagnie sera composée.

Sergent.	1
Caporal.	1 } 17 hommes.
Soldats.	15

Les deux demi-Centuries d'armés à la legere & de Cavalerie

lerie ne doivent être que de dix par Compagnie y compris les Sergents & Caporaux, parcequ'elles fe recruteront dans les Regimens même aux quels elles font attachées.

Quant aux autres péfamment armés qui font le fond de l'Infanterie la diminution n'y fait rien, parceque les Divifions reftent toujours égales, quand même en tems de guerre l'on feroit reduit par les pertes au pied de paix : ce qui fait un grand avantage & le fondement folide de toute votre infanterie, parceque votre manœuvre refte toujours la même, ce qui eft d'une confequence infinie ; car il n'eft pas croïable combien les changemens nuifent, j'ai vû après une longue paix les troupes d'un même maitre fe reffembler fi peu pour la manœuvre & la difpofition que l'on auroit dit que c'étoient des troupes de differentes nations raffemblées.

Il faut donc établir un Principe & ne s'en jamais écarter, il faut que perfonne ne l'ignore ce principe, parce quil eft la baze de tout le genre militaire, & vous ne fauriez l'affurer fi vous ne confervez toujours le même nombre d'Officiers & Bas-Officiers parce que fans cela vos manœuvres varieront toujours.

Je viens à la Compofition des Regimens.

Chaque Regiment fera de quatre Centuries
 qui font.   736
Demi-Centurie année à la legere.   .   .   .   70
Demi-Centurie de Cavalerie. 70
             876

K   *Etat*

Etat - Major.

Un Colonel. . . . . ⎤
Un Lieutenant - Colonel. . . . . ⎥
Un Major. . . . . ⎥
Un Aide - Major. . . . . . ⎬ 6
Un Tambour - Major. . . . . . ⎥
Un Chirugien. . . . . . . ⎦

$\overline{882}$ hommes.

Etat d'une Legion.

Quatre Regimens font. . .	3528
Général Legionaire. . . .	1
Major Legionaire.	1
Ingenieurs.	2
Quartier - Maitre.	1
Treforier.	1
Aumonier.	1
Chirurgien - Major.	1
Timbalier.	1
Porte - enfeigne.	1
Vagmeftre.	1
Prevoft.	1
Archers.	1
Executeur.	1
Charpentiers.	10
Ouvriers de toutes efpéces .	10
Valets pour dix chariots. . .	20

2 pieces de Canon de douze.

2 Pontons avec leurs nacelles &c.

$\overline{3582}$ hommes.

H

Il faut que chaque Centurie ait une arme que j'appelle *Amufette*; elle eft de mon invention, elle porte au de-là de quatre mille pas avec une violence extreme. Les pieces de Campagne que les Allemands & les Suedois menent avec les bataillons portent à peine le quart; cette arme eft fort jufte, deux à trois hommes la menent par - tout, elle tire des balles de plomb d'une demi-livre & porte mille coups à tirer avec elle. Cette arme peut fervir en mille occafions à la guerre.

Planche V.

Le Canon & les chariots doivent être attelés de bœufs & chargés de tous les outils neceffaires à conftruire des Forts, de differens cordages, de moufles, de poulies, de cabeftans, fcies, haches, pelles, pioches &c. enfin de tous les utenfiles, outils & inftrumens neceffaires. Ces outils doivent être marqués du N°. de la Legion, afin que dans les armées ils ne puiffent fe confondre.

Ces Corps ainfi difpofés, je voudrois qu'on attachat un Chiffre de Cuivre fur l'epaule droite des Soldats & un fur l'epaule gauche où feroient marqués les N°. de la Legion & du Régiment des quels il eft, afin qu'on pût aifement le diftinguer.

Je voudrois encore que tous les Soldats fuffent marqués à la main droite des mêmes chiffres avec une compofition comme fe fervent les Indiens qui ne s'efface jamais, ce qui empêcheroit la defertion & tire à des confequences infinies. Cela feroit aifé à introduire fi le Souverain vouloit affembler les Colonels, leur dire qu'il eft important que cela foit pour

main-

maintenir le bon ordre & empêcher la defertion; qu'ils lui feront plaifir, pour donner l'exemple, de fe faire marquer; que cela ne peut être qu'une marque d'honneur par la preuve que cela fera du Corps dans lequel on aura fervi. Aucun ne le refufera, tous les Officiers imiteront leurs Colonels pour complaire à la volonté du Souverain, & parcequ'ils en fentiront la confequence; delà aucun Soldat ne le refufera, on peut même leur en faire une fête. Les Romains en ufoient ainfi, mais ils marquoient avec un fer chaud.

Je voudrois qu'on tirat les hommes pour les Centuries de Cavalerie dans les Régimens mêmes aux quels ils font attachés: cela feroit au choix du Centurion de la Cavalerie; mais il prendroit de préference les vieux Soldats. Cette Cavalerie ainfi formée n'abandonneroit jamais fon Infanterie, elle lui donneroit de la confiance dans une affaire & lui feroit d'une merveilleufe reffource foit dans la pourfuite ou pour la couvrir dans la retraite: j'en parlerai ailleurs.

Les armés à la legere devront être tirés de même dans les Regimens; le Centurion choifira tout ce qu'il y a de plus ingambe, de plus jeune & de plus lefte. Ces armés à la legere n'auront pour toutes armes qu'un Fufil de chaffe trèsleger avec une bayonette à manche qui leur ferviroit en même tems d'épée. Ces Fufils auront un dez ou fecret à la culaffe pour qu'ils ne fuffent pas dans la neceffité de bourer leur charge; & tout leur accoutrement feroit très-leger. Leurs Officiers feront choifis de même fans regle d'ancienneté parmi les Officiers. On les exercera fouvent, on les fera fauter,

con·

courir, & fur-tout tirer de trois cent pas au blanc. À tous ces differens exercices l'on mettra des prix pour donner de l'émulation. Une troupe ainfi compofée & bien en halaine fuivra par-tout la Cavalerie; & je m'affure qu'on en tireroit de grands fervices.

Je ne fuis point pour les Grenadiers; c'eft ordinairement l'élite de nos troupes, & fi la guerre eft vive cela les énervé de telle maniere que l'on ne fait plus où prendre des Bas-Officiers qui font cependant l'ame de l'Infanterie. Je fubftitue à ces Grenadiers les Veterans qui doivent avoir une plus haute paye que les autres Soldats. Pour tout ce qui s'appelle affaire de vivacité ou de legereté l'on prendroit des armés à la legere, & on n'employeroit les Veterans que pour les coups de collier ferieux, & je penfe qu'il en refulteroit un grand bien pour le pied des troupes. L'on prendroit toujours un Lieutenant au choix du Colonel pour le faire Capitaine des armés à la legere; mais l'on marcheroit par ancienneté aux Veterances, ce qui feroit regardé comme le pofte d'honneur. Quelque chofe que l'on faffe l'on ne peut dans les Regimens, fans faire un deplaifir extrême aux Officiers, les empêcher de marcher aux Grenadiers félon l'ancienneté, & ce font fouvent des gens qui n'y font pas propres & peu robuftes, pour un emploi fi fatiguant. J'ai vû auffi des fujets excellens perir pour des vetilles, fur-tout pendant les fiéges; cela eft d'abord dit, on veut des Grenadiers par-tout, & s'il y a quatre chats à feffer ce font les Grenadiers que l'on envoie, & la plûpart du tems on les fait tuer mal à propos.

Je voudrois que les pefamment armés euffent de bons Fufils

L de

de cinq pieds de longueur avec un tonnere du calibre de douze à la livre & un dez à fecret au fond de la culaffe, ce qui fait que l'on n'eft pas obligé de bourer : ces fufils tirent à plus de douze cent pas.

On ne doit pas craindre de trop charger l'Infanterie par les armes, cela la rend plus folide : les armes des Soldats Romains pefoient au delà de foixante livres, & l'on puniffoit de mort ceux qui les avoient abandonnés dans le combat; cela ôtoit à cette infanterie toute envie de fuir, & c'étoit un principe de l'art militaire chez eux. A ces fufils je voudrois ajouter une Bayonette à manche longue de deux pieds & demi.

Je donnerai auffi à chaque Soldat un Bouclier ou targe de cuir preparé dans le vinaigre. Ces boucliers ont une infinité d'avantages : l'on s'en fert pour couvrir les armes, l'on en fait un parapet dans l'inftant lors qu'il faut combattre de pied ferme en les paffant de mains en mains fur le front; deux l'un fur l'autre refiftent au coup de fufil. Mr. *de Montecuculli* dit qu'il en faut dans l'infanterie, & je fuis bien de fon avis.

Les Bayonettes à manche valent mieux que les autres parcequ'elles fe fourent dans le canon & que pour lors on devient maitre du feu, à quoi l'on ne fauroit trop faire attention : car il ne faut pas vouloir deux chofes à la fois, je veux dire, charger & combattre de pied ferme; dans l'un de ces cas il faut tirer & dans l'autre point du tout, & cela n'eft

pas

pas fi facile à empêcher dans les affaires ferieufes. En voici un exemple.

Charles XII. Roi de Suede vouloit introduire dans fon infanterie la methode de charger à l'arme blanche, il en avoit parlé plufieurs fois & l'on favoit dans l'armée que c'étoit fon idée. Enfin à la Bataille de ------ contre les Mofcovites, au moment que l'affaire alloit commencer, il s'en fut à fon Regiment d'infanterie, lui fit une belle harangue, mit pied à terre devant les drapeaux & mena lui-même fon Régiment à la charge: lorfqu'il vint à trente pas de l'ennemi, tout fon regiment tira malgré fes ordres & fa prefence, d'ailleurs il fit parfaitement bien & enfonça l'ennemi. Le Roi en fut fi piqué qu'il ne fit que paffer à travers les rangs, remonta à cheval & fut ailleurs fans dire un feul mot.

Mais revenons à la Formation des Bataillons. Je les met d'abord à quatre de hauteur, les deux premiers rangs avec des fufils feulement, les deux autres avec des demi-piques ou pilons & leurs fufils paffés en écharpe. Ce Pilon eft une arme qui a treize pieds de long fans le fer qui doit être à trois quarts de dix-huit pouces de longueur, deux de largeur, mince & leger: le bois doit être de fapin, creux, & envelopé d'un parchemin verni, cela eft très-leger & ne fouëtte pas comme les piques des quelles l'infanterie ne peut fe paffer; j'en ai toujours ouï parler ainfi à tous les habiles gens, & les mêmes raifons qui ont fait quitter les bonnes chofes dans le metier de la guerre, ont auffi fait abandonner celle-ci, c'eft-à-dire la négligence & la commodité: l'on a trouvé qu'en Italie dans quelques affaires elles n'avoient pas fervies parce que le païs eft fort coupé, de-là on les a quittées par-tout & l'on n'a fongé qu'à augmenter la quantité d'armes à feu.

Quoique je dife qu'il ne faille point tirer, il y a cependant des cas où il le faut, & il eft bon de le favoir; comme dans des hayes, des païs coupés & contre la Cavalerie: mais cette methode doit être fimple & naturelle. Celle que nous avons ne vaut rien, parcequ'il eft impoffible que le Soldat ajufte fon coup s'il eft diftrait par l'attention qu'il eft obligé de faire au commandement. Comment veut-on que tous ces Soldats à qui l'on commande de coucher en joue, mirent leur coup jufqu'à ce qu'on leur dife de faire feu? Un rien les dérange, & il ne vaut plus rien dès qu'on a perdu l'inftant: que l'on ne croie pas que cela n'y faffe une grande difference; elle fera de plufieurs toifes, car rien n'eft fi fin & fi aifé à deranger que l'effet de l'arme à feu: outre cela les Soldats fe pouffent & on les fait tenir dans une attitude genante.

Toutes ces chofes & bien d'autres ôtent entierement au feu l'effet qu'il devroit produire: mais cette matiere demande un article particulier, & je reviens à la formation des Bataillons.

En chargeant les troifième & quatrième rangs baifferont les piques qui deborderont de fix à fept pieds le premier rang. Je foutiens qu'un homme qui eft couvert de ces piques poin-

pointe & applique son coup de fusil avec bien plus de confiance que s'il n'avoit rien devant lui: car le troisiéme rang peut alonger des coups & défendre le premier, ce qu'il fera bien mieux encore étant lui-même couvert des deux autres, au lieu que s'ils n'avoient que des fufils ils ne feroient d'aucune utilité. Le fecond rang peut tirer à l'aife & défendre le premier fans que celui-ci foit obligé de fe baiffer, moïennant quoi on évite un grand inconvenient qui eft de mettre un genouïl en terre, mouvement dangereux, parceque ceux qui ont peur fe plaifent dans cette attitude & qu'on ne les fait pas relever comme on veut, fur-tout parcequ'il faut toujours s'arrêter pour faire ce mouvement: de la maniere que je propofe tous les hommes font couverts les uns par les autres avec une confiance reciproque: le front eft heriffé de pointes qui en impofent à l'ennemi, l'afpect en eft redoutable & encourage vos Soldats parcequ'ils en fentent la force.

Les Planches feront diftinguer comme on doit former les Centuries. Planche V. VI. VII. VIII. IX. X.

Lors qu'on formera les Regimens on laiffera les Enfeignes dans le centre des Centuries pour que chaque Centurie fuive fon Enfeigne, les quels fe regleront tous fur celui de la Legion, ce qui donne une facilité très-grande pour fe former.

Je ne faurois affez m'étonner comment les hommes dérogent aux inftitutions & aux chofes les plus neceffaires; car les Drapeaux ont été inftitués à ces fins & pour le ralliement: je vois cependant tout le monde les mettre tous au centre du

M   Ba-

Bataillon, comme s'il en falloit plusieurs pour être vû. Il se pourroit fort bien que cette maniere d'entasser tous les drapeaux ensemble soit encore une preuve de notre ignorance : car vraisemblablement les drapeaux étoient jadis destinés à conduire chacun une troupe; ces troupes par les évenemens de la guerre s'étant trouvées reduites à un petit nombre de Soldats, on en a formé de toutes une seule & l'on a mis tous les Drapeaux au centre de cette troupe; avec le tems on a recompletté les Compagnies, mais on s'est toujours formé de la même maniere c'est-à-dire avec tous les drapeaux au centre, comme lors que l'on n'étoit pas complet : personne n'y a fait attention, de là on a adopté cet usage sans savoir pourquoi. Ce pourroit bien être aussi la raison qui a été cause de ces longs & grands Bataillons; si cela étoit, Messieurs les Savans dans l'art de former les Bataillons auroient philosophé sur un principe bien erroné, puisqu'il devroit sa naissance à un abus établi sur la plus parfaite ignorance que la stupidité militaire ait jamais pû produire.

Comme il se trouve plus de cent tant Officiers que Bas-Officiers par Regiment, il y aura toujours une file qui en sera composée à chaque Section & deux files à chaque Centurie. Ces files empêcheront que les Regimens ne se brouillent & que les Sections ne se mêlent, à quoi il faut faire attention. Cette disposition fait aussi que l'on est maitre du Soldat & qu'on peut l'empêcher de tirer mal-à-propos, parceque les Officiers & Sergents voient lors qu'ils portent la main au fusil pour l'ôter de dessus l'épaule; ce qu'ils ne peuvent pas lors qu'ils sont placés sur le front & derriére le Bataillon

suivant

fuivant l'ufage d'aujourd'hui. Comme j'ai fait trois pieds de
troupes differens, favoir le pied de paix, le complet & le
grand pied de guerre, c'eft-à-dire quand les Compagnies
font à dix-fept hommes & les Centuries à cent quatre-vingt
quatre y compris la prime plane, quand elles fondroient d'un
tiers & plus cela fait toujours une troupe ou Bataillon où toutes les Divifions fe trouvent. Ceci ne regarde que les
Centuries.

Il ne faut jamais mettre les deux demi-Centuries d'armés
à la legere & de Cavalerie que fur le pied du Complet, parcequ'elles fe recruttent toujours dans le Regiment & ne
fauroient par confequent être au-deffous de leur nombre,
d'autant que je ne pretends point faire de détachemens de
ces deux fortes de troupes & qu'elles marcheront toujours
enfemble.

Lors qu'il eft queftion de charger, les armés à la legere   Planche XI.
doivent être difperfés fur le front, à cent, cent cinquante &
deux cent pas fi l'on veut, en avant. Ils doivent commencer à tirer fur l'ennemi de trois cent pas de diftance fans ordre ni commandement & à leur volonté: chaque Capitaine
des armés à la legere ne doit faire battre la retraite & ne s'é-
branler avec fon Enfeigne pour fe retirer que lors que l'ennemi eft à cinquante pas de lui, & doit revenir tout doucement
fur fon Regiment en faifant feu de tems en tems, jufqu'à ce
qu'il foit arrivé dans les intervalles des Bataillons les quels
doivent deja être en mouvement. Selon cette difpofition le
Capitaine des armés à la legere doit avoir arrangé fes gens de

                ma

maniere qu'ils fe placent par dix dans les intervalles des Bataillons. Les Regimens pendant ce tems-là doivent avoir doublés
les rangs en faifant un mouvement en avant pour fe mettre fur
huit de hauteur. Il doit y avoir à trente pas derriére chaque
Regiment deux troupes de Cavalerie de trente maitres chacune.

Le tout marchant en avant d'un pas leger comme on le
fuppofe, l'ennemi doit en être decontenancé; que fera-t-il?
rompra-t-il fes Bataillons pour prendre ces Centuries par les
flancs? il ne le peut ni ne l'ofe, parceque les intervalles ne
font que de dix pas & qu'ils font occupés par les armés à la
legere, outre cela les armes de longueur s'y croifent. Comment refiftera-t-il donc à quatre de hauteur après avoir été
harcelé par les armés à la legere, s'il rencontre des gens
tous frais qui fur le même front fe trouvent à huit & qui viennent rapidement fur lui, qui doit être embarraffé d'ailleurs
par un grand flottement & qui a peine à s'émouvoir? Il y
a apparence qu'il fera battu, & dans le moment qu'il lâche
le pied il eft perdu fans reffource; car les armés à la legere
fe mettant à fes trouffes avec les deux troupes de Cavalerie,
ils en doivent faire une furieufe deftruction. Ces foixante-
dix Cavaliers, & ces foixante-dix armés à la legere doivent
détruire un Bataillon qui fuit en un moment & avant qu'il
ait eu le tems de faire cent pas. Les Centuries doivent toujours demeurer en ordre pour recueillir leur Cavalerie & leurs
armés à la legere; elles doivent être prêtes à recommencer
une nouvelle charge.

Je ne puis m'empêcher de me flatter & de croire que de
toutes

toutes les difpofitions, c'eft la meilleure & la plus belle pour un jour de Combat.

Mais, me dira-t-on, on lâchera de la Cavalerie fur vos armés à la legere. On ne l'oferoit; mais tant mieux fi cela arrive, ne font-ils pas à même de fe retirer, & cette Cavalerie peut-elle fubfifter entre moi & l'ennemi? Tirera-t-il fur ces foixante-dix hommes éparpillés le long du front de mon Regiment, ce feroit tirer fur une poignée de pieces. Ah, ils feront la même chofe & auront auffi des armés à la legere! Voilà donc qui prouveroit la bonté de mon fyfteme, fi cela les incommode au point qu'ils foient obligés de m'imiter: mais ce ne fera qu'après l'avoir bien appris à leurs depens & après avoir été bien étrillés pendant deux ou trois campagnes qu'ils s'en aviferont, & ils ne m'oppoferont que de nouveaux armés à la legere contre les miens qui feront bien exercés à cette manœuvre: mais par-où feront-ils retirer ces armés à la legere ou ces Grenadiers, fera-ce fur les ailes en faifant un mouvement tout le long de leur front où il n'y a point d'intervalles? Je dois avant de finir ce Chapitre faire un petit calcul de mes armés à la legere.

Suppofons donc qu'ils commencent à tirer de trois cent pas de diftance qui eft celle à la quelle ils font exercés: ils pourront donc tirer l'efpace du tems qu'il faut à l'ennemi pour faire ces trois cent pas, & il leur faudra toujours fix à fept minutes. Or un armé à la legere peut tirer fix coups par minute; mais mettons qu'il n'en tire que quatre. Chacun aura donc tiré trente coups avant que le Bataillon ennemi

ait

ait fait les trois cent pas, de-là il eft clair que chaque Bataillon aura effuïé pour le moins deux mille coups avant le
Choc; & par qui? par des gens qui paffent leur vie à tirer d'une plus grande diftance au but, qui ne font point ferrés, tirent à l'aife, & ne font point contraints par le commandement de faire feu, ni par l'attitude gênante qu'on leur
fait tenir dans les rangs, où ils fe pouffent, s'empêchent de
voir & d'ajufter leur coup. Je tiens qu'un coup tiré par un
armé à la legere ainfi exercé en vaut bien dix tirés par un
autre. Et fi l'ennemi eft en front de bandiere, il effuiera
plus de quatre à cinq mille coups de fufils par Bataillon avant
que je ne l'aie abordé.

Qu'on ne croie pas que trois cent pas foit une trop grande diftance : un fufil à fecret porte quatre cent pas de but
en blanc & fi vous l'élevez à vingt ou vingt-cinq dégrés il
portera au delà de mille pas.

A cela je joins le feu des armes que j'ai nommées *Amufettes*; j'ai deja dit qu'il ne falloit que deux à trois Soldats
pour en mener une & la fervir, à quoi je deftine les Capitaines d'armes avec des Soldats que l'on prendra dans chaque
Centurie.

Ces Amufettes doivent fe mener en avant avec les armés
à la legere un jour de Combat: comme elles tirent au delà
de trois mille pas, elles doivent caufer un furieux dommage à
l'ennemi lorfqu'il fe forme, foit au fortir d'un bois, d'un défilé ou d'un village, lorfqu'il marche en Colonne, & qu'il fe
met

met en Bataille ce qui prend du tems. Or ces Amufettes peuvent tirer au delà de deux cent coups par heure. J'en mets une par Centurie : on peut y joindre celles de la feconde ligne & les raffembler toutes fur une hauteur : l'effet qu'elles produiront fera confiderable.

Les Capitaines d'armes doivent être exercés à tirer avec, elle eft infiniment plus jufte que le Canon & tire plus loin : comme il y en a quatre par Regiment, il y en aura feize par Legion ; ces feize machines raffemblées un jour de Combat feront taire dans un moment une batterie ennemie.

Les nombres pairs & la racine quarée doit être un principe fur lequel il faut tabler pour la Compofition des Corps de mon Infanterie & dont il ne faut jamais s'écarter, qui font de quatre Centuries par Regiment, quatre Manipules ou Pelotons par Centurie, & la Legion de quatre Regimens.

A l'égard de mes Piques, fi quelqu'un trouve que dans les païs de chicane ou de montagnes elles foient inutiles, je lui dirai qu'en ce cas on en eft quitte pour les pofer à terre pendant ce tems, mes Soldats aïant leurs fufils en écharpe alors ils s'en ferviront. On me dira encore que cela eft incommode à porter ; mais je ne ferai pas de cas de cette objection infenfée. Le Soldat n'eft-il pas obligé de porter des bâtons de Tentes? Il n'y a que faire faire les tentes de façon que les piques puiffent fervir de bâtons en y attachant un cordon par le milieu ; qu'importe que le haut de la pique

paffe

paſſe la tente? au contraire cela fera un très-bel effet & même un ornement, dans un camp. Ces Piques avec leur fer
ne peſent que cinq livres & ne fouettent pas comme les autres, parcequ'elles ſont creuſes: les piques dont on ſe ſervoit
ci-devant peſoient juſqu'à dix-ſept livres & étoient très - incommode à manier.

Je ſoutiens qu'on peut tirer de grands ſervices d'un tel
corps, ſur-tout ſi le General Legionaire eſt un homme intelligent. Lorſque le General de l'armée aura beſoin d'occuper un poſte, de barrer l'ennemi dans ſes projets; enfin pour
cent differens cas qui ſe trouvent à la guerre, il n'a qu'à ordonner à une telle Legion de marcher: comme elle a tout
ce qu'il lui faut pour ſe fortifier, elle peut en peu de tems
ſe mettre hors d'inſulte, & en quatre à cinq jours elle doit
être en état de ſoutenir un ſiege & d'arrêter une armée ennemie.

Le projet de Fortification que je donnerai ci-après en de-
montrera la poſſibilité.

Cette diſpoſition de l'Infanterie me paroit d'autant plus
convenable qu'elle eſt juſte dans toutes ſes parties, & la reputation de la première, ſeconde, ou troiſiéme Legion fera
impreſſion ſur les autres & même chez l'ennemi. Un corps
pareil fait cauſe commune de ſa reputation, il ſera toujours
émû du deſir d'égaler ou de ſurpaſſer celle d'un autre. Les
actions d'un corps qui a un nom ſtable s'oublient bien moins
que celles de ceux qui portent le nom de leurs Officiers, par-
ce-

ceque ces noms changent & que les actions s'oublient avec eux. D'ailleurs il est dans le cœur de l'homme de se moins interesser aux chofes qui regardent son femblable qu'à celles qui lui font personnelles dès qu'on s'en fait un honneur; or cet honneur est bien plus aisé à faire naitre dans un Corps qui porte son nom avec lui, que dans un autre qui porte celui du Colonel le quel bien souvent n'est pas aimé.

Bien des gens ne savent pas pourquoi tous les Regimens qui portent les noms de Provinces en France ont toujours si bien fait; ils disent pour toute raison, C'est l'esprit du Corps: ce n'en est pas une, je viens de la dire. Voilà comme les chofes qui font le plus de conféquence roulent fur un point imperceptible! D'ailleurs ces Legions font une efpece de patrie militaire où les prejugés des differentes nations se trouvent confonduës: ce qui est un grand point pour un Monarque, pour un Conquerant; car par-tout où il trouve des hommes, il trouve des Soldats.

Ceux qui croient que les Legions Romaines étoient toutes compofées de Romains de Rome, se trompent fort, elles l'étoient de toutes les nations: mais leur pied, leur discipline, & leur methode de combattre étoient meilleures que celles de leurs ennemis, c'est pourquoi ils les ont tous vaincus; & ce n'est que lors que la difcipline a degenerée chez les Romains qu'ils ont été vaincus à leur tour.

O   C H A

CHAPITRE TROISIEME.

De la Cavalerie; de ses Armures & de ses ar-
mes. Du Pied de la Cavalerie; comme elle
doit se former, combattre & marcher. Des
Mouvemens, des Fourages au verd & au sec,
des Pâtures, des Tentes & de la maniere de
Camper. Des Partis ou Détachemens.

ARTICLE PREMIER.

De la Cavalerie en general.

I L faut que la Cavalerie soit leste, qu'elle soit montée sur des chevaux rendus propres à la fatigue, qu'elle ait peu d'équipages, & sur-tout qu'elle ne fasse pas son point principal d'avoir des chevaux gras: s'il se pouvoit qu'elle vît souvent l'ennemi, cela ne seroit que mieux & la mettroit bien-tôt en état d'entreprendre les plus grandes choses. Il est certain que l'on

ne

connoit pas la force de la Cavalerie, ni les avantages qu'on en peut rétirer; d'ou vient cela? de l'amour qu'on a pour les chevaux.

J'ai eu un Regiment de Cavalerie allemande en Pologne avec lequel j'ai fait en dix-huit mois plus de quinze cent lieuës soit en marche ou en courfes, & je puis affurer que ce Regiment étoit plus en état de fervir au bout de ce tems-là, qu'un autre qui auroit eu des chevaux gras: mais pour cela il faut les faire peu-à-peu au mal & les endurcir à la fatigue par des courfes & des exercices violens, ce qui les conferve plus fain & les fait durer bien davantage: quand ils y font fait vous pouvez compter avoir de la Cavalerie au lieu que vous n'en aviez point avant. De plus cela rompt & ftile vos Cavaliers, leur donne un air de guerre qui fied bien: mais il faut les faire galopper, courir à toutes jambes en efcadrons & les mettre peu-à-peu en haleine. Il ne faut pas fe contenter de manœuvrer tous les trois ans une fois avec une lenteur extreme de peur que ces pauvres bêtes ne fuent. Je foutiens que lorsqu'un Cheval n'a pas été tourmenté & endurci au mal, il eft fujet à beaucoup plus d'accidens & ne fauroit jamais être de fervice.

La Cavalerie doit être diftinguée en deux efpeces, favoir la groffe Cavalerie & les Dragons. De la premiere qui eft la veritable Cavalerie, il en faut peu, parcequ'elle eft extremement couteufe; mais il faut y faire une attention particuliere: quarante Efcadrons fuffifent pour une armée de quarante à cinquante-mille hommes. Ses mouvemens doivent

être

être simples & solides ; on ne doit jamais lui rien apprendre qui vise à la legereté : le principal point est de lui montrer à combattre ensemble & à ne jamais se debander.   Elle ne doit faire d'autre service dans une armée que celui des grandes gardes, jamais d'escortes, jamais de détachemens éloignés, ni de courses, & on doit la regarder comme la grosse Artillerie qui ne marche qu'avec l'armée, aussi ne doit-elle servir que dans les Combats.

Elle doit être montcé sur des chevaux forts & épais : les chevaux allemands font les meilleurs, ils ne doivent jamais être au dessous de cinq pieds deux pouces.

Les Cavaliers doivent être armés de toutes pieces, & le premier rang doit avoir des Lances penduës à une courroie mince au pommeau de la Selle.

Ils doivent avoir une bonne Epée roide à trois quarts, longue de quatre pieds, une Carabine, point de pistolets, ils ne servent qu'à faire du poids. Des Etriers en Chapelets, point de Selle, mais un Arçon avec deux battines rembourrées, une peau de mouton noire par-dessus qui sert de housse & de couverture la quelle croise sur le poitral.

Pour cette Cavalerie il faut des hommes choisis de cinq pieds six à sept pouces, élancés & point ventrus.

A l'égard des Dragons il en faut au moins le double ; mais les Regimens doivent être composés de même pour le nombre
bre

bre & doivent avoir des Chevaux qui ne foient pas au-deſſus
de quatre pieds huit pouces, ni au-deſſous de quatre pieds
fix. L'Exercice de ces Dragons doit être rempli de Celerité; ils doivent favoir celui de l'infanterie en perfection :
leurs armes doivent être le Fuſil, l'Epée & la Lance, & ces
lances doivent leur fervir de piques lors qu'ils mettent pied
à terre. Leurs Selles & Harnois feront comme ceux de la
Cavalerie. Les hommes doivent être petits, de la taille de
cinq pieds à cinq pieds un pouce, pas au-deſſus de deux.
Ils ſe formeront par Efcadron à trois de hauteur ainſi que la
Cavalerie, & doivent marcher de même.

Lors qu'ils mettent pied à terre il faut qu'ils foient à rangs
ouverts, qu'ils faſſent tous à droite par demi-quart de rang,
ainſi que la figure le marque, ce qui forme d'un Efcadron
huit Files; ils fortent par ces Files après avoir occupés leurs
chevaux & ſe forment où l'Efcadron faifoit front; les hommes de la droite de ces huit files reftent à cheval, ainſi que
ceux de la gauche. Voilà à peu près les manœuvres qu'il
faut leur apprendre ainſi que je l'expliquerai plus au long
ci-après.

Le troifiéme rang doit favoir Voltiger, Efcarmoucher,
& toujours ſe rallier à l'Efcadron par les intervalles : mais les
premier & fecond rangs doivent être inebranlables & auſſi
folides que de la groſſe Cavalerie. Leurs fufils doivent être
paſſés en écharpe. Ce font ces Dragons qui doivent faire
tout le petit fervice de l'armée, courir les quartiers, faire
les Efcortes & aller à la guerre. Voilà en general ce qui con-

P   cerne

cerne la Cavalerie. Il eſt maintenant à propos d'entrer dans un plus grand détail.

ARTICLE DEUXIEME.

Des Armures de la Cavalerie.

JE ne ſais pourquoi on a quitté les **Armures**, car rien n'eſt ſi beau ni ſi avantageux. L'on dira peut-être que c'eſt l'uſage de la poudre qui les a abolis; mais point du tout, car du tems de Henri IV. & depuis juſqu'en l'année 1667. on en a porté, & il y avoit deja bien longtems que la poudre étoit en uſage: mais vous verrez que c'eſt la chere commodité qui les a fait quitter.

Il eſt certain qu'un Eſcadron tout nud comme on eſt à preſent n'auroit pas beau jeu contre des gens armés de toutes pièces: car par où prendroit-on ces hommes pour les percer? il n'y a donc d'autre reſſource que de tirer. C'eſt un avantage très-grand de mettre la Cavalerie dans cette néceſſité, & cette idée merite d'être examinée.

J'ai fait faire une Armure entiere de feuilles de tole mince appliquées ſur un bufle très-fort & ne peſoit pas plus de trente livres. Cette armure eſt à l'épreuve de l'épée & de la pique: je ne puis avancer qu'elle garantiſſe du coup de feu, ſur-tout de celui qu'on nomme le coup de la baraque; mais je puis aſſurer que tous les coups mal chargés, tous ceux qui ſont éventés ou ébranlés par le mouvement du cheval

ne

ne percent point, non plus que tous ceux qui viennent de biais. Mais laiſſons-là le feu, celui de la Cavalerie n'eſt pas fort redoutable & j'ai toujours ouï dire que celle qui s'aviſoit de tirer étoit battu; ſi cela eſt, il faut donc tacher de l'obliger à tirer; on ne le peut plus aiſément qu'en donnant des Armures legeres comme elles que je propoſe , parceque ces hommes ſe trouvant invulnerables à l'épée, il faudra que l'ennemi prenne le parti de tirer; qu'arrivera - t - il s'il tire? Dès que la Cavalerie ainſi armée aura eſſuiée ce feu, elle ſe jettera à corps perdu deſſus ſon ennemi parce qu'elle n'a plus rien à craindre & qu'elle deſirera ſe venger du péril qu'elle a couru; que feront ces hommes pour ainſi dire tout nud contre d'autres qui leur ſeront invulnerables ? Car pour peu qu'un homme ſe remue je défie qu'on le tue. S'il y avoit ſeulement deux Regimens comme cela dans une armée & qu'ils euſſent ſecoués quelques eſcadrons ennemis , la frayeur s'y mettroit bientôt , parceque tout leur paroitroit Cuiraſſé. J'ai dit que cette Armure faiſoit un bel effet, je dirai plus; elle eſt d'une grande épargne, l'on y gagne l'habit, il ne faut qu'un petit Bufle au Cavalier, des Culottes & un Manteau; point de Chapeau. Les Caſques à la Romaine ſont un ſi bel ornement qu'il n'y en a point qui lui ſoit comparable. Ce Casque & cette Armure durent autant que la vie; ainſi il ne faut au Cavalier qu'un Manteau tous les trois ou quatre ans, un Bufle tous les ſix ans, des Culottes, voilà tout. Cet habillement eſt donc beaucoup moins couteux que le nôtre & beaucoup plus parant. Il met votre Cavalerie en état de ne pas craindre celle de l'ennemi; mais au contraire lui fait naitre le deſir de la joindre au plus vîte & de ſe mêler avec el-

P 2   le,

le, parcequ'elle sentira que c'est son avantage. C'en seroit
aussi un pour le Prince qui introduiroit cette methode, & je
ne serois point du tout étonné de voir à la suite dix à douze
Cavaliers attaquer un Escadron entier & le défaire, parceque l'audace auroit augmenté d'un côté & la terreur de
l'autre.

L'on me dira à cela; Mais l'ennemi fera la même chose.
C'est encore une preuve que ce que je propose est bon, puisque l'ennemi n'y trouve d'autre remede que celui de m'imiter: mais ce ne sera pas la Campagne suivante, il se laissera
étriller pendant dix ans & peut-être pendant cent, avant
que de s'en aviser, tant on revient difficilement des usages
chez toutes les nations, soit amour propre, soit paresse ou
stupidité. Les bonnes choses ne percent qu'après un tems in-
fini, & quoique quelquefois tout le monde soit convaincu
de leur utilité, malgré cela on les abandonne bien souvent
pour suivre l'usage & la routine, & on vous dit froidement
pour toutes raisons; Ceci n'est plus d'usage.

Pour être convaincu de ce que je dis, il n'y a qu'à voir
le nombre d'années que les Gaulois ont été battus par les
Romains, sans que jamais ils se soient avisés de changer leur
discipline ni leur façon de combattre. Les Turcs sont aujourd'hui dans le même cas, ce n'est ni la valeur, ni le nombre, ni les richesses qui leur manquent : c'est l'ordre & la
discipline.

A la Bataille de Peterwaradin, ils étoient au delà de cent
mille

mille hommes, nous n'étions que quarante-mille ; & ils furent battus. A Belgrade ils étoient au delà de deux cent
mille hommes, nous n'étions pas trente-mille, & ils furent
défaits; ils le feront toujours tant qu'on s'y prendra tant foi
peu bien. Cela devroit bien perfuader qu'il ne faut jamais
fe prévenir fur rien.

On m'objectera peut-être que les bleffures des coups de
feu qui perceront ces Armures feront très-dangereufes :
point du tout ; la bale perce cette tôle ; mais elle n'emporte
pas la piéce, elle ne fait que la dechirer. Mais quand cela
feroit, que l'on pefé dans une jufte balance les avantages qui
refultent de ces armures avec les inconveniens, & l'on trouvera que les premiers font bien au-deffus : car de quelle conféquence eft-il qu'un petit nombre d'hommes meurent de
leurs bleffures à caufe de ces armures pourvû que l'on gagne
des batailles & qu'on dévienne fuperieur à l'ennemi ? Encore cela n'eft-il pas ; car fi on veut confiderer combien de
Cavaliers periffent par l'épée & combien font dangercufe-
ment bleffés par des coups perdus & mal chargés ; accidents
des quels ces armures garantiffent, je dis que fi l'on veut
mettre toutes ces chofes en confideration on trouvera que
les Armures telles que je les propofe font preférables.

C'eft la molleffe & le relâchement fur la difcipline qui les
ont fait quitter : il eft ennuieux de porter la Cuiraffe ou
de trainer une Pique pendant un demi-fiecle pour s'en fervir un feul jour. Mais dès qu'on fe relâche fur la difcipline, dès que dans un Etat la commodité devient un ob-

Q   jet

jet, l'on peut prédire fans être infpiré qu'il eft proche de
fa ruine.

Les Romains avoient vaincus tous les peuples par leur discipline ; à mefure qu'elle fe corrompit leurs fuccès devinrent
moindres ; & lorsque l'*Empereur Gracien* permit aux Legions
de quitter leurs Casques & leurs Cuiraffes, parceque les Soldats amollis fe plaignoient qu'elles étoient trop pefantes, tout
fut perdu : les Barbares qu'ils avoient vaincus pendant tant
de fiecles, les vainquirent à leur tour.

ARTICLE TROISIEME.

Des Armes du Cavalier & de l'Harnachement du cheval.

CHaque Cavalier doit avoir une Carabine avec un dez à
fecret; elle tire infiniment plus loin qu'un autre fufil
& fe charge aifement fans qu'on foit obligé de bourer avec
la baguette, ce qui eft d'une difficulté extreme à la Cavalerie : le calibre doit en être petit, ce qui fait que le coup
eft violent & net : il faut toujours la faire porter en bandoui-
lere foit pour la marche ou pour le combat.

L'Epée doit auffi fe porter en écharpe, parcequ'elle incommode infiniment moins & que cela a meilleure grace.
Il doit y avoir au ceinturon une poche comme les Cavaliers
de l'Empereur en ont, pour qu'ils puiffent y mettre quelque chofe. Ces épées doivent être à trois quarts afin qu'on
ne puiffe pas fabrer avec, ce qui ne fait jamais un grand effet;

fet ; car fi elles font longues elles n'y fauroient être propres, fi elles font courtes elles ne valent rien à cheval ; elles font plus roides & plus fortes quand elles font à trois quarts ; elles doivent avoir quatre pieds de longueur, car il faut avoir à cheval une longue épée, comme il en faut avoir une courte à pied. Je ne veux point de Piftolets parcequ'ils ne fervent qu'a faire du poids.

Le premier rang doit être pourvû de Lances. Monfieur *de Montecuculli* dit dans fes Memoires que la Lance eft de toutes les armes dont on fe fert dans la Cavalerie, la meilleure , que l'on ne refifte point à fon choc; mais qu'il faut que les lanciers foient armés de toutes pieces.

Ces Lances doivent avoir environ douze pieds de long & le bâton creux, elles pefent environ fix livres & fervent pour dreffer les Tentes ainfi qu'il fera demontré ci-après; moyennant quoi on évite un grand embarras que caufent les bâtons de tentes, qui font toujours un vilain effet fur les chevaux & qui les chargent beaucoup.

Venons à l'Harnachement du cheval. Je ne veux point de Planche XII. mord à la bride; il faut qu'elle ait une têtiére avec deux branches droites: de l'endroit où eft ordinairement le mord des brides ordinaires il paffe un cuir fur le nez du cheval, la gourmette venant à ferrer lors qu'on tire les rênes le ramene parfaitement & mieux qu'aucune bride à mord; il n'y a point de cheval que l'on n'arrête avec & que l'on ne manie bien, on ne fauroit leur gater la bouche ni leur échauffer les barres.

Il en refulte un avantage confiderable en ce que les chevaux peuvent repaitre fans que l'on foit obligé de débrider: dès qu'on lâche les rênes, ils peuvent ouvrir la bouche toute grande, & lors qu'on les tient en mains ils ne le fauroient & par confequent tirer la langue, ni s'accoutumer à quantité de mauvaifes habitudes qu'ils prennent avec les mords: d'ailleurs cela leur releve bien la tête. Cette invention eft de *Charles* XII. Roi de Suede.

Quant aux Selles je leur trouve de grands défauts. Si le cheval fe vautre il caffe l'arçon, voilà le Cavalier à pied; s'il monte deffus il l'eftropie; s'il maigrit l'arçon porte, le voilà bleffé.   Enfin la quantité de boucles, d'étriviéres & de binborions le bleffe, coute beaucoup & fait du poids; d'ailleurs il y a toujours à racommoder à ces felles & l'on eft obligé de recourir fouvent aux Selliers des villes, ce qui caufe des embarras infinis.

Planche XIII.   J'ai imaginé une autre façon de Selle. J'établis un arçon de fer fort & bien conditionné fur deux batines de toile ou de cuir fi l'on veut, rembourées de paille ou de bourre, au bout des quelles eft attachée la croupiere. Je mets par-deffus une peau de mouton noire ou d'autres animaux qui fert de houffe & de couverture à la batine, elle croife fur le poitral du cheval & a fort bonne grace. Je paffe fous cette couverture un fimple furfaix qui pofe fur les batines, cela ne bleffe jamais ni l'homme, ni le cheval, l'on y eft fort bien affis & fort près. J'ai des étriers en chapelets comme au manege qui fe paffent au pommeau de l'arçon & que les Cavaliers relevent dès qu'ils

font

font defcendus. Ces batines avec les couvertures doivent toujours refter fur les chevaux, nuit & jour, on ne doit les leur
ôter, que pour les panfer & enfuite les leur remettre. Ils
peuvent fort bien fe coucher avec, & dès qu'il vient une alerte on n'a que monter à cheval. Quand ils font de grande garde & qu'il pleut on n'a que rouler la houffe fur l'arçon & elle
fe conferve à fec. Les Cavaliers au befoin peuvent faire eux-
mêmes de pareilles batines.

Cet équipage ne coûte pas le tiers du nôtre, eft infiniment
plus commode, ne pefe rien & n'eftropie pas les chevaux.
Voilà en quoi confifte tout l'équipage du cheval. Venons
aux Utenfiles.

Chaque Cavalier doit être pourvû d'un grand Sac de fept Planche XII.
pieds de tour fur cinq de haut. Ces Sacs doivent avoir des bre-
telles pour y paffer les bras ; les Cavaliers les rempliffent de
fourage, montent à cheval & fe le font donner par leurs camarades fur la croupe, placé fur les deux batines le plus près
du dos qu'il eft poffible.

S'il vient une alerte, ils jettent leurs Sacs & fe forment en Efcadron: ce ne font plus des fourageurs mais des
troupes prêtes à combattre, car ils doivent toujours être armés, & on ne les attaquera pas fans s'engager dans un grand
combat. Mais je parlerai de ceci plus amplement à l'article
du Fourage.

Pendant que les chevaux pâturent, les Cavaliers avec une

R

fau-

faucille ramaffent par - ci par - là des poignées d'herbes qu'ils
mettent dans le fac. Il faut que le païs foit bien fec, s'ils ne
trouvent pas de quoi le remplir dans la matinée : les chevaux
fe rempliffent le ventre en attendant & ce qu'ils rappor-
tent fans les fatiguer ni les eftropier leur fert pendant deux ou
trois jours. L'on choifit enfuite une autre pâture ; pendant ce tems - là la premiere repouffe , & pourvû que
l'on en ait cinq à fix à l'entour du Camp on fubfifte longtems fans ruiner la Cavalerie à la faire aller au fourage. Ces
Sacs peuvent encore fervir de paillaffe aux Cavaliers pour
fe coucher. Les Faucilles valent mieux que les Faux,
qui font trop embarraffans & qui font un vilain effet fur le
cheval.

Chaque Cavalier doit avoir une Outre de peau de bouc
comme il y en a dans les païs chauds pour mettre leur boiffon ;
point de pots ni de barils. Cette Outre , leurs chemifes,
leurs bas, le bonnet, une corde & ce qu'ils peuvent avoir befoin, fe mettent dans le fond du Sac qui fe roule enfuite avec
le manteau fur les deux batines & s'attache avec deux
courroïes derriere le Cavalier. Cela ne fait pas de paquet ni
un étalage monftrueux comme notre Cavalerie en porte, ce
qui bleffe quantité de chevaux & embarraffe beaucoup les
hommes. Mais il faut avoir attention de faire de tems en
tems la revuë de leurs nippes & faire jetter les chofes fuper-
fluës. Je l'ai fait fouvent, & l'on ne fauroit croire toutes les
vilainies qu'ils emportent avec eux pendant des années en-
tieres ; il faut que le cheval porte tout. Je ne crois pas
exagerer en difant qu'on auroit chargé vingt chariots de mauvaifes

vaiſes drogues abſolument inutiles avec ce que j'ai quelque fois fait jetter à un ſeul Regiment : c'eſt ce qui abime en partie la Cavalerie.

ARTICLE QUATRIEME.

Du Pied de la Cavalerie : comment elle doit ſe former , combattre & marcher.

LEs Regimens de Cavalerie & de Dragons doivent être ainſi compoſés que ceux d'Infanterie ; c'eſt-à-dire de quatre Centuries , chacune de cent-trente hommes , ce qui formera quatre Eſcadrons.

Il y aura donc à chaque Centurie

1. Centurion.
1. Lieutenant.
4. Sous - Lieutenans.
1. Cornette.
1. Marechal de logis.
1. Capitaine d'armes.
1. Fourier.
2. Gardes - étendarts.
2. Trompettes.
10. Brigadiers.
10. Sous - Brigadiers.
100. Cavaliers.

134. Et l'Etat - Major comme dans l'Infanterie.

Voilà la formation des Eſcadrons , les quels on ne doit ja-

mais

mais diminuer, parcequ'il faut bien du tems pour former un Cavalier, qu'il ny a que les vieux chevaux de bons à la guerre, & que ce doit être un corps folide.

A l'égard des Dragons, on peut les diminuer & les demonter en tems de Paix comme l'on veut; pourvû qu'ils restent fur le pied de l'Infanterie ils feront toujours bons.

La Marche doit toujours fe faire par deux dans les païs où l'on ne fauroit marcher par Efcadron; mais il vaut bien mieux marcher ainfi lors que le terrein le permet: fi non par le centre avec l'étendart & fes deux gardes; le premier, fecond & troifiéme rangs par le centre; & ils devront fe former de même, c'eft la meilleure methode.

Planche XIV.

Lors qu'on marche en guerre, il faut toujours le faire par Efcadron & fe former au fortir de tous les defilés, fur-tout quand on a quelque chofe à craindre. On peut auffi marcher par demi-Efcadron; mais ce mouvement doit toujours fe faire par le centre.

Il faut avoir une attention extreme lors qu'on marche par deux, que les Cavaliers ou Dragons ne doublent pas la file pour quelque mauvais pas qu'ils trouvent: car s'il y en a un qui le fait, ils le font tous, & cela eft caufe que votre Cavalerie, au lieu d'arriver dans fix heures au rendez-vous, n'y arrivera que dans douze. Un feul mauvais pas qui fe trouvera dans toute une marche vous fera ce retard fi les Officiers n'y font une attention particuliere: s'il s'en trouve plufieurs,

toute

toute votre Colonne de Cavalerie se mettra en desordre ; dans des endroits vous en trouverez qui seront arrêtés, & d'autres qui galoperont pour regagner ceux qui les ont devancés. Rien n'abime tant la Cavalerie que ce manque d'attention ; il faut y être extremement severe. Il vaut mieux, s'il se rencontre quelque trouée dans la marche, arrêter tout court & la faire racommoder, que de passer outre ou de faire un chemin ailleurs. Quand on passe dans l'eau, il faut aussi avoir attention de ne point laisser boire les chevaux : un homme qui fera boire son cheval arrêtera toute une armée. Dans cette occasion il faut que tous les Officiers y concourent ; les reprimandes, ni les exhortations ne sont pas de saison, il faut que le châtiment marche dans l'instant, rien n'est de si grande consequence pour la Cavalerie : car la complaisance que l'homme a pour son cheval, fait que chacun s'arrête peu ou beaucoup, & il faut toujours qu'ils galopent pour regagner leur rang.

Que l'on ne croie pas que cela n'y fasse une grande difference. Vous arriverez à nuit close dans un Camp où vous auriez pû & dû arriver à midi ; si, dis-je, vous n'y faites attention & que cela soit repeté souvent, vous abimerez toute votre Cavalerie en peu de jours.

Il n'y a d'autres mouvemens à apprendre à la Cavalerie, que le Caracol, les à droites & les à gauches, par demi quarts de rangs & à rangs ouverts ; voilà tout. De cette maniere vous marcherez sur votre gauche ou sur votre droite pour gagner un terrein lors que vous ne le pourrez

faire

faire par efcadron , & vous vous mettrez de la tête à la queuë &c.

Le Caracol vaut cependant toujours mieux , parce qu'il eft plus fimple. Les Dragons doivent être bien rompus à faire à droite & à gauche , par demi-quart de rang lors qu'ils mettent pied à terre. Si la troupe n'eft que de cinquante maitres on ne fait ce mouvement que par quart de rang ; mais fi elle eft de cent ou cent-trente , on le fera toujours par demi-quart.

Planche XV. Il faut fuppofer que les Dragons foient arrivés à toutes jambes à un paffage qu'ils veulent défendre , ils fe forment tout de fuite en Efcadron , puis font ce mouvement & mettent pied à terre.

Les chevaux qui font accouplés font conduits par les huit hommes qui fe trouvent à la queuë des files & emmenent ces chevaux très-facilement où ils veulent , parceque les huit autres hommes de la tête , les redreffent & les pouffent en avant. Il faut laiffer un Brigadier & un Sous-Brigadier par efcadron avec ces feize hommes : mais tout cela veut être exercé.

L'on doit obferver comme un principe fondamental de ne jamais arrêter fur le mouvement du Caracol pour fe redreffer , cela eft d'une confequence infinie dans les affaires.

Lors que la Cavalerie charge l'ennemi , l'on ne fauroit affez

affez lui imprimer de refter ferrés enfemble & de ne jamais pourfuivre à la débandade. Leur Etendart doit leur être facré, quelqu'évenement que le Combat produife, ils doivent toujours fe rallier à lui. Avec ces principes fi vous pouvez parvenir à les bien perfuader vous ferez de la Cavalerie invincible.

Lors que l'on charge, on doit partir au petit trot de la diftance de cent pas, l'augmenter à mefure qu'on approche, & enfuite le galop; on ne doit ferrer la botte qu'à vingt ou trente pas de l'ennemi, & cela doit fe faire par un Officier qui commande en criant à *Moi*. Il faut y ftiler la Cavalerie & les bien exercer pour leur rendre cette manœuvre familiere la quelle doit être prompte comme un éclair: il faut fur-tout leur apprendre à galoper un train bien allongé. Tout Efcadron qui ne peut charger deux mille pas à toutes jambes fans fe rompre, n'eft jamais propre à la guerre (*). C'eft le point fondamental: quand votre Cavalerie faura cela, elle fera bonne, & le refte lui paroitra facile.

Les Dragons doivent favoir non feulement la même chofe, mais encore Efcarmoucher: leur troifiéme rang doit forà la débandade, rentrer & fe former avec celerité; ils doivent être exercés à tirer à cheval avec des fufils à fecret comme ceux des armés à la legere, & ils doivent auffi favoir l'exercice de l'Infanterie.

Les

(*) La Cavalerie Pruffienne eft fur ce pied.

Les Chevaux doivent être tenus en haleine dans les quartiers d'hiver, ou en tems de paix, par des courses & des exercices violens, trois fois la semaine au moins.

La grosse Cavalerie doit aussi galoper & courir pour rompre les chevaux & les hommes: ce n'est que lors qu'ils sont en Campagne qu'il faut les menager.

La bonne façon d'accoutumer les chevaux de la Cavalerie au feu, c'est lors que l'infanterie fait l'exercice, il faut toujours avancer dessus au pas, traiter fort froidement les chevaux, les accoutumer de plus près en plus près, ne les point chatier mais les caresser; ils s'y accoutumeront si bien au bout d'un mois qu'ils iroient mettre le nez sur le bout du fusil sans s'étonner; alors ils font bien: mais il faut prendre garde de ne pas approcher de trop près, car si une fois ils sont brulés vous ne les remettez pas facilement. Il faut aussi faire attention de ne point faire de Conversion ni de mouvement de côté lors qu'on tire, car vos chevaux s'y accoutumeroient comme ceux des Huffars.

ARTICLE CINQUIEME.

Des Fourages au verd, & des Pâtures.

LEs Fourages font une grande partie dans l'art de la guerre; ils faut les reconnoitre avant de les faire, & faire sa disposition en faisant l'inspection des lieux. L'on prend plus ou moins de Cavalerie ou d'Infanterie pour former la

chai-

chaine, felon qu'il eft dangereux ou que le terrein l'exige. Il faut toujours tacher de fe couvrir au moins d'un côté.

La façon, dont j'ai propofé ci-devant de faire fourager la Cavalerie, remedie à bien des chofes fâcheufes qui arrivent; mais il faut toujours mener un Etendart, deux Trompettes, un Officier-Major par Regiment, & un Officier par Efcadron.

Les Fourageurs ne doivent pas fe débander: chaque Regiment prend le pofte qui lui eft marqué & enfuite les fourageurs ou les pâtureurs fe repandent à l'entour fans courir. Une Efcorte de dix hommes refte auprès de l'Etendart avec les deux Trompettes; s'il vient une alerte les trompettes appellent, & tous les Cavaliers de chaque Regiment s'affemblent chacun à leur étendart.

Après que chaque Regiment a fouragé & raffemblé tout fon monde, il peut s'en retourner au Camp à fa volonté fans attendre les autres; mais la Chaine doit refter jufqu'à ce qu'il plaife à celui qui commande le fourage ou la pâture de la faire replier.

Il eft incroiable combien on eftropie de chevaux avec les trouffes; elles leur reftent fur le corps quelque fois huit à dix heures & pefent jufqu'à cinq à fix-cent livres: quelquefois l'on refte la nuit dehors & il eft impoffible que la Cavalerie ne s'abime à ne faire que ce metier-là. Si vous mar-

T
chez

chez dans des chemins creux ou des defilés, qu'une trousse se rompe, qu'elle tombe, qu'un cheval s'abatte, voilà toute la Cavalerie arrêtée. Cela arrive cependant à tout moment ; les autres chevaux qui ne peuvent supporter leurs charges s'inquiettent, ils toupillent & se heurtent, voilà tout-aussi-tôt vingt trousses à bas. Quand il pleut les chevaux enfoncent, glissent, & s'abattent, les trousses trainent dans les boues, le dessus n'est bon qu'à jetter, de façon qu'il y a toujours un grand tiers de perte. C'est une misere en verité, il vaudroit mieux ne rien donner aux chevaux que de le leur faire païer si cher.

De la maniere que je propose de fourager, il n'y a point de perte ni d'embarras, l'on n'estropie pas les chevaux & l'on apporte plus de fourage au Camp. A quoi l'on peut ajouter le desordre qui arrive lors que le Camp est éloigné & que les fourageurs sont attaqués ou toutes les trousses se perdent ; mais le plus grand mal arrive dans la déroute, car les fourageurs s'enfuient toujours & alors Dieu sait quelle Confusion il y a. S'ils trouvent un pont, un gué ou un defilé, vous les verrez se precipiter par millier sans aucune consideration, comme des bêtes effarouchées: la peur leur trouble tellement les sens qu'ils se noyent & s'écrasent les uns les autres.

Planche XII. Suivant ma methode cela ne peut pas arriver, & bien certainement l'ennemi averti de votre disposition ne vous attaquera pas, parcequ'il seroit certain de livrer un grand combat de Cavalerie où il ne trouveroit pas son avantage à moins qu'il ne vienne avec toute son armée: or cela se fait, & ne

se

ſe fait pas comme un parti de Cavaleric qui s'embuſqueroit pour donner dans vos fourages.

ARTICLE SIXIEME.

Des Fourages au Sec.

CEtte ſorte de fourage commence au mois de Septembre. Pour le faire en ſu-reté il faut pouſſer des partis en avant & mettre de l'Infanterie dans les villages; les gardes de Cavalerie doivent être au dehors, & l'eſcorte au centre pour ſe porter dans l'endroit qui feroit attaqué. Lors que le fourage eſt fait on raſſemble toutes les eſcortes qui font l'arriere-garde. Si l'on craint pour les flancs l'on envoie des detachemens qui les cotoïent & occupent les paſſages, les gorges & les hauteurs &c.

Les Cavaliers battent une partie de leur fourage s'il eſt en grain, ils coupent la paille par la moitié & mettent le tout dans le Sac. Il n'y a point de perte comme avec les trouſſes où tout le grain ſe repand par les chemins. Planche XII.

T 2

ARTI-

ARTICLE SEPTIEME.

Des Tentes & de la maniere de Camper de la Cavalerie.

J'Ai dit que les Lances devoient servir de bâtons de Tentes ; l'on peut voir suivant la figure , que toute une Planche XVI. Centurie ou Escadron sont à couvert sous une pareille Tente , tant les hommes que les chevaux. Cela est d'une consequence infinie pour la Cavalerie , que les chevaux soient à couvert & chaudement , sur-tout en Automne lors que les nuits deviennent fraiches , ce qui est encore une des grandes raisons pourquoi la Cavalerie se fond a vuë d'oeil & devient à rien pendant cette saison.

Les Chevaux dis-je feront sechement & chaudement sous ces Tentes , sur - tout si les Cavaliers mettent quelques branchages à l'entour & y balayent le fumier, ce qui formera une muraille au tour de la tente. Avec ces precautions les chevaux s'entretiendront avec la moitié moins de nourriture & par consequent ne feront pas si fatigués à aller chercher le fourage. Par la même raison, l'armée subsistera plus longtems dans un païs & elle tiendra la Campagne bien plus longtems que l'ennemi qui n'aura pas ces moïens. Ce qui me paroit d'une assez grande consequence pour qu'on y fasse une serieuse attention. Il est certain que la plus grande partie du fourage se perd en fumier, parceque lors qu'il pleut , le cheval en trepignant fait de la bouë sous lui, le Cavalier pour le soulager lui fait une nouvelle litiére, mais dans un moment

elle

elle eft reduite en bouë : le Cheval ne peut pas fe coucher dans l'eau, il refte les quatre pieds & la tête enfemble, fe morfond, la Colique le prend & le voilà auffi-tôt mort que malade.

Sous ces Tentes on ne lui fait point de litiére parce qu'il y fait fec, & par confequent on épargne au moins la moitié du fourage. Or fi l'on fait cette épargne, il n'en faut donc plus apporter que la moitié. Ainfi vous menagez votre Cavalerie & vous fubfiftez plus longtems dans un païs.

Si toutes ces chofes font bien combinées & bien pefées, l'on concevra aifement que ce que je propofe eft bon : car fi l'on compare ma façon de fourager avec celle ufitée, les accidents qui arrivent, la perte qu'on fait fur le fourage en lui-même, la fatigue, le tems que je fubfifte & comme je me conferve, je crois que l'on en fera bien convaincu.

On me demandera peut-être, comment porter avec foi ces grandes Tentes ? Avec des chevaux de bas. D'ailleurs on peut les faire de façon qu'elles fe demontent par pieces & par morceaux, & on peut en donner un à chaque Cavalier. Elles contiennent près de cinquante aunes moins de toile qu'il n'en faut pour les tentes d'un Efcadron de cent-trente hommes fuivant qu'on les fait aujourd'hui. Cela paroitra extraordinaire ; mais ceux qui en feront curieux n'auront qu'a calculer.

V   ARTI-

✦✦✦✦✦✦✦✦✦✦✦✦

ARTICLE HUITIEME.

Des Partis ou Détachemens de la Cavalerie legere.

LE Païs où l'on fait la guerre doit decider de l'utilité &
du succès des Partis. Rarement les grands Partis de
Cavalerie aboutiffent à quelque chofe de bon à moins que ce
ne foit pour faire quelqu'expedition prompte & vigoureufe,
pour enlever un Convoi, furprendre un pofte, foutenir des
Partis d'Infanterie que vous aurez pouffés en avant pour couvrir votre marche, alors ils font de grande utilité. Car fuppofé que l'ennemi ait deffein d'attaquer votre Arriere-Garde
ou vos Equipages, avec quelques détachemens confiderables,
il ne l'ofera fi vous avez pouffé un gros Parti la veille de votre marche du côté oppofé, parce qu'il craindra de fe mettre
entre ce qu'il veut attaquer & ce détachement qu'il faura
bien furement être forti fans favoir pofitivement quelle route
il tient, ni dans quel endroit il eft.

Les troupes de ces Détachemens doivent toujours être de
cinquante hommes & le détachement toujours fort. Il faut
un homme habile & nourri à la guerre pour le conduire, &
c'eft une des commiffions la plus difficile à executer à moins
que l'on n'aye un objet fixe, je veux dire un pofte à aller
occuper ou à furprendre, un Convoi à enlever; car alors vous
n'avez qu'à y marcher tout droit & attaquer.

Si vous êtes bien fervi en Efpions vous pouvez auffi vous

em·

embusquer en raze campagne; l'on y trouve quelques fois des endroits où l'on peut se loger sans être vû & tomber à l'improviste sur des troupes qui passent à portée de vous.

En tout le metier de la Cavalerie est un metier fin, où la connoissance du païs où l'on fait la guerre est absolument necessaire, & où le coup d'oeil & l'audace dans l'esprit fait tout.

A l'égard des Partis qui sont les plus necessaires il faut tous les jours en avoir dehors; ils ne doivent pas être au-dessus de cinquante hommes; ils doivent toujours fuir; ils ne servent que pour avoir des nouvelles de l'ennemi & pour faire quelques prisonniers.

Lors que l'ennemi devient audacieux & qu'il se met à faire de gros Partis pour reprimer les vôtres, il faut l'observer plusieurs fois, voir sa conduite, puis un beau jour se mettre en embuscade & lui tomber sur le corps, toujours le double de monde de ce qu'il est. Alors vous gagnerez la superiorité en Campagne, & il n'osera plus rien dire à vos petits Partis, vous les aurez toujours sur lui & il ne pourra faire un pas que vous n'en soyez informé: cela vous met en sureté, le gêne & le fatigue extremement. Vos fourages & vos pâtures se feront avec tranquilité, au lieu que l'ennemi sera toujours obligé de faire les siens avec precautions.

Voilà à quoi je veux que les Dragons servent, & lors qu'ils y seront stilés ils vaudront infiniment mieux que les

Hus-

Huffars, parce qu'avec la même legereté, ils ont plus de folidité; mais pour cela il faut qu'ils aïent fouvent à faire à l'ennemi. De gros corps de Cavalerie ne les joindront pas, & les Huffars ne leur feront rien: car une troupe de cinquante Dragons n'a rien à craindre d'une multitude de Huffars; elle fait toujours chemin au trot & le moindre défilé qu'elle trouve, les Huzards n'oferoient plus les fuivre.

Quand ces Dragons ainfi exercés connoitront leur force, ils deviendront fi audacieux qu'on les verra toujours auprès des grandes Gardes de l'ennemi, le quel ne fauroit y oppofer que de la patience.

CHA.

CHAPITRE QUATRIEME.

Differtation fur la grande Manœuvre.

JE fuis perfuadé que toute troupe qui n'eft point foutenue eft une troupe battue, & que les Principes que nous en a donné M. *de Montecuculli* dans fes Memoires font certains. Il dit qu'il faut toujours foutenir l'Infanterie avec de la Cavalerie, & celle-ci avec de l'Infanterie; nous n'en faifons cependant rien, nous mettons toute la Cavalerie fur les ailes qui n'eft foutenue que par de la Cavalerie & toute l'Infanterie dans le centre, foutenue par de l'Infanterie. Eh comment foutenue? de cinq à fix-cent pas de diftance: cette pofition feule intimide vos troupes fans en favoir la raifon: car tout homme, qui ne voit rien derriere lui pour le foutenir & le fecourir, eft à demi battu, & c'eft ce qui fait que fouvent la feconde ligne lâche le pied pendant que la premiere combat: j'ai vû cela plus d'une fois, & je penfe bien d'autres que moi; mais perfonne n'en a peut-être cherché la raifon, elle eft dans le cœur humain. Voici ce que dit l'illuftre *Montecuculli* à ce fujet dans fes Memoires.

X „ Dans

,, Dans les armées anciennes chaque Regiment d'Infante-
,, rie contenoit une certaine quantité de Cavalerie & d'Ar-
,, tillerie; de ces Cavaliers, les uns avoient des Cuirasses &
,, les autres étoient plus legerement armés: pourquoi mêler
,, ensemble plusieurs sortes d'armes dans un même corps, si
,, non pour faire voir l'extreme besoin qu'elles ont l'une de
,, l'autre & les secours qu'elles peuvent se donner recipro-
,, quement? Dans les ordonnances modernes où toute l'In-
,, fanterie se met ordinairement au centre de la bataille & la
,, Cavalerie sur les ailes qui s'étendent à plusieurs milliers de
,, pas; en bonne foi, quels secours ces deux corps peuvent-
,, ils recevoir l'un de l'autre? Il est clair que les ailes étant
,, battues, l'infanterie qui demeure abandonnée est découver-
,, te par les flancs & ne peut manquer d'être défaite, si ce
,, n'est autrement, au moins à coups de Canon, comme il
,, arriva aux bataillons Suedois en 1634. Les Suedois s'ap-
,, perçurent de la faute quand leur Cavalerie eut été chassée
,, du champ de bataille, & pour y remedier ils mirent des
,, Pelotons de Mousquetaires entre les Escadrons, mais le
,, remede n'étoit pas suffisant, parce que les Escadrons étant
,, rompus, il falloit que les Pelotons fussent passés au fil de
,, l'épée, ce qu'ils éprouverent parcequ'ils n'avoient point
,, auprès d'eux de corps où se retirer, ni de Piquiers qui les
,, soutinssent; eh comment auroient-ils pû recourir à leur in-
,, fanterie si éloignée d'eux?

Planche XVII.   C'est pourquoi je mets des petites troupes de Cavalerie à
trente pas derriére mon Infanterie & des Bataillons quarrés frai-
sés de piques entre mes deux ailes de Cavalerie, derriére les
quels

quels elle puiffe fe rallier au cas qu'elle fût battue ou repouffée (*).

Il eft certain que ma Cavalerie de la feconde ligne ne s'en-
fuiera pas tant qu'elle verra ces Bataillons quarrés devant elle,
& fa contenance raffurera celle de la premiere ligne. Mes
Bataillons quarrés fe défendront bien parcequ'ils efpere-
ront un prompt fecours de la Cavalerie, qui à la faveur
de leur feu & de leurs piques reparoitra dans l'inftant &
voudra reparer en quelque façon la honte de fa défaite; outre cela ces bataillons couvrent les flancs de votre Infanterie.

Il y en a qui veulent mettre des petites troupes d'Infanterie dans les intervalles de la Cavalerie; cela ne vaut rien. La
foibleffe de cet ordre intimide feule ces troupes d'infanterie,
parceque ces pauvres miferables fentent qu'ils font perdus fi
la Cavalerie eft battue: & cette Cavalerie qui s'eft flattée
de leur fecours, dès qu'elle fait un mouvement un peu brus-
que, (ce qui eft de fon effence) ne la voïant plus, eft toute déconcertée; fi votre aile de Cavalerie eft battue, l'ennemi vous prend tout à l'aife en flanc & cela dans le moment.

D'au-

(*) On pourroit peut-être objeéter que fa propre Cavalerie, venant à être
repouffée par l'ennemi, fe culbuteroit en défordre fur ces Bataillons quarrés. Mais
on doit obferver que Mr. le Marechal ne propofe ces Bataillons qu'à moins ils
ne foient fraifés de piques avec les quelles on peut refifter au choc. Au refte
les Intervalles qui font entre les Bataillons quarrés font fi confiderables, qu'il
n'eft pas vraifemblable que cette Cavalerie quelqu'épouvantée qu'elle foit, aille fe jetter fur ces Bataillons, les quels on pourroit encore couvrir de chevaux
de Frife roulans.

D'autres lardent l'Infanterie avec des Efcadrons de Cavalerie; cela ne vaut rien du tout, parceque lors que l'Infanterie ennemie vient vous attaquer, elle tire également fur
ces Efcadrons comme fur l'Infanterie; il y a des chevaux de
tués, la confufion s'y met bientôt, ces troupes de Cavalerie
lâchent le pied, il n'en faut pas d'avantage pour faire tourner
la tête à l'Infanterie & la faire fuir auffi.

Que feront ces Efcadrons ainfi placés? s'abandonneront-ils
fur l'Infanterie ennemie, ou bien refteront-ils comme des
termes combattant de pied ferme l'épée à la main contre
des gens qui viennent les attaquer avec la bayonette & à
grands coups de fufils dans le nez? Veut-on qu'ils s'aban-
donnent fur cette Infanterie? S'ils font repouffés comme il y
a grande apparence, ils fe renverferont fur votre Infanterie
& la mettront en défordre, parcequ'ils retrouveront difficilement leur pofte, & les intervalles étant petits feront affurement bouchés. Car il faut remarquer un inconvenient confiderable dans lequel on tombe avec les bataillons formés felon
l'ufage reçu, lors que les files fe brouillent, foit par le mouvement, par le Canon, ou par le doublement des rangs;
tout eft en confufion, perfonne n'eft plus à fon pofte, les
Divifions, leur ordre & leur nombre ne fe trouvent plus &
il n'y a perfonne qui puiffe démêler cette fufée. Il n'en eft
pas de même avec mes Centuries, elles fuivent chacune leur
Enfeigne & reftent en troupe, on les remet facilement en ordre, & quand elles n'y feroient pas le mal ne feroit pas grand,
pendant qu'elles font guidées par les Enfeignes les quels s'a-
lignent fur celui de la Legion, les Officiers rajuftent les rangs,

ce

ce qui ne fe fait pas de même dans un bataillon : c'eft un des grands défauts de la Colonne du *Chevalier de Follard*. Ceci me donne occafion d'en parler.

DE LA COLONNE.

Bienque j'eftime infiniment M. *le Chevalier de Follard* & que je faffe grand cas de fes ouvrages, je ne puis toutefois me ranger à fon avis fur les Colonnes : cette idée m'avoit d'abord feduite, elle eft belle & paroit dangereufe pour l'ennemi, mais l'exécution m'en fait revenir. Il faut que j'en faffe l'analyfe pour en faire connoitre les défauts; c'eft une affaire de calcul bien aifé. Il faut un pied & demi ou dixhuit pouces de diftance à un homme quand il eft en bataille : les flancs de la Colonne deviennent front : or de quelque façon qu'on veuille la faire cette Colonne, fes flancs feront toujours compofés pour le moins de quarante files de profondeur fur vingt-quatre rangs d'épaiffeur. Il faut pour fa longueur foixante pieds lors qu'elle fait face, dès qu'elle marche il lui en faut cent-vingt, ce qui eft le double de la diftance qu'elle vient d'occuper, parcequ'un homme ne fauroit marcher fur dix-huit pouces à moins de piétonner & qu'il lui faut trois pieds pour marcher avec celerité : de forte que lors que la tête de cette Colonne marchera, la queue demeurera, & quand la tête fera arrêtée la queue marchera encore l'efpace de foixante pieds, ce qui fait des vuides dans les flancs de votre Colonne très-dangereux. Si on la fait plus longue le défaut augmente toujours à proportion de fa longueur; ainfi une Colonne de deux cent quarante files auroit pour fa pofition naturelle trois cent foixante pieds de longueur, & pour

Y

pou-

pouvoir marcher il lui en faudroit fept cent vingt. Que vous arrive-t-il quand vous avez percé? vous faites à gauche & à droite avec vos deux flancs qui deviennent faces pour prendre en flanc l'ennemi que vous avez percé : mais vous vous trouvez à files ouverts parceque vous occupez juftement une fois plus de terrein que vous ne devez, ainfi il fe fait des troués confiderables, fur-tout fi vous avez fait ce mouvement brufquement qui doit être le propre de la Colonne.

Le Chevalier fe trompe fort de croire qu'elle foit aifée à remuer, c'eft le Corps le plus lourd que je connoiffe, fur-tout quand il eft à vingt-quatre d'épaiffeur. S'il arrive que les files fe brouillent une fois, foit par la marche, l'inegalité du terrein ou par le Canon qui doit y faire un furieux defordre, il n'y a tête d'homme qui puiffe venir à bout de la remettre en ordre. Cette Colonne devient alors une maffe de Soldats qui n'ont plus ni rangs ni ordre & où tout eft confondu.

Je crois fon poids de peu de confequence, quoi qu'en dife Mr. le Chevalier, les hommes ne fe pouffent pas ainfi les uns les autres de l'épaule, d'ailleurs ils ne fauroient le faire puifqu'ils ont trois pieds de diftance de l'un à l'autre lors qu'ils marchent.

Dans la retraite je la trouve meilleure que les Bataillons quarrés, non qu'elle marche plus vîte, mais parcequ'elle coule partout fans s'arrêter & que s'il arrivoit qu'on la perçat avec de la Cavalerie on n'en feroit pas plus avancé, parceque
l'on

l'on recevroit des coups de fufils par derriére & que la troupe feroit bientôt rejointe & refermée. Mais pour cela deux
Bataillons dos à dos fuffifent, je veux dire qui marchent en
contre-marche faifant front quand il le faut à droite & à gauche. Cette retraite ne peut fe faire que très-lentement, parcequ'il faut fauver la queue qui fans cela feroit bientôt feparée du corps à caufe des trois pieds qu'il faut au Soldat pour
marcher.

Mais de croire que ce corps foit leger & qu'il fe remue
aifement, c'eft de quoi je fuis bien revenu, je le crois même
dangereux à vingt-quatre & à feize d'épaiffeur à caufe du
défordre qui s'y met quand on a à la former. Il ne faut jamais la faire que de deux bataillons d'épaiffeur, à quatre de
hauteur chacun, ce qui ne derange pas l'ordre naturel des
Bataillons.

Ce que je viens de dire au fujet des trois pieds de diftance
qu'il faut à un homme pour marcher détermine la raifon du
danger qu'il y a à faire des mouvemens en contre-marche,
c'eft-à-dire de changer fon front en flanc, mouvement dont
l'ennemi profite toujours parcequ'il lui creve les yeux. Si
vous le faites à portée de lui pour regagner un intervalle vous
êtes perdu, car votre bataillon occupera le double du terrein
qu'il n'occupoit & il lui faudra le double de tems pour fe remettre comme il doit être, parceque fuppofé que votre bataillon contienne fix cent hommes il occupera un terrein de
deux cent vingt-cinq pieds; fi l'on fait un mouvement à droite, votre Soldat de la droite aura fait deux cent vingt-cinq

pieds

pieds avant que celui de la gauche ait encore bougé, &
quand celui de la droite fera arrêté, votre Soldat de la gauche aura encore deux cent vingt-cinq pieds de diftance à
faire avant que le bataillon puiffe être en ordre & faire face,
ce qui fait enfemble le tems qu'il faut pour faire quatre cent
cinquante pieds ou cent quatre-vingt pas: fi donc l'ennemi
fe trouve à cent pas de vous & qu'il vous prenne au pied levé
il s'en faudra le tems neceffaire pour faire quatre-vingt pas
que vous ne foïez en ordre.

Plus vous avez de troupes qui ont ce mouvement à faire &
plus il eft dangereux, car fi vous avez feulement quatre bataillons vous êtes dans le même danger, l'ennemi fût-il à huit
cent pas de vous. Cela eft Geometrique ainfi que bien d'autres chofes à la guerre.

Le Taĉl ou la Cadence peut feule remedier à ces défauts,
qui decident de tout dans les Combats ; & je me fuis exprès
étendu fur cette matiere pour faire voir l'ignorance de nos
militaires & la confequence du Taĉt: car ils conviendront de
tous ces défauts fans favoir d'autre remede que de marcher
lentement.

L'on ne fauroit faire charger un bataillon à quatre de hauteur feulement que l'on ne tombe dans le cas que je viens de
dire, à moins que l'on ne marche comme des fourmis on arrivera toujours fur l'ennemi à rangs ouverts ; quel défaut
énorme ! C'eft-là la fource de la tirerie, parceque pour
charger autrement il faut marcher vîte & enfemble, & qu'on
ne

ne le peut parcequ'on ne fauroit marcher fur dix-huit pouces fans le Tact.

Il eft impoffible auffi que les Romains & les Macedoniens aient pû combattre fans le Tact ou la Cadence, parcequ'ils étoient fur un ordre ferré & profond. Tout le monde en a parlé; mais perfonne n'en a penétré ce me femble le fecret.

J'ai fouvent été furpris qu'on ne s'appliquat pas à attaquer par Colonne, l'ennemi dans les marches; car il eft conftant qu'une grande armée occupe toujours trois ou quatre fois plus de terrein dans la marche, qu'il ne lui en faut pour fe ranger, quoique l'on faffe marcher fur plufieurs Colonnes. Si donc vous pouvez être averti de quel côté l'ennemi marche, que vous fachiez l'heure de fon départ, quand il feroit à fix lieuës de vous, vous arriverez toujours à tems pour l'attaquer; car fa tête fera arrivée au camp qu'il veut occuper avant que fon ar-riere-garde foit fortie de celui qu'il quitte.

Il eft impoffible de pouvoir rallier des troupes fur une pa-reille diftance, qu'il ne s'y faffe de grands vuides & une con-fufion horrible.

J'ai cependant vû faire ce mouvement bien fouvent fans que l'ennemi ait fongé à profiter de l'avantage que lui fourniffoit l'occafion, & j'ai crû qu'on les avoit enchanté.

Il y auroit un beau Chapitre à faire fur ce que je viens de dire; car combien de diverfes fituations ne produit pas une

telle

telle marche ; en combien d'endroits ne peut-on pas l'attaquer fans rien rifquer ; combien de fois une armée qui marche n'eft-elle pas feparée par des Ravins, des Rivieres, des Ruiffaux &c. combien de ces fituations ne vous mettent-elles pas à couvert d'une partie de cette armée qui marche ? Combien de fois n'êtes-vous pas en état quoiqu'inferieur d'en feparer une partie à votre choix & de tenir le refte en echec avec un petit nombre de troupes ? Mais toutes ces chofes font auffi diverfes que les fituations qui les produifent, il ne s'agit que d'avoir de l'intelligence, connoitre le terrein & ofer ; car vous ne rifquez rien, ces affaires-là n'étant jamais decifives pour vous ; mais elles peuvent l'être pour l'ennemi : ce font les têtes de vos Co-lonnes qui attaquent à mefure qu'elles arrivent, les quelles font foutenues par d'autres troupes qui les fuivent : cela fait difpofi-tion de foi-même & vous donnez fur des corps qui ne font point difpofés ni foutenus.

Voilà à quoi la Colonne peut être bonne : mais je m'apper-çois que je m'écarte des premiers Principes de l'art & qu'il n'eft pas encore tems de paffer à des parties fi élevées.

CHA-

CHAPITRE CINQUIEME.

Des Armes à feu & de la methode de Tirer.

*A*I déja dit que la manière de faire tirer par commandement gênoit le Soldat & ôtoit au feu tout son effet, je veux dire la justesse, & qu'il est dangereux de tirer quand on a à faire à de l'infanterie où l'on peut s'aborder; parcequ'il faut s'arrêter pour tirer & qu'infaillible- ment vous vous faites battre si vous tirez contre des gens qui marchent à vous avec celerité, parceque votre troupe qui se flattoit que ce feu alloit exterminer l'ennemi, voiant le peu d'effet qu'il aura produit, vous abandonnera certainement. Ainsi il ne faut point tirer sur l'ennemi que l'on peut aborder ; mais bien derriére des hayes, lors qu'un Fossé, une Riviere, un Ravin & autres choses semblables vous separent de lui, a- lors il faut savoir tirer & faire un feu si terrible que rien ne puisse y resister.

Je m'y prends ainsi. J'ai déja dit ci-dévant que je voulois

que

que tous mes Soldats euſſent des fuſils avec un dez à ſecret, ils tirent plus loin & ſe chargent plus vîte, le coup en eſt plus net & plus violent : dans l'émotion que cauſe le Combat les Soldats tout de même ne bourrent pas la moitié du tems & ſont ſujets à mettre la cartouche dans le canon ſans l'ouvrir, ce qui rend beaucoup d'armes inutiles.

Je veux donc que les cartouches ſoient de carton plus groſſes que le calibre du fuſil afin que les Soldats ne puiſſent pas par diſtraction les y faire entrer ; qu'elles ſoient fermées avec un parchemin collé deſſus, pour qu'ils puiſſent aiſément les dé-coëffer avec les dents : elles doivent contenir autant de pou-dre qu'il en faut pour l'amorce & pour la charge. Les balles doivent être dans la giberne, & lors qu'il eſt queſtion de ti-rer, le Soldat en prend quatre ou cinq qu'il met dans ſa bou-che pour en laiſſer couler une dans le canon dès qu'il a jetté la cartouche.

Les choſes ainſi diſpoſées, ſi j'ai à tirer d'un bord à l'autre d'une riviére pour déloger l'ennemi de quelqu'endroit, pour le chaſſer d'une haye, ou pour d'autres cas qui ſe trouvent à la guerre où il faut combattre de pied ferme : je mets de deux en deux files un Officier ou Bas-Officier qui fera avancer le chef de file un pas, lui montrera où il doit tirer & le laiſſera faire à ſa volonté, c'eſt-à-dire qu'il tirera lors qu'il aura trouvé l'ob-jet au bout du ſon fuſil ; enſuite le Soldat qui eſt derriére lui donne le ſien, & les autres de la même file font la même cho-ſe en paſſant les fuſils de mains en mains. Ce Soldat ou chef de file tire donc quatre coups de ſuite ; il y auroit bien du mal-

heur

heur s'il n'atteignoit pas dans l'endroit au fecond ou troifiéme coup: car l'Officier eft auprès de lui, voit ce qu'il fait, lui indique l'endroit où il doit tirer & l'exhorte à ne fe point pres-fer. Cet homme n'eft donc point gêné par le commande-ment, perfonne ne le pouffe, il peut tirer quatre coups à l'aife.

Cette file aïant tirée, l'Officier la fait reculer & fait avan-cer la feconde à qui il fait faire la même chofe; puis il retour-ne à la premiere, qui a eu plus de tems qu'il ne lui en faut pour recharger. Cela peut fe repeter ainfi plufieurs heures de fuite.

Ce feu eft le plus meurtrier de tout, & je ne penfe pas qu'aucun autre puiffe lui refifter. Je ferai bientôt taire celui des pelotons & des rangs, & fuffent-ils tous des Céfars, je les défie d'y tenir un quart d'heure feulement; car l'on tire ai-fement fix coups par minute avec ces fufils; mais n'en met-tons que quatre; un fufil aura donc tiré foixante coups dans un quart d'heure, & par confequent les Chefs de files d'un Ba-taillon de cinq cent hommes auront tirés trente mille coups de fufils, fans compter les armés à la legere, qui avec ceux-ci tireront dans une heure environ cinquante mille coups qui feront bien differemment ajuftés que ceux du feu ordinaire.

Si l'on met deux Regimens ainfi difpofés fur une Courtine, lors que l'ennemi monte à l'affaut fur l'ouvrage qui eft vis-à-vis, où il lui faut une heure avant de fe bien loger, il aura

A a

effuié

essuié dans cet ouvrage deux cent quatre-vingt mille coups de fusils.

De la maniere que l'on tire à present, le Soldat après avoir chargé son fusil, court sur la banquette, lache son coup dessus le parapet; où tire-t-il? en l'air ou dans le fossé, parcequ'il se presse & qu'il n'a pas le tems de distinguer les objets; outre cela les bataillons se mettent en confusion, & je suis persuadé que de vingt coups il n'y en a pas deux qui donnent seulement dans l'ouvrage où l'ennemi se loge, au lieu que comme je le propose tous les coups y porteront, & cela produira un effet bien different.

Ce feu est aussi très-excellent contre de la Cavalerie, surtout parcequ'il est soutenu par des armes de longueur.

CHA-

CHAPITRE SIXIEME.

Des Drapeaux ou Enseignes.

LE General de l'armée doit avoir une Enseigne la quelle on doit porter devant lui comme une marque de sa dignité ; d'ailleurs cela a son u-tilité, parceque ceux qui le cherchent savent d'abord le trouver.

Comme les Drapeaux ou enseignes sont très-utiles dans les Combats on y doit faire une attention particuliere. Ils doivent premiérement tous être de couleurs differentes, pour que l'on puisse par eux reconnoitre dans les Combats, les Legions, les Regimens & les Centuries même qui se distinguent. Les Soldats de chaque Centurie doivent se faire une religion de ne jamais abandonner leur drapeau, il doit leur être sacré, on doit le respecter & l'on ne sauroit trop y attacher de Ceremonies pour le rendre respectable & precieux. C'est un point essentiel, parceque si vous pouvez parvenir une fois à rendre cet objet de consequence aux troupes, vous pouvez

aussi

auffi compter fur toutes fortes de bons fuccès; leur fermeté, leur valeur en feront les fuites, & fi dans les affaires perilleu-fes un homme determiné le prend, il rendra toute la troupe auffi valeureufe que lui, & le fuivra.

Si vous diftinguez ces drapeaux par les couleurs, les actions de chaque troupe fe remarqueront, ce qui fera une émula-tion merveilleufe, parceque les Officiers & Soldats fauront qu'ils font vûs, que leur contenance, leur maintien & leurs actions, ne fauroient être ignorés du refte de la Legion.

Par exemple, le premier Enfeigne d'un corps qui fuiroit feroit diftingué du General Legionaire & de tous les Regi-mens. De même la premiere Centurie qui auroit forcé un paffage, franchi un Rétranchement, ou fondu avec plus d'im-petuofité fur l'ennemi, fera reconnoiffable, digne de louange & louée de toute l'armée. Les Soldats fe communiquent & fe parlent ainfi que les Officiers, l'on s'entretient dans l'ar-mée & dans les garnifons des évenemens de la Campagne, l'on défire d'imiter les belles actions parcequ'on les loue, & ces bagatelles repandent un efprit d'émulation dans les trou-pes qui gagne l'Officier & le Soldat & rend avec le tems les troupes invincibles.

Je voudrois donc que les Couleurs fignifiaffent des nom-bres, comme par exemple: le Blanc fignifieroit la Couleur une; le Noir la Couleur deux; le Jaune, trois; le Verd, quatre; le Rouge, cinq; le Bleu, fix; le Caffé, fept; le Cra-moifi, huit; le Verd Celadon, neuf; le Bleu Celefte, dix; le

Noir

Noir & Blanc en lozange, onze; Verd & Jaune en deux bandes, douze; Jaune & Bleu par les coins, treize; le fond Jaune
avec la croix Verte, quatorze; le fond Blanc avec une croix
Rouge en fautoir, quinze; trois bandes, Jaune, Verte &
Rouge, feize &c.

Chaque Drapeau auroit un quartier blanc auprès de la
lance fur le quel feroit marqué en chiffre Romain le N°. de la
Legion. Les Deffeins & les Couleurs diftingueront chaque
Centurie dans chaque Legion, & les Chiffres les Legions.

　　　　CHA-

CHAPITRE SEPTIEME.

De l'Artillerie & du Charoir.

JE voudrois que jamais une armée ne fût composée de plus de dix Legions, de huit Regimens de Cavalerie & de seize de Dragons, ce qui feroit trente-quatre-mille hommes de pied & douze mille chevaux; en tout quarante-six-mille hommes. Avec une pareille armée on doit toujours en arrêter une de cent-mille, ce que fera un General habile qui fait prendre ses camps. Une plus grande armée ne fait qu'embarraffer; je ne dis pas qu'on ne puiffe avoir des referves, mais le Corps d'armée qui agit ne doit pas exceder ce nombre.

Monfieur de Turenne a toujours eu la superiorité avec des armées infiniment inferieures en nombre à celles des ennemis, parcequ'il fe remuoit plus aifement & qu'il favoit prendre fes pofitions de maniere à ne pas être attaqué & en fe tenant toujours près de l'ennemi.

L'on

L'on ne trouve pas quelque fois dans toute une Province un terrein à mettre cent-mille hommes en bataille, ainfi l'ennemi eft prefque toujours dans la neceffité de fe feparer: or fi cela eft je puis attaquer une partie de fon armée; fi je la défais je rends l'autre fort timide & je gagnerai bientôt la fuperiorité. Enfin je fuis perfuadé que ce que les grandes armées ont d'avantages par le nombre, elles le perdent en embarras, en diverfités de manœuvres qui ne font pas faites par la même ame, en défaut des fubfiftances & à d'autres inconveniens qui en font infeparables. Mais ce n'eft pas le point dont il s'agit ici & c'eft feulement les proportions qui m'ont amené à cette digreffion.

Cinquante pieces de Canon de feize fuffiront avec une pareille armée; elles font autant d'effet que celles de vingt-quatre pour battre en brêche & caufent moins d'embarras à mener. Douze Mortiers & les Munitions à proportion. Des Bateaux avec tous les agrets à faire un pont. Douze Pontons à charniéres qui fe jettent fur les petites rivieres, & tous   Planche XVIII. les autres effets, utenfiles & machines neceffaires. Ces Ponts à Charniéres fe jettent en fept minutes & fe replient de même, ils font très-utiles pour la communication des armées & il ne faut que quatre bœufs pour les tirer: ils fervent pour les paffages des Canaux & des petites Rivieres.

Les Chariots pour les vivres de l'armée doivent être tout de bois fans aucune ferrure, tels que font les chariots des Mofcovites & ceux de la Franche-Comté qu'on voit arriver à Paris; ils vont d'un bout du Roïaume à l'autre & ne gâtent

pas

pas les chemins. Un homme en conduit aifement quatre attelés de deux bœufs chacun: dix de nos charettes gâtent plus
de chemin que mille de ces voitures.

Si l'on réflechit aux inconveniens qu'occafionne notre Charoir, l'on concevra l'utilité & la confequence d'emploïer celui-ci Combien de fois les vivres manquent-ils totalement
parceque les voitures ne peuvent pas arriver! Combien de
fois les équipages reftent-ils en arriére, aufli bien que le train
d'artillerie, ce qui vous met dans la neceffité de refter-là
tout court! Qu'un chemin foit paffablement bon, qu'il pleu-
ve, que deux cent voitures y paffent il fera rompu à ne pouvoir plus s'en tirer: on le racommode, cent autres voitures
le mettront en pire état qu'il n'étoit; qu'on y mette des fafcines, elles feront coupées en moins de rien par les charettes
à caufe du grand poids qui ne porte que fur deux points.

Tout le Charoir en general d'une armée doit être attelé de
bœufs: 1°. à caufe de l'égalité du pas; 2°. parcequ'il n'y a
nulle perte deffus; 3°. que l'on trouve des pâtures par-tout
pour les nourrir; 4°. lors qu'il en manque ou qu'il s'en eftropie on en prend d'autres au depôt des bœufs de l'armée. A-
vec cela il ne faut pas beaucoup d'harnois; dès que vous
arrivez où que vous faites halte, vos bœufs paiffent & fe
nourriffent.

Un homme & huit bœufs conduiront plus que ne feront
quatre hommes avec douze ou quinze chevaux: d'ailleurs ils
ne confumeront pas le fourage qu'ils amenent au Camp, com-

me

me les chevaux, parcequ'on les envoie à la pâture pendant le tems que les valets coupent & chargent, & tout cela se fait sans peine & sans embarras.

Si un bœuf s'estropie, on le tuë, on le mange, & on en prend un autre au depôt. Toutes ces raisons font que je leur donne la preference sur les chevaux pour le Charoir: ils doivent être marqués pour que chacun reconnoisse les siens dans les pâtures.

CHA-

CHAPITRE HUITIEME.

De la Discipline militaire.

APrès la formation des troupes, la Discipline est la premiere chose qui se presente; elle est l'ame de tout le genre militaire: si elle n'est établie avec sagesse & executée avec une fermeté inébranlable, l'on ne sauroit compter avoir des troupes, les armées ne sont plus qu'une vile populace, plus dangereuse à l'Etat que l'ennemi même.

Il ne faut pas croire que la Discipline, la Subordination & cette Obéissance servile avilisse le Courage. L'on a toujours vû que plus la Discipline a été severe & plus on a executé de grandes choses avec les armées où elle étoit établie.

Bien des Generaux croient avoir tout fait lors qu'ils ont ordonné, & ordonnent beaucoup parcequ'ils trouvent beaucoup d'abus. C'est un Principe faux, & en s'y prenant de

cette

cette maniere ils ne remettront jamais la Difcipline dans les armées où elle s'eft perduë ou affoiblie. Il faut faire peu d'Ordonnances, mais les faire executer avec grande attention, & punir fans diftinction de rang ni de naiffance; ne point avoir de confiderations: fans cela vous vous faites haïr. L'on peut être exact & correct, & fe faire aimer en fe faifant craindre; mais il faut accompagner la feverité d'une grande douceur, il ne faut pas qu'elle ait l'air de la faufleté, mais de la bonté.

Il faut que les Châtimens foient grands pour les grands crimes feulement: mais pour le refte plus ils feront doux & plus promptement vous remedierez aux abus, parceque tout le monde concourera à les faire ceffer.

On a par exemple une methode pernicieufe, qui eft de toujours punir de mort un Soldat qui eft pris en maraude, & fouvent pour un rien il eft pendu; cela fait que perfonne ne les arrête, parceque chacun repugne à faire mourir un mi- ferable pour avoir été chercher fouvent de quoi vivre. Si on le mettoit fimplement au Prévôt, qu'il y eût une chaine comme aux galeres, qu'ils fuffent condamnés au pain & à l'eau pour un, deux, ou trois mois, qu'on leur fît faire les ouvrages qui fe trouvent toujours à faire dans une armée, & qu'on les renvoïat à leurs Régimens la veille d'une affaire ou lors que le General le jugeroit à propos, alors tout le monde concouroit à cette punition, les Officiers des grandes gar- des & des poftes avancés les arrêteroient par centaine & bien- tôt il n'y auroit plus de maraudeur, parceque tout le monde

cou-

courant deffus y tiendroit la main. A prefent il n'y a que
les malheureux de pris : le Grand-Prévôt, tout le monde
quand ils en voient détournent la vuë; le General crie à
caufe des defordres qui fe commettent, enfin le Grand-Prévôt en prend un, il eft pendu, & les Soldats difent qu'il n'y
a que les malheureux qui pendent. Eft-ce là obferver la
Difcipline? Non, c'eft faire mourir des hommes fans remedier au mal. Ah, l'on dira, les Officiers en laifferont également paffer à leurs poftes. Il y a un remede à cet abus,
c'eft de faire interroger les Soldats que le Grand-Prévôt
aura pris déhors, leur faire declarer à quels poftes ils ont
paffés, & envoyer dans les prifons pour le refte de la Campagne les Officiers qui y commandoient: cela les rendra bientôt vigilans, attentifs & inexorables ; mais lors qu'il s'agit
de faire mourir un homme il y a peu d'Officiers qui ne rif-
quaffent deux ou trois mois de prifons.

Il en eft de même pour toutes les autres chofes de la Difcipline fi le Chatiment eft trop rude. Il faut prendre garde
auffi de ne point avilir ceux qui ne doivent point être des-
honorans, car il en faut de ceux-là. L'on a, par exemple,
avilies les baguettes en France; elles ne devroient point l'ê-
tre, parceque ce font les Camarades qui chatient. Comment a-t-on avili ce Chatiment? En paffant par les baguettes
les filles de mauvaife vie, les valets & les voleurs qui font du
reffort du bourreau. Qu'en eft-il arrivé? L'on a été obligé
de paffer les Drapeaux fur la tête aux Soldats qui avoient paffés par les baguettes, pour leur ôter par cette Ceremonie
l'idée de l'infamie qui y eft attachée; remede pis que le mal:

mais

mais voici le plus grand. Les Capitaines qui craignent la
defertion de ces Soldats leur ôtent l'habit & les chaffent d'a-
bord après qu'ils ont paffés par les baguettes: de façon qu'à
moins d'un cas très-grave l'on ne paffe aucun Soldat par les
baguettes, parceque c'eft un homme perdu pour M. le Capitaine, à la folicitation du quel le Commandant du corps fe
laiffe toujours aller; ainfi les fautes demeurent impunis.

Il y a des chofes de conféquence pour la difcipline aux
quelles on ne fait point attention, que les Officiers tournent
en ridicule & traitent même de pedans ceux qui les font executer.

Par exemple; les François trouvent ridicule l'ufage intro-
duit chez les Allemands de ne pas toucher aux Chevaux morts,
il eft cependant très-prudent & très-fage, s'il n'étoit pas
outré: on a voulu empêcher par-là les armées de s'infecter,
parceque fouvent les Soldats fe jettent fur cette charogne &
s'en emphiffent. Cela n'empêche pas que dans des fieges, des
difettes de vivres & lors que le cas le requiert on ne puiffe
tuer des chevaux & les manger. Que l'on juge à prefent fi
l'infamie que l'on y a attachée eft utile ou non.

Les François reprochent la baftonnade aux Allemands; elle eft établie chez eux comme chatiment militaire. Un Officier chez les Allemands qui injurie un Soldat, qui lui donne
des foufflets ou des coups de fouëts eft caffé fur la plainte du
Soldat, & l'Officier eft obligé de lui en faire fatisfaction fi
le Soldat l'exige lors qu'il n'eft plus fous fon commandement,

D d   fans

fans quoi il eft deshonnoré. Il en eft de même dans tous les grades militaires, & l'on voit fouvent des Generaux faire fatisfaction l'épée à la main à de fimples Officiers, après que ceux-ci ont quittés le fervice; ils ne fauroient le refufer fans fe deshonnorer.

En France on ne fait pas de difficulté de foufleter les Soldats, mais bien de leur donner des coups de bâton, parceque le propos du libertinage a detruit cette difcipline militaire. Il faut cependant des promptes punitions qui ne foient ni fletriffantes ni deshonnorantes.

Que l'on balance maintenant les deux ufages, & que l'on juge de celui qui va le plus au bien du fervice & où le point d'honneur eft plus menagé. Il en eft de même à l'égard des Officiers: les François reprochent aux Allemands le Prévôt & les fers; les Allemands reprochent aux François la prifon & les cordes: l'on ne mettera jamais un Officier Allemand dans des prifons publiques.

Il y a un Prévôt à chaque Regiment, & c'eft toujours à un vieux Sergent à qui l'on donne cet emploi en recompenfe de fes fervices. Je n'ai jamais vû mettre les fers en Allemagne à des Officiers que lors qu'ils étoient criminels & après avoir été dégradés.

Tout ce que je viens de dire prouve qu'il ne faut jamais condamner les prejugés fans en avoir examiné les caufes.

Après

Après avoir expofé mes idées fur la Formation des troupes, de la maniere qu'elles doivent combattre , & fur la
Difcipline, ce qui eft pour ainfi dire la bafe & le fondement
de l'art militaire , je dois entrer dans les parties fublimes.
Peu de gens m'entendront peut - être; mais j'écris pour les
connoiffeurs: ils ne doivent pas être offenfés de l'affurance
avec la quelle je pofe mes idées.

Fin du Livre Premier.

MES REVERIES.

LIVRE SECOND.

SOMMAIRE

DES

CHAPITRES

Contenus dans le

LIVRE SECOND.

LIVRE

LIVRE SECOND.

Des Parties sublimes.

CHAPITRE PREMIER.

De la Fortification, Attaque & Défense des Places.

JE m'étonne toujours comment on ne revient pas de l'abus de fortifier les villes. Ce propos paroîtra extraordinaire & je dois le justifier. Examinons premierement l'utilité d'une Forteresse. Elle sert à couvrir un païs, à obliger l'ennemi à l'attaquer avant de passer outre, à s'y retirer avec des troupes, pour les y mettre à couvert, y former des magazins & y mettre en sureté, pendant l'hiver, de l'artillerie, des munitions &c.

Si l'on examine bien ces choses l'on trouvera qu'il est avantageux qu'elles soient placées aux confluents des rivieres, parceque pour les investir il faut partager les armées en trois

F f

corps

corps differens, qu'on peut en battre un avant qu'il foit fe-
couru des deux autres, qu'avant l'inveftiffement l'on a toujours deux côtés libres & qu'il eft impoffible que l'ennemi
forme cet inveftiffement dans un jour; qu'il faut l'attirail de
trois ponts & que l'on a les hazards pour foi, je veux dire
les orages & les inondations qui arrivent ordinairement
l'été.

Outre qu'en occupant un tel pofte l'on eft maitre du païs
l'étant des rivieres; l'on en empêche le Cours, & l'on a la facilité de les ravitailler aifement, d'y former des magazins,
d'y transporter des munitions & toutes les chofes neceffaires
à la guerre.

Au defaut des rivieres l'on trouve des endroits fortifiés par
la nature lesquels il eft presqu'impoffible d'inveftir & qu'on
ne peut attaquer que par un feul endroit, qui avec peu de
depenfe pourroient fe rendre pour ainfi dire imprenables, car
je compte la Nature infiniment plus forte que l'Art : pourquoi
donc n'en pas profiter? Peu de villes ont été fondées à ces
fins, le négoce a caufé leur augmentation & le hazard a choi-
fi leur fituation. Ces villes par la fucceffion des tems fe font
accruës, les bourgeois les ont enceintes de murailles pour fe
défendre contre les courfes des ennemis & pour fe garantir
des troubles inteftins qui agitent les Etats. Jusques-là tout eft
dicté par la raifon; les Bourgeois les ont fortifiées pour leur
confervation, ils les ont défendues: mais pourquoi les Princes
fe font-ils avifés de les fortifier? Cela pourroit avoir quelqu'apparence de raifon, du tems que la Chretienté vivoit dans le
bar-

barbarifme; que l'on devaftoit les païs; mais à prefent que l'on fait la guerre avec plus de moderation parceque le vain-queur même y trouve fon avantage , qu'a-t-on à craindre ? Eft-ce qu'une ville qui fera enceinte d'une bonne muraille & d'un boulevard où l'on mettroit trois ou quatre cent hommes de garnifon joint à la bourgeoifie avec quelques pieces de Ca-non de fer, ne fera pas auffi bien en fureté que s'il y avoit plufieurs milliers d'hommes? car je foutiens qu'ils ne fe défen-dront pas plus long-tems que ces quatre cent hommes, & que la Capitulation pour le bourgeois ne fera pas meilleure. Outre cela, qu'en fera l'ennemi quand il l'aura prife, la fortifiera-t-il? Je penfe que non; ainfi il fe contentera d'une contribu-tion & paffera outre , peut-être même ne l'affiegera-t-il pas, parcequ'il ne fauroit la conferver: de fe hazarder d'y laiffer une petite garnifon, c'eft ce qu'il ne fera jamais & d'y en mettre une groffe, encore moins, parcequ'elle ne feroit pas en fureté.

Une raifon plus forte encore me perfuade que les villes for-tifiées font de mauvaife défenfe ; c'eft que, fuppofé que l'on faffe des magazins de Vivres pour trois mois de garnifon , dès qu'elle eft inveftie il n'y en a pas pour huit jours , parcequ'on n'a pas compté fur dix, vingt ou trente mille bouches qu'il faut nourrir, par la raifon que la plûpart des habitans de la Campagne s'y réfugient avec leurs effets & augmentent le nombre des bourgeois. Les richeffes d'un Prince ne s'éten-dent pas à faire de pareils magazins pour tout un païs dans toutes les places qui font en rifque d'être attaquées, non plus que de les renouveller tous les ans, & quand il auroit la pierre philofophale il ne le pourroit pas parcequ'il mettroit la famine dans fes Etats.

J'entends dire à quelqu'un; Je mettrai à la porte les bourgeois qui ne pourront faire leur provifion. C'eft une défolation pire que celle que peut caufer l'ennemi: car combien y en a-t-il dans une ville qui ne vivent qu'au jour la journée? outre cela eft-on certain que l'on fera invefti? Mais fi cela eft, l'ennemi laiffera-t-il tranquilement retirer ce peuple? il le réchaffera dans la ville. Qu'eft-ce que fera Monfieur le Gouverneur, laiffera-t-il mourir de faim ces miférables? pourra-t-il juftifier cette conduite devant fon Souverain? Que fera-t-il donc? Il faudra qu'il leur faffe part de fon magazin & qu'il fe rende au bout de huit ou quinze jours. Car fuppofé qu'il y ait dans une ville cinq mille hommes de garnifon, qu'il y ait outre cela trente mille bouches, que les Magazins foient pour trois mois; les trente-cinq mille bouches mangeront en un jour ce que les autres auroient mangés en huit ou neuf, ainfi la place ne peut tenir qu'environ dix à douze jours; mettons qu'elle en tienne vingt, ce n'eft pas la peine de l'attaquer, elle eft obligée de fe rendre d'elle-même, & tous les millions que l'on a emploïés pour la fortifier font perdus.

Il me femble que ce que je viens de dire doit bien perfuader les défauts irremediables des villes fortifiées, & qu'il eft plus avantageux à un Souverain d'établir fes places d'armes dans des endroits aidés de la nature & propres à couvrir un païs que de fortifier de villes avec des depenfes immenfes, ou d'augmenter leurs fortifications. Il faudroit au contraire après

en

en avoir établi d'autres les razer toutes jufqu'aux remparts. Du moins ne faudroit-il plus fonger à en fortifier & à emploïer tant d'argent inutilement.

Quoique ce que je dis-là foit fondé fur la raifon, je fais bien que perfonne ne s'en avifera, tant l'ufage eft une belle chofe, & combien elle a de puiffance fur les hommes. Une place comme celle que je fuppofe peut tenir plufieurs mois de tranchée & même des années parceque la bourgeoifie ne l'embarraffe pas & que lors qu'il y a des vivres l'on fait combien le Siege doit durer.

Les Sieges que l'on a fait en Brabant, n'auroient pas eu de fuccès fi rapides, fi les Gouverneurs n'avoient calculé le tems de leur refiftance avec celui de la durée de leurs vivres; c'eft pourquoi ils defiroient autant que l'ennemi que la brêche fût bientôt prête pour pouvoir fe rendre honorablement; & malgré cette bonne volonté mutuelle, j'ai vû plufieurs Gouverneurs être obligés de le faire fans avoir eu l'honneur de fortir par la brêche.

J'ai remarqué dans les Sieges, que dès le commencement l'on garnit beaucoup le Chemin couvert, que l'on y fait un grand feu de moufqueterie & que ce feu ne fait pas un grand dommage. Cela ne vaut abfolument rien, parceque l'on fatigue les troupes de façon que l'on les excede. Le Soldat, que l'on fait tirer toute la nuit, s'ennuie, fon fufil fe caffe ou fe démentibule, il paffe le lendemain une partie du jour à le nettoyer, à le rajufter & à faire des cartouches. Enfin cela

G g   lui

lui emporte tout le repos qu'il devroit prendre , chose qui est
d'une consequence infinie & qui entraine après soi si l'on
n'y fait attention des maladies & un degoût auxquels la bonne volonté ne resiste pas. C'est cependant sur la fin d'un
Siege où il faut marquer plus de vigueur , parceque c'est a-
lors qu'il est question de coups de mains, & que plus vous mar-
quez de vigueur , plus l'ennemi se degoûte , parcequ'alors
les maladies se mettent dans son camp, que les fourages & les
vivres lui manquent, & enfin que tout concourt à sa ruine,
ce qui décourage & Officiers & Soldats; si avec cela ils sen-
tent que la resistance dévient plus forte & qu'elle augmente
à mesure qu'ils se flattent de la voir diminuer, ils ne savent
plus où ils en sont & se degoûtent totalement. C'est pourquoi il faut toujours reserver les meilleures troupes pour les
coups de mains, ne leur pas seulement permettre de mettre le
nez sur le rempart & sur-tout ne les point faire veiller , mais
dès qu'ils ont fait leur expedition les renvoier à leur quartier.

Pour revenir au feu du Chemin couvert ou des remparts sur
les travailleurs pendant la nuit, ce n'est que du bruit; car les
Soldats, pour ne point se donner la peine de bourrer parceque
cela les fatigue, prennent la poudre à poignée , la jettent
dans le fusil, mettent une bale par-dessus, puis tirent. Où ti-
rent-ils? En l'air; parce qu'à force de tirer , l'épaule leur
devient douloureuse , & comme dans l'obscurité l'Officier ne
peut les voir , ils passent le bout du fusil sur la Palissade & la
bale va où elle peut.

Il vaut beaucoup mieux placer vers la fin du jour plusieurs
bat-

batteries de Canons à barbettes, foit dans les chemins couverts, foit fur les remparts, les aligner avec de la craye pour
les faire tirer dans les environs où l'on croit qu'il en eft befoin
pendant toute la nuit, puis les ôter à la pointe du jour. Ce
feu fera bien plus meurtrier que celui de la mousqueterie,
parcequ'il percera gabions & fafcines, les bales étant groffes
comme des noix, balayeront continuellement toute la largeur
de la tranchée & iront par bonds & ricochets bien loin au delà
de leur portée. Le Canon de l'ennemi ne fauroit les faire
taire pendant la nuit, & cela tue comme mouche les travailleurs
& ceux qui fervent les batteries.

Enfin pour fervir douze pieces de Canons ainfi difpofés, il
ne faut que trente-fix Soldats & douze Canoniers; & je me
perfuade qu'ils feront plus de mal que mille hommes à qui l'on
auroit fait paffer la nuit dans le Chemin couvert. Pendant ce
tems vos troupes fe repofent tranquillement & font le lendemain en état de relever les poftes, ou d'être emploïés au
travail.

Que l'on ne m'objecte pas que cela confume beaucoup de
poudre; les Soldats en gafpillent plus pendant la nuit qu'ils
n'en tirent; au refte on n'a qu'à tirer avec moins de pieces, il
en refultera toujours un avantage confiderable en ce que vos
troupes feront moins fatiguées & que par confequent vous aurez moins de malades: car rien ne caufe tant de maladies que
les veilles.

Je dois dire ici un feul mot en paffant fur nos Ouvrages de
For-

Fortifications, qui eft que tous les anciens ne valent rien & les modernes pas beaucoup plus, ainfi que je le ferai connoitre à la fin du 2. Chapitre. Le Roi de Pologne (*) a formé un Sifteme de fortification qui eft admirable : mais comme on ne fait pas les places comme on les fouhaiteroit & qu'il faut s'en fervir comme elles font, il faudroit au moins tacher de remedier aux défauts les plus abfurdes.

Tous les Ouvrages detachés, par exemple, font efcarpés à la gorge; mauvais Sifteme. Pour y remedier il faut y pratiquer des rampes pour pouvoir les r'attaquer par derriere l'épée à la main : car quand l'ennemi s'y eft logé fon logement contient peu de monde, parceque les couvreurs & les travailleurs font obligés de fe retirer. Or fi vous pouvez venir à eux & les attaquer en plus grand nombre, indubitablement vous les chafferez, & avant qu'ils aient commandés un nouvel affaut & de nouveaux travailleurs, leur logement fera comblé. Vous le pouvez en toute fureté, parceque vous n'êtes pas vû de leur Canon ni du feu de leur tranchée; il faut donc qu'ils donnent un nouvel affaut ou vous leur tuez une infinité de monde, parcequ'ils font obligés de venir en force. Quand leur logement eft fait de nouveau & que leurs couvreurs font retirés, vous recommencez. Rien n'eft fi meurtrier & ne défole tant l'affiegeant, & l'avantage eft toujours du côté des affiegés.

Tout Ouvrage efcarpé par la gorge eft un ouvrage perdu lors qu'il eft une fois emporté, parceque l'on ne fauroit y aller, que l'ennemi y eft en fureté & que vous ne pouvez l'y

atta-

(*) Augufte II. Pere de l'Auteur.

attaquer, parcequ'il n'y a qu'une petite porte & souvent des escaliers où les Soldats sont obligés de monter un à un & d'où l'ennemi les culbute bientôt. Il faut donc abandonner cet ouvrage; faire autrement seroit vouloir perdre du monde inutilement.

En voilà affez pour faire connoitre que les afliegés n'ont pas pendant le cours d'un Siege d'occafions plus avantageufes de combattre l'ennemi, que celle que leur fourniffent les ouvrages pourvû que l'on puiffe y communiquer aifement.

Bien des gens s'imaginent que lors que la brèche eft faite il n'y a plus de falut & qu'il faut abandonner l'ouvrage. Il eft vrai que l'on ne fauroit guere empêcher le logement, mais on peut les en chaffer & les obliger à donner cent affauts parceque l'on peut s'y maintenir toujours plus fort qu'eux & leur tuer avec avantage une infinité de monde. Ils n'ont en ce cas qu'un parti à prendre qui eft de faire fauter l'ouvrage, & il y a apparence qu'il s'en aviferont un peu tard. Mais fi les ouvrages, quand il y a des foffés fecs, font contreminés de façon qu'il y regne une galerie fouterraine tout-autour, l'ennemi ne pourra y rien faire avec la mine tant que je ferai maitre de l'ouvrage, parceque s'il creufe plus bas que moi il trouvera l'eau. Pour du refte les mines font plus d'épouvante que de mal, & l'on trouve prefque toujours moïen de les éventer ou de les prévenir. Les ouvrages fpacieux font les plus avantageux, car avec les petits il n'y a rien à faire, ils font reduits trop tôt en poudre. Il y a encore une chofe bien meurtriere à faire dans les foffés pleins d'eau: c'eft d'avoir des barques couvertes de madriers & y mettre des Soldats pour empêcher le travail de la Galerie ; il eſt certain que tant que ces barques ſubſiſteront il eſt impoſſible de travailler, parceque les Soldats qui y ſont vont tuer les ouvriers à brule-pour-point; le feu de la mousqueterie ne fera rien à ces barques, il faudra donc établir une batterie à l'angle ſaillant du foſſé; & d'ailleurs quand elle eſſuieroit deux ou trois decharges, cela ne l'épouvanteroit guere, elle ſeroit bientôt à couvert, & le Canon qui donneroit en plongeant feroit fort peu d'effet. Il n'y a - d'autre remede que de percer le révetement pour mettre des batteries à fleur d'eau ſi l'on ne veut pas ſe ſervir de ces barques.

CHA-

CHAPITRE DEUXIEME.

Reflexions fur la Guerre en général.

JE prends les objets comme ils fe prefentent à mon idée, ainfi on ne doit pas être furpris fi je quitte le Chapitre de la Fortification pour y revenir après ; c'eft parceque j'ai cru cette Difgreffion neceffaire ici, avant d'entrer plus particulierement dans ce qui regarde chaque chofe.

Bien des gens font dans l'opinion, qu'il eft avantageux d'entrer de bonne heure en Campagne : ils ont raifon lors qu'il eft queftion d'occuper un pofte important, fans cela il me femble qu'il ne faut pas tant fe preffer & tacher d'y refter plus longtems. Qu'importe que l'ennemi faffe des Sieges, il s'affoiblira à mefure qu'il en fera, & fi vous vous mettez à fes trouffes vers l'automne avec une armée bien menagée & en bon état vous le ruinerez. J'ai toujours remarqué que pendant une Campagne les armées fondent d'un tiers, quelques

fois

fois de la moitié, & que la Cavalerie fourtout étoit dans un
piteux état au commencement d'Octobre & reduite à ne
pouvoir plus tenir la Campagne. Je voudrois jufqu'alors me
tenir à couvert, l'inquietter par des détachemens & fur la fin
d'un bon Siege me mettre à fes trouffes; je crois que j'en
aurois bon marché & qu'il fongeroit bientôt à fe retirer, ce
qui peut-être ne lui feroit pas facile devant des troupes bien
fraiches, il pourroit bien y laiffer fon Bagage, fon Artillerie
& une partie de fa Cavalerie, ce qui ne lui faciliteroit pas
les moïens d'être l'année enfuite de bonne heure en Campagne
& peut-être même n'oferoit-il y reparoitre. C'eft l'affaire
d'un mois & puis on s'en retourne dans fes quartiers fans être
delabré, au lieu que l'ennemi eft abimé & ruiné. D'ailleurs c'eft la faifon où vous trouverez les granges pleines,
l'on peut même alors tourner fes pas d'un autre côté & fubfifter pendant l'hiver dans le païs ennemi. Cette Saifon n'eft
point à craindre pour les troupes comme on fe l'imagine. J'ai
fait des Campagnes dans des Climats fort ruds pendant plufieurs hivers, les hommes & les chevaux fe portoient mieux
qu'en été; il n'y a pas de maladies à craindre pour ceux qui
ne font pas mal-fains à moins que l'hiver ne foit des plus ri-
goureux.

Il y a telles fituations qui vous permettent de Cantonner
& où vos troupes feront en furetée pourvû que la difpofition
de votre Cantonnement foit faite de maniere que vos poftes
ne foient pas trop ecartés: les Vivres ne manqueront pas,
le tout eft de favoir les faire venir. On ne doit pas vivre aux
depens de fon Maitre, au contraire un habile Général peut

tirer

tirer par les Contributions de quoi faire fubfifter fon armée la Campagne fuivante. Le Soldat fera à l'aife, joïeux & content, parcequ'il fera bien logé, bien chauffé & bien alimenté.

Mais pour cela il faut favoir tirer les vivres & l'argent de loin fans trop fatiguer les troupes; fi l'on fait de gros detachemens, ils font en rifque d'être attaqués & enlevés, cela extenue le Soldat & ne produit pas grande chofe.

La bonne façon eft d'envoïer des Lettres Circulaires dans le païs que l'on veut faire contribuer; faire favoir aux habitans qu'il fortira des Partis qui mettront le feu chez ceux qui ne feront pas pourvûs des quittances de la taxe impofée, qui doit être modique; enfuite on choifira des Officiers intelligens que l'on enverra avec des Partis de vingt-cinq à trente hommes, qui auront ordre de ne marcher que de nuit, de ne faire aucun dégat fous peine de la vie, en rendre l'Officier refponfable & leur donner à chacun un certain nombre de villages à vifiter.

Quand ils feront arrivés fur les lieux & qu'il fera tems de favoir fi ces villages ont payé, ils enverront le foir un Bas-Officier avec deux hommes favoir chez le chef du lieu s'il eft pourvû d'une quittance la quelle fera faite du Seing & des armes du General de l'armée; s'il ne l'eft pas, l'Officier qui conduit le Parti doit fur le champ fe montrer avec fa troupe & mettre le feu à une maifon écartée avec menace de revenir & d'en bruler davanta-

Ii ge,

ge; ne point piller ni prendre la fomme exigée, mais paffer outre.

Avant de rentrer dans les quartiers tous les Partis doivent
fe rendre en un certain lieu, où il faut faire fouïller & pendre
fans mifericorde ceux qu'on trouvera s'être emparé de la
moindre chofe, & fi l'Officier étoit convaincu d'avoir pris ou
reçu de l'argent des villages, il doit être auffi puni de mort,
ou tout-au-moins chaffé. Si au contraire ils ont fidellement
fuivi les ordres qu'on leur a donnés ils doivent être recom-
penfés; moïenant quoi cette methode de faire contribuer de-
viendra familiere aux troupes & le païs à cent lieuës à la ronde apportera vivres & argent. Une vingtaine de Partis par
mois feront toute la befogne. Ils ne fauroient être decouverts
quelque perquifition que l'ennemi en faffe; & comme c'eft
un mal que l'on fent & que l'on ne fauroit voir que lors qu'il
fait fon effet, il augmente l'effroi & perfonne ne dort en repos qu'il n'ait payé, & quelque défenfe que l'ennemi leur faffe les habitans fe delivreront de cette crainte en payant.

Un gros Corps en execution embraffe peu de païs & met
le trouble par-tout où il fe trouve; les habitans cachent leurs
effets, leurs beftiaux, & dans cet état on en tire peu de chofe,
parcequ'ils fentent bien qu'on ne fauroit demeurer longtems,
qu'ils efperent du fecours & qu'ils vont eux-mêmes le chercher, ce qui fouvent eft caufe que ces Corps font obligés
de fe retirer à la hâte fans avoir fait autre chofe que d'y laiffer
du monde; ou lors que les affaires vont au mieux, celui qui
commande ce detachement, foit par crainte, prudence, ou
inte-

intcrêt propre, fait une composition avec les habitans, & revient avec des troupes harassées & en mauvais état, quelques vivres & peu d'argent.

Voilà le succès qu'a ordinairement cette façon de faire contribuer, au lieu que celle que je propose vient tout à bien d'elle - même.

Il ne faut faire payer que tant par mois, les habitans s'entr' aideront & pourront fournir d'autant plus aisement qu'ils ne feront pas troublés par la crainte & la presence des troupes, qu'ils ont du tems devant eux, & qu'ils ne peuvent éviter d'être brulés s'ils ne satisfont. Enfin l'on embrasse un païs immense, les plus éloignés vendent leurs denrées pour apporter de l'argent, & les plus près apportent des vivres.

Il faut que ces Partis jouent bien de malheur, ou que ceux qui les conduisent ne sachent pas leur metier, pour être decouverts; car avec vingt-cinq à trente hommes de pied l'on peut traverser un Roiaume sans être pris; & lorsqu'ils sont decouverts ils cheminent; on ne les suivra pas bien loin surtout la nuit, pareeque l'on craindra de donner dans des embuscades, comme cela pourroit arriver, sur-tout si plusieurs Partis savent s'accorder & convenir entre eux de certains rendez-vous, où ils pourront se rencontrer en tel tems en cas qu'ils fussent decouverts & poursuivis.

Il n'y a rien de plus amusant que cette petite guerre, & certainement le Soldat y prendra goût.

Cela

Cela me fait souvenir qu'en 1710. je fus attaqué entre
Malines & Bruxelles par un Parti François. (*) Trois
jours après un autre de cinquante hommes entra en plein jour
dans Aloft qui est à cinq lieuës de Bruxelles & me prit des
equipages sur la place; il y avoit pendant ce tems-là quin-
ze-cent hommes à la porte de la ville qui attendoient les
billets de logemens qui se faisoient chez le Magistrat & je
pensai y être pris. L'on n'osoit aller par la barque de
Bruxelles à Anvers sans avoir un Sauf-conduit dans sa poche, ni aller se promener dans les Fauxbourgs de Bruxelles,
Anvers, Malines, Louvain &c. Cependant les Alliés
étoient les maitres de toute la Flandre, Lille, Tournai,
Mons, Douai, Gand, Bruges, Oftendes, & toutes les
Barriéres étoient à eux; il y avoit cent-cinquante-mille
hommes de troupes dans ces differentes garnisons; c'étoit
au cœur de l'hiver, mais les Partisans François pilloient
toute la Campagne. Cela prouve bien la possibilité de ce
que j'avance & me persuade que le succès en est infaillible.

Si les Princes qui ont fait la guerre en Pologne s'y é-
toient pris de cette maniere, ils n'auroient pas ruinés leurs
armées. Si *Charles* XII. n'étoit entré en Saxe il étoit perdu; ceux qui ont vû les Suedois en ce tems-là conviendront
de cette verité.

Si *Gustave Adolphe* eut pris des postes avantageux &
qu'il

(*) Mr. le Comte de Saxe servoit alors dans l'armée des Alliés comme Volontaire.

qu'il eût subsisté comme je le propose, il s'y feroit soutenu toute sa vie & auroit même pû y augmenter ses troupes. Cela me donne envie de faire un Plan de Guerre pour une Puissance qui auroit à la faire à cette Republique.

Descrip.

Defcription de la Pologne, & Projet de Guerre pour une Puiffance qui fe trouveroit dans le cas de la faire à cette Republique.

LA Pologne eft un païs ouvert, très-grand, fans villes fortifiées, affez peuplé, rempli de grains, de beftiaux & de toutes chofes neceffaires à la vie; très-couvert de bois, coupé par plufieurs grandes Rivieres toutes navigables, affez rempli d'argent. L'air y eft fain, les maladies n'y regnent point comme en d'autres climats; les étrangers comme les habitans s'y portent bien; & c'eft un vrai païs pour la Guerre.

La maniere vagabonde dont les Polonois la font, fait que l'ennemi lors qu'il s'attache à les fuivre eft bientôt hors d'état de refifter à leurs continuelles Courfes. Il ne faut donc point les fuivre du-tout, prendre des poftes fur les Rivieres, les fortifier, s'y baraquer & faire contribuer les Provinces de la façon que j'ai dit ci-devant.

Toute la Republique enfemble n'eft pas en état de prendre une Redoute bien paliffadée; il n'y a rien de ce qu'il faut pour former le moindre Siege, ni artillerie, ni munitions, & le Gouvernement eft établi de façon que tant qu'il fubfiftera il ne pourra rien y avoir de toutes ces chofes-là. C'eft un fait que ne me difputeront pas ceux qui la connoiffent; &

quand

quand ils les auroient ces chofes neceffaires pour la guerre, ils ne les conferveroient pas longtems.

Comme le païs eft tout ouvert & que toutes leurs forces confiftent dans la Cavalerie, tous ceux qui y ont fait la guerre ont cru qu'il ne falloit leur oppofer que de la Cavalerie ; ce qui les a mis dans la neceffité de toujours changer de lieux pour fubfifter, de fe feparer fouvent & d'envoyer des grands Partis en execution pour avoir des vivres.

La Cavalerie Polonoife qui eft fort lefte, tombe fur ces detachemens, & bienqu'elle n'en batte guere elle ne laiffe pas que de les ecorner par-ci, par-là, ce qui fatigue extremement les troupes & enfin les ruine. Mais pour donner une idée de ces Combats, il faut que je faffe le recit de deux affaires qui fe font paffées pendant la derniere guerre que les troupes Saxonnes on cuës avec les Confederés de Pologne.

En 1716. une partie de la Pologne fe fouleva pour chaffer les troupes Saxonnes. Nous étions feparés dans differentes Provinces lors que tout à coup ce feu parut. L'armée de la Couronne ou l'armée de la Republique compofée de vingt mille hommes tomba d'abord fur le Regiment de la Reine Cavalerie & l'inveftit dans un village: ce Regiment fe rendit par compofition fans fe défendre & fut quelques heures après taillé en pieces de fang froid. Delà ils furent attaquer deux Regimens de Dragons qui aïant appris cet évenement s'étoient mis en marche pour fe joindre à d'autres troupes Saxonnes:

ceux

ceux-ci fachant par l'exemple du Regiment de la Reine qu'il ne falloit pas fe rendre fe défendirent, les battirent à platte couture & leur prirent plus de vingt paires de Timbales, E-tendarts & Drapeaux. Cela arriva entre Cracovie & Sendo-mir près d'un village nommé Tornos; c'étoit Monfieur *de Clin-genberg* qui commandoit ces deux Regimens de Dra-gons.

Pendant que cette affaire fe paffoit, j'étois en marche pour me rendre de Jarisloff, en Lithuanie, pour aider à éteindre le feu qui avoit commencé à s'allumer de ce côté-là; j'avois laiffé un détachement de quatre-vingt maitres à Jarisloff afin de faire payer quelques Contributions qui reftoient dués aux troupes. Les Polonois confederés inveftirent la place, qui eft une petite ville entourée d'un mauvais boulevard, firent trois attaques generales & furent répouffés. Au bout de quin-ze jours l'Officier qui commandoit ce detachement, qui fe nommoit *Heckman*, n'aïant plus de vivres, parla de rendre la place; enfin après bien des allées & des venués on lui ac-corda tous les honneurs de la guerre & un chariot dans lequel il y avoit quarante-mille écus, chofe bien tentante pour les Polonois. Il fort, on le laiffe paffer; au bout de deux jours de marche on detache après lui huit cent chevaux qui l'atteignirent bientôt & l'attaquerent, il fe battit avec eux pendant fix jours fans difcontinuer de faire route. En-fin il vint me joindre auprès de Varfovie à cent lieués de Jarisloff avec fon chariot & les quarante mille écus, foi-xante-huit maitres, deux paires de timbales qu'il leur avoit pris chemin faifant, n'aïant jamais pû être entamé & n'aïant

per-

perdus dans tous ces differens combats que feize Cavaliers : cela paroit fabuleux, cependant rien n'eft plus certain. Je pourrois encore faire le recit de pareilles affaires, mais en voilà affez pour donner une idée de ce peuple & de fa façon de combattre.

Il n'eft donc pas étonnant que ceux qui ont fait la guerre en Pologne fe foient feparés & aient fait des marches continuelles, bien fouvent forcées, pour les atteindre & quelque fois pour fubfifter; mais tout cela ne mene à rien avec eux, parcequ'ils font d'une fi grande legereté qu'ils font fouvent trente & quelques fois quarante lieuës dans un jour avec de gros Corps, de façon que fans aucune nouvelle ils vous tombent fur les bras comme s'ils tomboient des nuës ; quelques fois ils vous furprennent & toutes les affaires ne font pas heureufes.

Il faut donc les laiffer courir & s'attacher à occuper de bons Poftes d'où l'on puiffe faire contribuer le païs d'alentour par des Partis d'Infanterie. Comme il y a beaucoup de bois, ce feroit chercher comme l'on dit une épingle dans une botte de foin que de chercher ces Partis; & quand on les trouve, il n'y a que des coups de fufils à gagner; à moins qu'ils n'entraffent de jour dans les villages & ne s'y amufent à boire il eft prefque certain qu'ils feront leur expedition fans être feulement apperçus. Les Polonois s'écarteront bientôt des lieux où l'on prendra pofte, parcequ'ils craignent extremement l'Infanterie & que cette façon de leur faire la guerre leur fera toute nouvelle; ils n'oferoient fe tenir dans les vil

L l

lages crainte d'y être furpris, rifque qu'ils ne courent pas a-
vec la Cavalerie, parcequ'elle eft lourde & qu'il eft impoffible qu'un Parti de Cavalerie foit en campagne fans qu'ils le
fuffent bientôt par les Prêtres & Gentilâtres qui vont à toutes jambes les avertir & fe mettre de la partie, de façon que
vous pouvez toujours compter d'être accompagné dans les
marches cherchant l'occafion de vous entamer ou d'accrocher
quelques traineurs.ʹ

Les Poftes qu'il y a à prendre font: Premierement, la
pointe du Werder auprès de Marienbourg où la Viftule fe
fepare; par ce moïen l'on eft maitre de la Pruffe Polonoife, du Werder, païs riche, abondant & peuplé; l'on a
Dantzick, Elbing, Marienbourg & Königsberg fur fes
derriéres, tous endroits qui fourmillent d'Allemands, où
l'on peut faire quantité de bonnes recruës & où il y a beaucoup d'artifans & de marchandifes. Königsberg & Dantzick font deux Ports où abordent beaucoup de vaiffeaux de
tous les païs de l'Europe, moïennant quoi l'on peut avoir des
Officiers & toutes fortes de munitions, ce qu'ils n'ont pas en
Pologne, & par ce moïen on leur ôte la facilité de pouvoir
en avoir.

Le Pofte dont je parle eft très-beau & très-bon: la Viftule en fait une Ifle; ce fleuve eft large dans cette partie-là, &
le Fort que l'on y conftruiroit ne fauroit être attaqué que par
une langue de terre fort étroite qui a bien deux lieuës de longueur, & ceux qui s'aviferoient de l'attaquer y perdroient
bien du monde & leurs peines. Deux petits Forts, l'un fur

la

la droite & l'autre fur la gauche de la Viftule en rendent
l'inveftiffement impraticable aux Polonois d'autant plus qu'il
leur faudroit l'attirail de trois grands Ponts de bâteaux
pour fe communiquer, ce qui n'eft pas une petite affaire,
non feulement pour les Polonois, mais pour toute autre nation.

Ces Forts feroient bientôt conftruits ; la Pologne eft le
premier païs du monde pour y faire promptement des fortifications; la terre y eft aifée; les fapins n'y manquent pas &
ce font des paliffades toutes faites, il n'y a qu'à les couper &
les planter, ils ont un pied de diametre & plus quelque fois
ce qui ne fe hache pas fi facilement; on peut conftruire des
Cazernes très-vîte, parceque les murailles fe font avec ces
arbres: cela fait des batimens très-fains, chauds en hiver &
qui font faits en moins de rien, de forte que l'on peut conftruire Cazernes, Magazins, Souterrains en très-peu de tems
& fans fraix, il ne faut que des haches, & tous les Soldats feront propres à cette conftruction fur-tout lors qu'ils auront des
Officiers entendus pour les guider. Je parlerai ailleurs de la
conftruction de ces ouvrages.

Je laifferois donc dans ce Pofte quatre mille hommes qui
feroient bien en fureté. Enfuite j'irois à dix lieuës de-là
prendre un autre Pofte à Graudentz fur la Viftule. C'eft une
petite ville fituée fur une hauteur dans un marais qui a cinq
à fix lieuës de tour; l'on ne peut y arriver que par une chauf-
fée, & c'eft par confequent un très-bon Pofte. J'y mettrois
mille hommes.

Delà

De-là j'irois dans une Ifle qui eft auprès de Thorn au Confluent de la Viftule avec la Bouë où j'etablirois un Pofte de
cinq mille hommes.   Ce Pofte eft admirable par fa fituation;
la Bouë eft une grande riviere fur la quelle fe fait tout le
negoce de la baffe Lithuanie.

De-là j'irois à Janowitz où je laifferois mille hommes.   Enfuite je pafferois au Confluent de la Sonna avec la Viftule
près de Sandomir où j'etablirois un Pofte de cinq mille hommes.   Ce Pofte eft bon & la Sonna tient le commerce d'une
partie de la Ruffie Polonoife.

Je mettrois un Pofte de mille homme dans une Ifle qui eft
entre Sandomir & Cracovie auprès de Soles.   Delà j'irois à
Cracovie où je mettrois dans la ville & dans le chateau cinq
mille hommes.

En reprenant de Sandomir fur la gauche je laifferois à Sa-
moche mille hommes & à Leopold cinq mille.   En revenant
fur mes derrieres à Branfaliteski, mille hommes; l'on ne fauroit inveftir ce pofte, il eft imprenable: à Pinsko fur le Nie-
mer cinq mille hommes: à Zideswiloff mille hommes: à Dol-
hinon fur la Wilia mille hommes: à Cowenoz cinq mille hommes; ce pofte eft incomparable, je n'en n'ai vû en nul endroit un plus beau, il tient les deux rivieres qui s'y joignent
& qui vont fe jetter dans le Courchefhart.   Il faudroit encore
un pofte à Pozen dans la grande Pologne de fix mille hommes.

Le tout feroit fi bien occupé que les Polonois feroient obligés

gés de recevoir tranquillement la loi. Toutes ces troupes ne feroient cependant ensemble que quarante-huit mille hommes de pied & trois mille huit cent chevaux.

La Conquête de toute la Pologne feroit l'affaire de deux Campagnes & ne me couteroit pas un Sol, au contraire j'en tirerois de grosses Sommes par les Contributions sans que cependant le païs soit vexé, c'est-à-dire que je ne leur demanderois qu'une bagatelle par feu. On a calculé que si l'on païoit par chaque tonne de bierre qui se consume en Pologne, une Timphe, qui revient à quinze Sols de France, il y auroit de quoi entretenir trois cent cinquante-mille hommes ; on peut juger par-là de la grandeur de ce Roïaume & du nombre de ses habitans.

Je suis persuadé que l'on pourroit faire cette Conquête sans donner une seule Bataille. Comme les troupes ne seroient pas occupées par des marches continuelles, l'on pourroit s'appliquer dans les differens Postes à la perfection des ouvrages de fortifications, & comme j'ai deja dit qu'il y a abondance de bois par tout, l'on pourroit faire de tels ouvrages qui surpasseroient pour la force les meilleures places revetuës.

Alors si je suis une fois établi dans ces Postes comme je ne vois aucune difficulté de pouvoir le faire, je me moque de tous les Alliés de la Pologne & de tous ceux qui voudroient entreprendre de la secourir. Je serois le maitre par le secours des rivieres de pourvoir tous mes postes, l'ennemi n'oseroit se hazarder d'entrer dans le pais & de les laisser derriére

M m   lui,

lui, & s'il le faifoit il s'en trouveroit mal: car d'où tireroit-il
toutes les chofes neceffaires à la guerre & même à la vie?
Sera-ce dans l'interieur du païs? il feroit bientôt ifolé & o-
bligé de décamper. Que fera-t-il donc? des Sieges en forme contre des places fortifiées par la nature & par l'art.

Ce n'eft au refte, ni l'affaire des Tartares ni des Turcs,
il faudroit pour cela toutes les forces & les richeffes de la
France, de l'Angleterre, & de la Hollande. Les Turcs
font les plus riches voifins de la Pologne, mais ils font encore moins à craindre que les Mofcowites.

J'ai dit qu'il ne falloit que quarante-huit mille hommes
pour foumettre la Pologne; qui eft-ce qui m'empêcheroit
quand j'y ferois établi d'en avoir cent-mille? Le Païs ne les
fourniroit-il pas, ou ne fauroit-il les entretenir? Craint-on
de n'en pouvoir faire la levée? L'on me dira peut-être:
Mais ce feront des Polonois; comme fi un homme n'étoit pas
un homme; il n'y a que la difcipline & la maniere de les
mener qui y fait, & comme j'ai deja dit, ceux qui croient
que les Legions Romaines étoient toutes compofées de Romains de Rome fe trompent fort, elles l'étoient de toutes
les nations, mais la Difcipline étoit la même, & parcequ'elle étoit bonne cette Difcipline & cette maniere de
combattre, toutes les troupes étoient bonnes, fur-tout lors
qu'elles étoient menées par d'habiles Chefs.

Les Levées des troupes en Pologne peuvent fe faire auffi
aifément que celles des Contributions: l'on n'a que demander

un

un homme par paroiſſe ou village ; mais il faudra marquer ces recruës au viſage de la marque de la troupe dans la quelle el- les ſeroient enrollées, afin de pouvoir les reconnoitre, ce qui les empêcheroit de deſerter, parcequc dans leurs villages ni dans aucun autre lieu, elles ne ſeroient point en ſureté ; l'on pourroit leur limiter un tems pour ſervir, mais il faudroit leur tenir parole exactement.

En tems de guerre il ne faut entrer en aucun Pourparler avec les Polonois, parcequ'ils ne cherchent qu'à tromper, à li- berer leurs terres des contributions & à vous amuſer. Le vrai ſecret de les ſoumettre eſt de ne point les écouter ; ſur-tout il ne faut jamais accepter de leurs troupes, qui ne ſont bonnes à rien qu'à vous embarraſſer & à faire du dégât dans les quar- tiers : ils viennent d'abord s'offrir en foule, mais dès qu'ils ne retirent point d'avantages de leurs démarches, ils tournent caſaque & l'on n'a que le déſagrement de leur avoir fournis les moïens de piller leur propre païs, à quoi ils ne repugnent point. Ce qui arrive encore, c'eſt qu'on ſe fait battre lors qu'on les a à ſes côtés, parcequ'ils s'enfuient d'abord & vous font un vuide qui déconcerte vos troupes. Nous n'avons que trop vû de ces exemples. A l'égard de l'Artillerie il faut beaucoup de piéces de fer de ſix livres de balles ; l'on en trouve de bonnes & en quantité en Suede, à bon mar- ché ; il faut y faire faire des affuts marins, & l'on peut fai- re remonter le tout ſur la Viſtule & en garnir les différens Forts.

Lors que l'on a ainſi établi ſes Poſtes, il eſt bien aiſé de

les

les mettre à la raifon, parcequ'on peut les empêcher de fe
communiquer. On peut les menacer de la Confiscation de
leurs Terres, s'ils ne fe rendent chez eux dans un tel tems, &
tous les autres moïens que l'on peut emploïer réüffiront, parcequ'alors fe mettant à leurs trouffes on les joint; les garnifons de leur côté coureront fus & l'on en viendra aifement
à bout. Alors on peut parler d'accommodement, leur im-
pofer des loix & les leur faire executer. Voilà comme avec
peu de troupes & peu d'argent je me ferois fort de les redui-
re en deux ou trois Campagnes tout au plus. Il peut arriver
telle conjonĉture, qui pourroit permettre l'execution d'un tel
projet.

Je ne veux pas quitter la Pologne fans revenir à la Fortification & fans parler de la maniere dont je voudrois y conftruire des Forts. J'ai compofé mon fifteme fur celui du Roi
de Pologne, qui me paroit au-deffus de tout. Et comme
j'ai deja dit plufieurs fois que le bois eft extremement commun
en Pologne, je me perfuade qu'il eft bon, d'autant plus
qu'une pareille fortification ne coûte rien, eft hors d'infulte
en peu de jours, & dans un mois en état de foutenir un long
Siege.

Je fuivrai dans ceci la regle que je me fuis prefcrite dans
le cours de cet ouvrage, qui eft de faire remarquer les fautes des methodes reçuës avant d'en propofer de nouvelles.

NOUS

Nous l'emportons sur les Romains dans l'art de fortifier les places; mais il s'en faut bien que nous soïons parvenus
au point de perfection. Je ne suis pas bien savant, mais la
grande reputation de Messieurs *de Vauban* & *Coeborn* ne
m'en a jamais imposée. Ils ont fortifiées des places avec des
depenses immenses & ne les ont pas rendues plus fortes; du
moins leur force ne sert pas à grand chose & la promptitude
avec laquelle on les a pris en est une preuve.

Il y a des Ingenieurs modernes qui, à peine sont con-
nus, ont profité de leurs fautes & les surpassent infiniment;
mais ils ne font que tenir un milieu entre les défauts des ouvrages de ces Messieurs & le point de perfection au quel il
faut tacher de parvenir. Sans entrer dans la misere des petits
ouvrages qu'ils ont faits, comme Flancs, Surflancs, Contregardes basses &c. je ferai voir tout d'un coup le grand
défaut de leur fortification.

Ils ont elevés leurs ouvrages en amphithéatre pour pou- Planche XIX.
voir tirer de tous dans la Campagne, comme si l'on pouvoit se servir d'un ouvrage reculé tandis quil y a du monde dans celui qui est devant soi. Il devient donc inutile. Pourquoi les tant elever? Qu'arrive-t-il? L'ennemi qui voit tous ces ouvrages à découverts les ruine dès
que la seconde paralelle est faite, c'est-à-dire d'abord
qu'il a établi ses batteries; c'est l'affaire d'un jour ou deux,
puis voilà toutes vos défenses ruinées & tout votre Canon demonté. Cette belle fortification qui a tant cou-

Nn   té

té d'argent est hors d'état de faire aucun mal; d'où vient cela ? C'est parceque les batteries de l'assiegeant sont basses & qu'elles tirent en s'elevant de l'horison, emportent, eboulent & demontent tout ; alors ils poussent leurs travaux bien vîte & etablissent à l'aise leurs batteries parceque personne n'ose plus se montrer. Ils arrivent donc sur le Glacis ; on les chicane un peu au chemin couvert, mais comme il n'est soutenu que d'ouvrages ruinés l'on s'en rend bientôt maitre, on établit les logemens & les batteries, & l'on rase si bien toutes les défenses de la place, deja ruinées, que personne n'ose y paroitre. S'il se trouve encore quelques flancs bas, l'on établit des batteries sur les angles saillants du fossé, & comme ce fossé est paralelle, on les a bientôt ruinées. Outre cela ces flancs sont si étranglés que le Canon y fait un fracas horrible, de sorte que l'on n'y sauroit tenir un quart d'heure. S'il y a des Casemattes l'on y étouffe & le Canon ruine bientôt les embrasures. L'ennemi fait donc le passage du fossé en toute sureté pour attaquer ces ouvrages. Je ne parle pas de la brêche, car quelques hauts & redoutables que soient ces ouvrages, elle est faite en peu de tems, alors les assiegés retirent leur monde & laissent monter l'ennemi sans pouvoir le lui disputer, parceque ces ouvrages ne sauroient se r'attaquer étant escarpés par la gorge, n'y aïant qu'un escalier ou un petit pont pour y conduire; l'ennemi y est plus en sureté que dans une Citadelle & il se loge en moins de rien. Le nombre des Couvreurs & des Travailleurs qu'il y envoie n'est pas grand, parcequ'il sait bien qu'il ne peut y avoir personne pour défendre ces ouvrages, & que comme les défenses qui

font

font derriére font vués rafées & ruinées, il fe loge fans refiftance & fans perte, au lieu que fi l'on pouvoit y communiquer, il feroit obligé d'y envoïer beaucoup de monde,
de faire un logement confiderable, de foutenir plufieurs attaques pour s'y maintenir, ce qui lui couteroit cher, au lieu
que voilà encore un ouvrage pris à bon marché, & ainfi
du refte.

L'on a reconnu une partie de ces défauts & l'on a crû y re- Planche XIX.
medier en faifant des feux rafans, ce qui à la verité vaut un
peu mieux; mais l'inconvenient fubfifte toujours: car fi vous
voïez du corps de la place dans la campagne & fur le glacis,
par-deffus vos ouvrages avancés, l'ennemi vous voit tout-auffi
bien, pour ne pas dire mieux, & quoiqu'il ne ruine pas
toutes vos défenfes, il vous empêche du moins de vous en
fervir; vous ne le pouvez pas non plus pendant que vous avez
du monde dans les ouvrages qui font devant vous. Pourquoi
voulez-vous donc les rafer & que le corps de votre place
voye par-deffus vos ouvrages fur le glacis pendant qu'il ne
peut fervir que pour défendre ceux qui font directement devant lui? car je dis encore que vous ne fauriez tirer fur le glacis tandis qu'il y a du monde fur ces ouvrages avancés, au
lieu que l'affiegant a l'avantage de fe fervir de fes batteries
pour rafer les défenfes de tous les ouvrages detachés & même
du corps de la place.

Si les défenfes étoient au contraire plus baffes du côté du
corps de la place, l'on feroit obligé, pour les ruiner, d'apporter du Canon fur chaque ouvrage l'un après l'autre, ce qui

ne

ne feroit pas fort aifé, fur-tout fi ces ouvrages font conftruits
de maniere qu'il n'y eût point de terrein aux uns & beaucoup aux autres & que l'on pût les r'attaquer tous fait à fait
que l'ennemi s'en empareroit.

Planches XX.
& XXI. Mais pour donner une idée complette de ce que je penfe
là-deffus, voïez le Plan & le Profil de ma methode.

Je fuppofe cet ouvrage fait à la hâte dans un païs ou le bois
eft commun. C'eft l'affaire d'un mois pour une Legion, ainfi que l'on verra par le Calcul qui en fera ci-après detaillé.

Suppofé que l'ennemi m'attaque, il emportera mon Chemin Couvert à l'ordinaire, ruinera les défenfes de mes Contregardes & de mes Lunettes; tant que j'aurai mes Cafemattes libres dans les angles rentrans de mes Contregardes comment paffera-t-il le foffé pour aller à ma Contregarde & à mes
Lunettes? L'on me dira, qu'il les ruinera. Cela n'eft pas
fi aifé, pour ne pas dire impoffible; car il ne peut mettre que
deux à trois pieces de Canon fur l'angle faillant de la Con-
trefcarpe, & en approchant mes radeaux de mes Cafemattes
je tire continuellement avec cent pieces de Canon, qui le prendront du bas en haut, & pourvû qu'il me refte un pied de
jour, je verrai toujours avec cent pieces de Canon dans le
fond du foffé des angles faillans de ma Contregarde & de mes
Lunettes: ofera-t-il faire fa gallerie expofé nuit & jour à un
fi terrible feu qu'il ne fauroit voir ni démonter?

L'on a une maxime de croire que l'on ne fauroit voir dans

un

un endroit fans être vû de cet endroit, & l'on a jufqu'à prefent fuivi religieufement ce principe fans fonger qu'il falloit obliger l'ennemi à fe montrer dans des endroits où il a peu de terrein, où il puiffe être vû d'un plus grand front, qu'il ne fauroit oppofer, & à le voir avec du Canon dans des endroits où il n'en fauroit mettre. C'eft ce que je fais par le moïen de mes Cafemattes ouvertes, car je vois dans l'eau & il n'y fauroit placer du Canon pour voir le mien, il ne peut demonter mes pieces qui font fur la furface de l'eau non plus que celles de mes Ravelins, parcequ'elles font couvertes de ma Contregarde. De plus je puis rétablir pendant la nuit ce que l'ennemi auroit pû ruiner de mes Cafemattes, & en cas qu'elles foient barrées par les decombres, mon Canon lui-même fe fera jour à travers.

Qu'eft-ce que l'ennemi fera pour remedier à ce mal ? car je foutiens qu'il lui eft impoffible de faire le paffage du foffé. Il faut donc qu'il faffe le Comblement; mais je ruinerai encore bientôt cet ouvrage ainfi que les batteries qu'il aura mifes fur les angles faillans du foffé: au refte je défie qu'il lui foit poffible d'établir une batterie.

Il n'y a rien de meilleur que ces Batteries à Radeaux: elles tirent d'une jufteffe infinie; l'on ne fauroit en les fervant perdre un homme à moins d'un grand hazard; on les pointe fans rifque à couvert, par confequent fans diftraction & avec foin. Planche XXII.

La façon dont font conftruites les Cafemattes fait qu'elles

font

font infiniment plus difficiles à ruiner que celles qui font voû=
tées, parceque le Canon ne fauroit faire effet que fur la premiere & feconde poutre, que les autres aux quelles il ne fauroit atteindre fupportent toujours le Terreplain, & que la longueur dont elles font à proportion de la largeur de l'embrafu-
re fait que celles qui font entamées fupportent encore le poids
de la terre, parceque ce poids qui porte fur les deux bouts
fait qu'elles ne fauroient fléchir dans le centre ou dans l'endroit qu'elles feroient entamées, au lieu qu'avec des Cafemattes voutées, il n'y a qu'à tirer à la clef pour que tout
tombe bientôt.

J'ai auffi trouvé un moïen pour que l'ennemi ne puiffe voir
Planche XXIII. le Canon de mes batteries qu'au moment qu'il fait feu. Voyez
la Figure. Il ne faut que deux à trois hommes pour fervir
une piece, les quels font à couvert de tout le Canon & des
ricochets par le moïen de mes traverfes. Je les emploïe
dans le Chemin Couvert pour ruiner les batteries de l'ennemi pendant le jour, & pour tirer à cartouche pendant la
nuit fur le front de la tranchée. Avec ces Batteries je mets
dix hommes avec des *Amufettes* pour tirer continuellement
dans les embrafures des batteries de l'ennemi; & comme elles percent à mille pas tous les madriers & blindes qu'on
pourroit leur oppofer, je me perfuade qu'il feroit difficile, pour ne pas dire impoffible, à l'ennemi de fervir fon
Canon.

Mais fuppofons que l'affiegeant ait paffé le premier foffé &
qu'il fe foit logé fur la Contregarde; il trouvera tout d'un
coup

coup une quantité énorme de bouches à feu placées à barbettes qui tireront de tous les sens sur lui, qui est perché sur un parapet, hors d'état de pouvoir y établir des batteries, & où il sera en but aux défenses de mes ravelins qui n'auront pas encore reçu une égratignure. Que fera-t-il? Il n'oseroit amener du Canon sur cet ouvrage où il n'y a qu'un pied ou deux de terre par-dessus les poutres & où il est vû de deux grandes faces. Mettra-t-il deux pieces de Canon sur l'angle saillant de cette Contregarde pour en demonter quarante-quatre de mes deux faces avec quatre cent quarante Amusettes qui le voient, le rasent, percent gabions, sacs à terre & blindages? D'ailleurs où mettra-t-il ces deux pieces de Canon? car il faut qu'il se rende auparavant maitre de mes Casemattes sans quoi il n'oseroit tenter le passage du fossé. Il viendra avec le Mineur, me dira-t-on; mais je repondrai à cela, qu'il y perdroit bien mal son tems, car ces grosses poutres ne se mangent que de bout à bout; il faudroit donc qu'il ronge mes pilots dans l'eau, ou quil y mît le feu, deux choses qui lui sont impossibles.

Planches XXIV. & XXV.

Je veux qu'il se soit rendu maitre de mes Casemattes, je les ferai bientôt écrouler avec mes batteries à radeaux; il ne lui restera donc plus qu'une partie du parapet; s'il veut poser des batteries, il faudra qu'il fasse un comblement en apportant des terres de bien loin, ce qui n'est pas un petit ouvrage que deconstruire des batteries en l'air ou sur un terrein mouvant.

Passons encore là-dessus; avec du tems & de la peine, com-

me

me l'on dit, on vient à bout de tout. Mais je foutiens qu'il faut qu'il faffe un comblement general fur deux Poligones en- tiers & qu'il rempliffe tout le foffé de la Contregarde afin de pouvoir y placer du Canon pour battre mes ouvrages, à quoi ne fuffiroit pas même la demolition entiere de la Contre- garde ; de-là on peut juger de l'ouvrage qu'il y auroit à faire. Mais quand tout cela fera fait , comment paffera-t-il le foffé pour venir à mes Ravelins? car mon Canon qu'il ne fau- roit jamais voir rafe jufques dans l'angle faillant.

Je veux qu'il foit logé fur un de ces Ravelins; comment s'y maintiendra-t-il? Il trouvera tout d'un coup un Poligone entier qui le rafera jufqu'aux talons & dans le foffé du quel je puis mettre trois ou quatre Bataillons en bataille. C'eft-là où l'arme blanche brilleroit, car de quelque façon qu'il y foit logé fon logement ne fauroit être de quatre bataillons , pas même de deux, les quels ne pourroient d'ailleurs entrer qu'à la file par la brêche , & que quatre ou cinq pieces de Canon du flanc voifin chargées à cartouches les extermineroient pen- dant ce tems-là. Je n'aurois rien à craindre du fuccès de mes forties, parceque s'il arrivoit qu'elles fuffent repouffées, el- les fe retireroient au pied du corps de la place où tout mon monde feroit fous les armes en fureté & du quel l'ennemi ef- fuieroit un terrible feu.

J'ai toujours eu en tête un certain ouvrage qui fut pris & repris trente-fix fois au Siege de Candie ; cet ouvrage a couté plus de vingt-cinq mille hommes aux Turcs, & cela me don- ne bonne opinion de ceux que l'on peut r'attaquer. Dans

tout

tout le cours d'un Siége, il n'y a point d'occafions plus avan=
tageufes pour combattre l'ennemi que celles que ces ouvrages
fourniffent, parceque l'on ne fauroit être vû du dehors, qu'il
faut que l'ennemi vienne toujours par la brêche & que s'il
s'avife d'y mener du Canon, c'eft du Canon perdu pour lui.
Enfin je crois qu'une telle Fortereffe dégouteroit furieufe-
ment de l'envie que l'on a pour les Sieges. Il faut toujours
tacher d'avoir de l'eau dans les foffés, afin que l'ennemi ne
puiffe faire le paffage par des Sappes & qu'il foit toujours o-
bligé de fe montrer avec fes galleries.

Un pareil Fort peut contenir dix-mille hommes & plus, &
une Legion fuffit au delà pour le défendre (*).

L'on verra, par le Calcul qui fuit, le tems qu'il faudra
pour fa conftruction. Mes Cafemattes n'en prendront pas
beaucoup; elles font conftruites de poutres coupées de longueur, cela va vîte. Quand l'on mettroit deux mois à la
conftruction de cet ouvrage & que l'on y emploïeroit huit à
dix-mille hommes, cela en vaudroit bien la peine.

Il faut revêtir ou farcir d'epines vives toutes les faces, cela
foutient extremement les terres & fait que l'on n'eft pas obligé de donner beaucoup de talus aux ouvrages, parceque des

Epi-

(*) De tels Forts ne font praticables que dans les endroits où le bois eft commun. Mais on pourroit en conftruire fans bois fur le même fiftème en obfervant
toujours cependant que la Contregarde foit faite de maniere que l'ennemi ne
puiffe s'y loger. Une bonne Muraille de brique derriére la quelle on eleveroit
des échafauts paroitroit fuffifante pour une Contregarde.

P p

Epines ainfi mifes en quinconces, dont les racines pouffent &
penetrent jufques dans le terreplain, confolident tellement une
terraffe qu'il eft, faut-il dire impoffible d'y faire brêche,
parceque le boulet fe rebute contre ces racines. Il eft difficile d'efcalader ou de furprendre un tel ouvrage, fur-tout lors
qu'avec cela la berme eft bien paliffadée & fraifée. Les
Soûterreins peuvent contenir des troupes, des beftiaux, des
vivres, en un mot tout ce qui regarde la fubfiftance & toutes les chofes neceffaires aux armées. Et fi l'on veut y joindre les avantages que la Nature nous donne ou nous offre à
chaque pas, l'on concevra aifement que l'on fera des poftes de
très-grande importance, fur-tout fi l'on y ajoute des ouvrages
avancés. Car plus les places font grandes & les ouvrages
etendus, plus il faut de monde pour en faire le Siege, comme
Lille, Bruxelles, Metz &c. où il faut des armées de cent-
mille hommes pour les inveftir. Mais auffi il faut confidera-
blement de monde pour les défendre.

J'ai trouvé moïen par des Tours de fuppléer à ce défaut
qu'ont les petites places d'être invefties avec peu de monde, & par le quel il ne faudroit pas moins que cent-mille hommes pour l'inveftiffement d'un Fort tel que celui que
je viens de projetter.

Ces Tours avancées valent infiniment mieux que les Redoutes que plufieurs emploïent pour rendre une place fpa-
cieufe. Ces Redoutes font bientôt prifes à moins que
l'on ne veuille rifquer d'y perdre fon Canon & fes troupes;
d'ailleurs il faut beaucoup de monde pour les garder, ce
qui

qui fatigue votre garnifon & l'affoiblit extrememenť.

Je place ces Tours à deux mille pas de mes ouvrages, parceque delà je puis les battre avec mon Canon lors que l'ennemi s'en eft emparé. Elles doivent être conftruites de briques,
de façon qu'il n'y ait qu'une fimple muraille du côté de la place, c'eft-à-dire qu'il faut partager la tour par fon diametre,
que la moitié qui eft du côté de la campagne foit pleine
& que celle qui eft du côté de la place foit vuide.   Voyez Planche XXVI.
la Figure.

Il y a du Centre du corps de ma place jufqu'à ces Tours
trois mille pas de rayon, ce qui fait par confequent dix - huit
mille & quelques pas de circonference : ainfi il me faudroit
trente-fix de ces Tours pour faire l'enceinte en les plaçant à
cinq cent pas de diftance l'une de l'autre, les quelles il faudra joindre par un bon foffé.   Rien ne pourra paffer entre
deux parceque les coups de feu y croifent & que fi l'on vouloit
y paffer en pouffant des boyaux, l'on feroit vû & plongé ; ainfi il
faudra que l'ennemi établiffe des batteries & qu'il ouvre la tranchée pour les détruire. J'établirai fur ces Tours quatre à cinq
de ces armes que j'appelle Amufette ; l'ennemi ne viendra pas
fe camper à leur portée, & s'il le fait, je lui ferai bientôt lever
fon camp. Il faudra donc qu'il aille camper à quatre mille pas
de mes Tours, ajoutez quatre mille pas de Rayon aux trois que
font mes ouvrages, cela fera quatorze mille pas de diametre &
par confequent quarante-deux mille de circonference. Je veux
qu'un bataillon ou un efcadron occupe cent pas de diftance,
il faudra quatre cent vingt bataillons pour occuper la Circon-

val-

vallation, & autant pour la Contrevallation, ce qui feroit huit cent quarante bataillons; cela eſt monſtrueux, il faut cependant garder ces lignes, & l'on conçoit aiſement que les travaux ne ſe feront pas fort tranquillement.

Que l'on ne croie pas qu'en menant du Canon à barbette on détruiſe ces Tours ſi facilement, il faut abſolument ouvrir la tranchée & y établir des batteries; & il pourroit ſe faire que l'on tireroit plus de huit jours avant que d'en abattre une avec une batterie de pieces de vingt-quatre. J'ai vû pluſieurs fois tirer des trois à quatre jours entiers avec des batteries de vingt piéces de gros Canon contre de mechantes Tours de briques creuſes & quarrées, avant de pouvoir en venir à bout, & cela de quatre cent pas de diſtance.

A celles-ci, il y a peu de priſe, elles ſont pleines juſqu'au centre, & ſi l'ennemi approche trop ſes batteries il eſt plongé; il eſt donc obligé de tirer de loin & par conſequent avec peu d'effet. Il faut qu'il ruine au moins dix de ces Tours pour pouvoir ouvrir la tranchée à une ſeule attaque. Que l'on juge de l'ouvrage immenſe qu'il ſeroit obligé de faire; il a d'un ſeul article huit lieuës de retranchemens; & quelle armée prodigieuſe lui faudroit-il pour fermer la place? Il n'oſeroit ſonger à laiſſer un Corps d'armée ſeul pour en faire le Siege, il faut que tous les poſtes ſoient bien garnis, qu'il ait une armée d'obſervation; s'il laiſſe de trop grands intervalles entre ſes bataillons il courroit trop de riſque, la place ſeroit toute ouverte & l'on y pourroit jetter du ſecours & des

mu-

munitions toutes les fois que l'on voudroit. La Depenfe que l'on feroit pour conftruire toutes ces Tours enfemble ne feroit pas fi grande que celle que l'on fait pour la conftruction d'un feul Baftion ou d'un Ouvrage à Corne.

L'on me dira peut-être que l'on fera attacher le Mineur à ces Tours; mais il y a mille moyens de l'en empêcher, ce que feront d'ailleurs mes patrouilles qui rouleront aux environs. S'il fe blinde avec des madriers, mes Amufettes les perceront comme une feuille de papier : j'ai percé avec ces armes de gros chênes, qui avoient plus de dix-huit pouces de diametre, à mille pas de diftance.

Ces Tours avancées peuvent encore fervir de camp retranché où dans l'occafion une armée pourroit fe mettre à couvert. Il faut peu de monde pour les garder; un Officier avec huit à dix hommes qui ont des Amufettes fuffifent à chacune.

Je finis ici à parler de la Fortification; j'aurois encore bien des chofes à dire fur ce Chapitre & à parler de plufieurs machines & inventions fort dangereufes; mais il n'y en a deja que trop pour détruire les hommes.

Q q   Cal-

Calcul du Tems qu'il faudra à quarante mille huit-cent hommes pour construire un Fort suivant mon Systeme.

Pour former les Parapets & Banquettes.

Premiere partie. Excavation du fossé.

Longueur - - - 72ᵗ - o - o⎫
Largeur R   - - 3 - o - o ⎬288 - o - o
Profondeur - - 1 - 2 - o⎭

Seconde partie. Excavation du fossé. 581 - o - 2

Longueur - - - 44 - o - o⎫
Largeur R   - - 5 - o - o ⎬293 - 2 - o
Profondeur - - 1 - 2 - o⎭

Emploïant ici six-cent hommes, dont quatre-cent à la fouille & les deux cent autres pour former les Parapets, Banquettes, regaler & battre les terres. Chaque travailleur peut jetter à la pelle ou transporter avec la hotte une toise cube de terre par jour de dix heures, ainsi quatre cent hommes en quinze heures excaveront le fossé d'un front de Poligone qui contient cinq cent quatre-vingt-une toises deux pieds cubes, & les deux cent autres formeront l'ouvrage, par conséquent quatre mille huit-cent hommes feront les huit Poligones en quinze heures.

Pour

Pour former les Ravelins.

Premiere partie. Excavation du fossé.

Longueur - - 72^t - 0 - 0		
Largeur R - - 3 - 0 - 0	288 - 0 - 0	
Profondeur - - 1 - 1 - 0		

Seconde partie. 1304^t - 4^{pieds} - 0

Long. G^{le}. - 122 - 0 - 0		
Largeur R - 5 - 0 - 0	1016 - 4 - 0	
Profondeur - 1 - 4 - 0		

Quatre cent Travailleurs & deux cent Regaleurs formeront un Ravelin fuivant le calcul ci-deffus en trente heures & de-mi. Ainfi quatre mille huit-cent hommes formeront les huit Ravelins en trente-une heures.

Pour former la Contregarde.

Longueur G^{le}. - - 122 - 0 - 0		
Largeur R. - - - 5 - 0 - 0	1616 - 4 - 0	
Profondeur - - - 1 - 4 - 0		

Quatre cent Travailleurs excaveront le front d'un Poligo-ne en vingt-cinq heures, & deux cent hommes regaleront & formeront l'ouvrage ; par confequent quatre - mille huit - cent hommes formeront les huit Poligones auffi en vingt - cinq heures.

Pour

Pour former les Lunettes, le Chemin Couvert & le Glacis.

Premiere partie. Excavation du foſſé.

Long. Gle. - 136ᵗ - 0 - 0 ⎫
Largeur R - -   7 - 0 - 0 ⎬ 1586 - 4 - 0 ⎤
Profondeur -   1 - 4 - 0 ⎭

Seconde partie.

Longueur - - 55 - 0 - 0 ⎫
Largeur R - - 3 - 0 - 0 ⎬ 375 - 0 - 0 ⎬ 1921ᵗ - 4 - 0
Profondeur - 1 - 4 - 0 ⎭

Troiſieme partie.

Long. Gle. - 18 - 0 - 0 ⎫
Largeur R - 2 - 0 - 0 ⎬ 60 - 0 - 0 ⎦
Profondeur - 1 - 4 - 0 ⎭

Pour quarante heures trois quarts à quatre cent Travailleurs & deux cent Regaleurs pour le front d'un Poligone, ainſi quatre-mille huit-cent feront les Lunettes, le Chemin Couvert & le Glacis des huit Poligones en quarante heures trois quarts.

Suivant le Calcul ci-deſſus quatre-mille huit-cent hommes conſtruiront un Poligone en quatorze heures & demi, & par conſequent le Fort entier en onze à douze jours de dix heures chacun.

Bienque tous ces Calculs ſoient réels l'on ne doit cependant

dant pas y compter pour la pratique ; je ne les ait fait que pour donner une idée ; mais en y ajoutant le double ou le triple de tems, l'on ne sauroit assurement s'y méprendre.

La meilleure façon d'emploïer les Travailleurs est de faire travailler par quart, c'est-à-dire de les faire relever tous les deux heures & demi ; alors le travail va vîte, & toutes les troupes sont emploïées sans être fatiguées. Le Soldat qui ne travaille que trois heures par jour fait sa tâche de bon cœur, & on peut même le presser. Mais on doit travailler au son du tambour & des instrumens de guerre en Cadence. C'est ainsi que les Lacedemoniens sous Lysander avec un detachement de trois mille hommes detruisirent le Pyrée au son de la flute en six heures de tems. Il nous est même resté quelque peu de cette methode de travailler, & il n'y a que peu d'années que l'on fit faire aux forçats des galeres de Marseille un grand remuement de decombres mêlées de poutres enormes, en Cadence & au son du tambourin.

Il faut, autant qu'il se peut, jetter les terres à la pelle de berme en berme ou de relais en relais. Le Brouettage a plusieurs inconveniens : 1°. la depense des brouettes, leur entretien & l'embarras de les transporter ; 2°. les rampes douces qu'il faut pratiquer pour rouler les terres, ce qui allonge considerablement la marche qui n'est jamais egale & sans embarras, parceque le plus fort est obligé de se regler sur le plus foible. Le Soldat peut facilement jetter sa pelletée de terre de huit pieds de pro-

fon-

fondeur & lors qu'il se trouve plus bas, il faut lui faire porter la terre à la hotte. Les Pionniers laisseront en
fouillant des Banquettes ou des Dames pour que les hot-
teurs puissent se reposer pendant qu'on les charge, après
quoi ils partent & vont les decharger aux endroits qui leur
sont indiqués. Il faut que la hotte ait environ trois pieds de
hauteur, qu'elle soit étroite par le bas & qu'elle contienne deux pieds cubes qui ne feront guere plus que le
poids de cent cinquante livres, qu'un homme peut porter. D'ailleurs celui qui porte ne se fatigue pas tant que
celui qui pousse une brouette dont la charge sera de moitié moins pesante. Le Soldat renverse facilement sa hotte en se penchant de côté, parcequ'elle est de la forme
d'un cône renversé : mais comme j'ai deja dit, il faut que
tout cela se fasse en *Cadence* & au son de quelqu'instru-
ment.

Il est absolument necessaire de faire travailler le Soldat.
Qu'on lise dans l'Histoire le détail des fonctions aux quelles le
Soldat Romain étoit assujetti, & l'on verra que la Republique regarda constamment le repos & l'oisiveté comme ses plus
redoutables ennemis. Les Consuls ne preparoient les Legions à la Victoire qu'en les rendant infatigables, & plûtôt
que de les laisser sans agir, ils leur faisoient entreprendre des
ouvrages inutiles. Un Exercice continuel fait les bons Soldats, parcequ'il les remplit d'idées relatives à leur metier &
leur apprend à mepriser les dangers en les familiarisant a-
vec la peine. Le passage de la fatigue au repos les e-
nerve, il offre des objets de comparaison qu'il est diffici-

le

le de raprocher, fans que la pareffe, cette paffion fi com=
mune & fi puiffante chez les hommes, ne s'accroiffe,
n'apprenne à murmurer & n'amolliffe l'ame après avoir a-
molli le corps.

CHA-

CHAPITRE TROISIEME.

De la Guerre des Montagnes.

IL y a peu de chofe à dire fur ce Chapitre. Il faut que ceux qui font la guerre dans les Montagnes aient une grande prudence; ils ne doivent jamais fe hazarder de paffer dans des gorges fans auparavant être les maitres des hauteurs; alors toutes les embufcades ceffent, & l'on paffe en fureté, fans cela on court grand rifque de s'y voir affommer ou d'être obligé de retourner fur fes pas après avoir perdu bien du monde.

Si l'on trouve donc les paffages occupés ainfi que les hauteurs, il faut faire mine de vouloir les forcer pour attirer l'attention & amufer l'ennemi, mais pendant ce tems-là chercher quelqu'autre part un chemin. Quelque affreufes que paroiffent les montagnes l'on y trouve toujours des paffages en cherchant bien. Les hommes qui les habitent ne les connoiffent pas eux-mêmes, parceque la neceffité ne les a pas obligés à les chercher, & il ne faut jamais croire les habitans là-deffus,

qui

qui pour l'ordinaire ne connoiſſent la plûpart des choſes de
leur païs que par tradition: j'ai ſouvent connu leur ignorance
& l'impoſture de leurs recits.   Il faut en pareil cas chercher
& voir ſoi-même, ou emploïer des gens qui ne s'effrayent pas
des difficultés; l'on trouve preſque toujours ces choſes lors
qu'on les cherche, & l'ennemi qui lui-même ne les connoit
pas ne ſait quelle meſure prendre & s'enfuit, parcequ'il n'a
compté que ſur des choſes ordinaires, je veux dire ſur les chemins les plus praticables.

CHA-

CHAPITRE QUATRIEME.

Des Païs coupés, remplis de Hayes &
de Fosses.

Omme l'ennemi dans ces fortes de païs eft tout auffi embarraffé qu'on peut l'être, l'on a peu à craindre; ce font des affaires de details qui ne decident de rien & où le plus opiniâtre l'emporte. Il n'y a qu'une chofe à obferver, c'eft d'avoir fes derriéres libres pour pouvoir faire des detachemens & fe retirer en cas de befoin. C'eft là où l'habileté de bien favoir placer fon Canon, fert merveilleufement. Comme l'ennemi n'oferoit bouger des poftes qu'il occupe, on le canonne tout à l'aife; s'il les abandonne la retraite n'eft pas toujours heureufe, & l'on a quelque fois le bonheur de l'entamer. Mais, comme j'ai deja dit, en tout ces affaires ne font jamais bien decifives, elles doivent être reglées fur la fituation des lieux; ainfi l'on ne fauroit prefcrire aucune regle là-deffus. Il faut cependant toujours obferver comme une Regle; de pouffer devant foi &

fur fes flancs dans les marches, des detachemens de cent
hommes, foutenus du double , & le double du triple, pour
être à couvert & en fureté.

Un Detachement de fix cent hommes arrêtera une armée ,
parceque fur des chauffées bordées de hayes & de foffes telles
que l'on en trouve en Italie & dans tous les païs aquatiques ,
l'on prefente un grand front à l'ennemi qui vous croit en beaucoup plus grand nombre que vous n'êtes. La moindre baraque fait fortification où l'on foutient fouvent des combats
très - rudes, ce qui vous donne le tems de vous reconnoitre
& de faire une difpofition; car il faut prendre garde dans ces
fortes de païs aux furprifes.

Un Partifan qui aura l'efprit audacieux, avec trois ou quatre cent hommes vous fera un défordre affreux & vous attaquera fort bien une armée en marche. S'il coupe les équipages à l'entrée de la nuit, il en emmenera une bonne partie
fans qu'il rifque grand' chofe , parceque s'il fe retire entre
deux foffes & qu'il faffe ferme à la queuë il vous arrêtera ;
s'il eft pouffé il longe tout le long des chariots & la premiere
maifon qu'il trouve il vous arrête fus cul, pendant ce tems-là
les équipages qu'il vous a pris avancent païs.

S'il vous fait ce tour - là dans votre Cavalerie, il y mettra un défordre epouvantable. C'eft pourquoi il faut toujours pouffer des Detachemens fur toutes les avenuës de votre marche ; & il ne les faut pas foibles , car il n'eft pas
queftion ici d'être averti, il faut combattre jufqu'à la mort,

car

car fans cela il arrive des chofes deshonorantes. Si vous
avez à faire à un général ennemi qui ait le fens commun,
il aura bientôt trouvé des gens dans fon armée qui auront l'efprit penetrant & hardi & qui voient les chofes telles qu'elles font.

CHAPITRE CINQUIEME.

Des Passages de Rivieres.

IL n'eft pas fi aifé que l'on s'imagine d'empêcher l'ennemi de paffer une riviere ; & il le peut plus aifement en venant vous attaquer qu'en fe retirant devant vous. Dans l'un de ces cas il vous montre la tête & la foutient d'une bonne difpofition & d'un grand feu d'artillerie ; & dans l'autre il vous montre la queuë qui eft de très-difficile retraite, d'autant plus que l'on fe preffe & que l'on ne fait jamais cette difpofition avec tant de foin que lors qu'on attaque, & que tout le monde dans une retraite contraĉte une efpece de timidité qui fait que vous êtes à moitié battu. Il feroit encore difficile de donner une bonne raifon de cela, & l'on doit toujours la chercher dans le Cœur humain.

Il y a une façon de paffer les Rivieres qui fe fait en prêtant le flanc. Avant la bataille de Turin, Monfieur *le Prin-*

ce

ce Eugene paſſa ainſi trois Rivieres en deux jours en preſence de Monſieur *le Duc d'Orleans*; le terrein étoit de plein pied d'une armée à l'autre, & c'étoit bien là l'occaſion de le combattre avec des troupes même inferieures, l'on n'en fit cependant rien & l'on fut forcé de lěver le Siege de Turin.

En pareil cas ſi on ne leve pas le Siege à propos pour marcher à l'ennemi qui vient à vous, il aura toujours tout l'avantage de ſon côté & l'affaire ne ſera jamais generale pour lui, mais bien pour l'aſſiegeant, parceque l'un a toutes ſes troupes raſſemblées dans un endroit reſſerré entre deux Rivieres, ſes flancs en ſureté & ſur une grande profondeur, & que l'autre eſt au large & ne peut garder ſes entre-deux de Rivieres que par un nombre mediocre de troupes; ſi elles ſont battues, tous les aſſiegeans ſont pris en flanc dans leurs lignes & la deroute s'y met bientôt. Si l'on balance dans ces ſortes de cas l'on eſt perdu. Mais quelquefois auſſi l'ennemi ne fait-il cette montre que pour vous donner de la jalouſie & pour vous faire degarnir vos poſtes afin de pouvoir jetter du ſecours dans la place. C'eſt là l'habileté d'un General de ſavoir diſtinguer le vrai d'avec le faux.

Le plus ſûr eſt, de ramaſſer des troupes pour faire face à l'ennemi, & d'en laiſſer d'autres dans les lignes pour être prêtes à attaquer tout ce qui ſe preſentera pour entrer dans la place. Mais il ne faut pas reſter les bras croiſés comme ſi l'on étoit enchanté & voir tranquillement paſſer une Riviere à une armée qui vous preſente les flancs; l'on n'a qu'à choiſir

ſur

fur le quel des deux l'on veut tomber, & il y a apparence que l'on en aura bon marché.

A l'affaire de Denin le *Marechal de Villars* étoit perdu fi le *Prince Eugene* eut marché à lui lors qu'il paffa la Rivière en fa prefence en lui prêtant le flanc. Le Prince ne put jamais fe figurer que le Marechal fît cette manœuvre à fa barbe, & c'eft ce qui le trompa. Le Marechal de Villars avoit très-adroitement masqué fa marche. Le Prince Eugene le regarda & l'examina jufqu'à onze heures fans y rien comprendre, avec toute fon armée fous les armes; s'il avoit, dis-je, marché en avant, toute l'armée Françoife étoit perdue, parcequ'elle prêtoit le flanc & qu'une grande partie avoit deja paffé l'Efcaut. Le Prince Eugene dit à onze heures: Je crois qu'il vaut mieux aller diner : & fit rentrer les troupes. A peine fut-il à table que *Milord d'Albemarle* lui fit dire que la tête de l'armée Françoife paroiffoit de l'autre côté de l'Efcaut & faifoit mine de vouloir l'attaquer; il étoit encore tems de marcher, & fi on l'eut fait, un grand tiers de l'armée Françoife étoit perdue. Le Prince Eugene donna feulement ordre à quelques Brigades de fa droite de fe rendre aux retranchemens de Denin à quatre licuës de-là ; pour lui, il s'y transporta à toutes jambes, ne pouvant encore fe perfuader que ce fut la tête de l'armée Françoife. Enfin il l'apperçoit & lui voit faire fa difpofition pour l'attaquer, & dans le moment il jugea le retranchement perdu & forcé. Il examina l'ennemi pendant un moment en mordant de dépit dans fon gand, & il n'eut rien de plus preffé que de donner ordre que l'on retirat la Cavalerie qui étoit dans ce pofte.

Les

Les effets que produisit cette affaire sont inconcevables; elle fit une difference de plus de cent bataillons sur les deux
armées; car le Prince Eugene fut obligé de jetter du monde
dans toutes les places voisines. Le Marechal de Villars voïant
que les Alliés ne pouvoient plus faire de Sieges, tous leurs
Magazins étant pris, tira des garnisons voisines plus de cinquante Bataillons qui grossirent tellement son armée, que le
Prince Eugene, n'osant plus tenir la Campagne, fut obligé de
jetter tout son Canon dans le Quesnoi qui y fut pris.

Lorsque les villes sont situées dans le Confluent des Rivieres, il est toujours possible à une armée qui vient au secours
des assiegés de rompre les ponts qui servent à la communication de celle des assiegeans, moïennant quoi cette armée sepa-
rée l'on en battra une partie & l'autre ne sera guere mieux
traitée : voilà donc le Siege levé. Ceux qui viennent au
secours d'une place assiegée ne craignent rien d'attaquer une
Contrevallation, parceque l'assiegeant n'oseroit sortir de son
poste, à cause de la superiorité qu'il trouveroit & de la grandeur du terrein qui va toujours en s'élargissant lorsqu'on a-
vance. L'obligation de rester derriere ses retranchemens le
rend timide, & au contraire audacieux celui qui attaque,
parcequ'il ne craint rien; ce qui fait plus des trois quarts du
gain d'une affaire.

A l'égard du passage de Riviere de vive force, je crois
qu'il n'est guere possible de l'empêcher, sur-tout lorsqu'il est
soutenu d'un grand feu d'artillerie, qui donne le tems à la tête
de se retrancher & de faire un ouvrage pour couvrir le pont.

Il

Il n'y a rien à faire pendant le jour, mais pendant la nuit on peut attaquer cet ouvrage, & s'il se trouve que ce soit dans le tems que l'armée ennemie commence à passer, la confusion se mettra par-tout, & ceux qui seront deja passés sont perdus ; mais il faut y aller en force, & si vous laissez passer la nuit, vous trouverez le lendemain toute l'armée passée, alors ce n'est plus une affaire de detail mais bien generale que des raisons d'Etat ne permettent pas toujours de hazarder.

Il y a au reste quantité de ruses pour le passage des Rivieres que chacun emploie dans l'occasion selon qu'il est plus ou moins habile & ingenieux.

L'affaire de Denin me fait ressouvenir d'une chose qu'il faut que je conte ici en passant. Le Combat fini, la Cavalerie Françoise mit pied à terre ; le *Marechal de Villars* passant le long de la ligne, comme il étoit toujours guai, parlant à des Soldats d'un Regiment qui étoit sur sa droite, il leur dit, Eh bien mes enfans? nous les avons battus ; quelques-uns se mirent à crier *Vive le Roi*, à jetter leur chapeau en l'air & à tirer ; la Cavalerie s'en mêla, cela effraïa tellement les chevaux qu'ils s'arracherent des mains des Cavaliers & s'enfuirent tous. S'il y avoit eu quatre hommes qui eussent couru devant eux, ils les auroient menés à l'ennemi. Cela fit un desordre & un dommage considerable, il y eut beaucoup de monde blessé & quantité d'armes perdues. J'ai voulu raconter ce fait afin de dire ce que c'est que de donner le haraux, il n'y a que peu de Partisans qui le sachent.

V v

Don-

Donner le Haraux eſt une maniere d'enlever les Chevaux de la Cavalerie à la pâture ou au fourage qui eſt très - plaiſante. L'on ſe mêle deguiſé à cheval parmi les Fourageurs ou les Pâtureurs du côté que l'on veut fuir : l'on commence à tirer quelques coups ; ceux qui doivent ſerrer la queue y repondent à l'autre extremité de la pâture ou du fourage ; puis l'on ſe met de toute part à courir vers l'endroit où l'on veut amener les chevaux en criant & en tirant ; tous les chevaux ſe mettent à fuir de ce côté-là, couplés ou non couplés, arrachent les piquets, jettent à bas leurs Cavaliers & les trouſſes, & fuſſent-ils cent-mille on les amene ainſi pluſieurs lieuës en courant : l'on entre dans un endroit entouré de haye ou de foſſé où l'on s'arrete ſans faire de bruit, puis les chevaux ſe laiſſent prendre tranquillement. C'eſt un tour qui deſole l'ennemi, je l'ai vû jouer une fois, mais comme toutes les bonnes choſes s'oublient, je penſe que l'on n'y ſonge plus à preſent.

CHAPITRE SIXIEME.

Des differentes Situations pour Camper les Ar-
mées & pour Combattre.

UN General habile doit favoir profiter de toutes les differentes Situations que la Nature lui prefente; je veux dire des Plaines, des Montagnes, des Ravins, des Chemins creux, des chaines d'Etangs, des Rivieres, des Ruiffeaux, des Bois, & d'une infinité d'autres chofes dont un General fe fert merveilleufement lors que la Nature l'a doué de fens commun.

Mais comme ces chofes, qui changent fi fort la Situation & la queftion, ne s'apperçoivent, comme l'on dit, que lors que l'on a le nez fur l'enfant & qu'alors il eft trop tard; je vais entrer dans quelque raifonnement.

Suppofons donc un terrein coupé par un Ruiffeau & des E-tangs fuivant la Figure (*).   A eft

(*) Il eft toujours facile de former des Etangs avec un Ruiffeau en arrêtant
fon

Planche
XXVII.
& XXVIII.
A eft l'armée qui vient attaquer celle B. Je mettrois toute mon Infanterie fur une ligne pour mafquer les Etangs. Dès
que l'ennemi feroit à portée, je les demasquerois en faifant
paffer par les intervalles ou digues mon Infanterie pour former
une feconde ligne, & je ferois paffer ma Cavalerie qui fe
prefenteroit pour tenir en échec l'aile gauche de l'ennemi : ce
mouvement feul le decontenance. S'il faifoit mine d'attaquer
cette aile de Cavalerie, je lui ferois repaffer les intervalles &
y laifferois des poftes d'infanterie pour les garder.

Cette manœuvre auroit engagé l'ennemi en avant, & il
n'auroit plus le tems de fe jetter fur fa droite, parceque fi-tôt
que ma Cavalerie eft arrivée à ma droite j'attaque en même
tems tout ce qui fe trouve entre le Ruiffeau & moi, c'eft-
à-dire l'aile droite de l'ennemi, & il y a quelqu'apparence
que j'y mettrois de la Confufion. Cette droite étant battue
le refte feroit bientôt pris en tête & en queuë par mes deux
ailes de Cavalerie, & en flanc par toute mon Infanterie. Si
l'ennemi faifoit le moindre mouvement pour prefenter le front
à mon Infanterie, elle prêteroit le flanc à mes petites troupes
qui font fur les digues & à ma Cavalerie de la droite. Ce
feul mouvement qu'il feroit obligé de faire le mettroit en desordre. Selon cet ordre je fuppofe l'ennemi une fois plus fort
que moi. Mais l'on me dira : Votre Cavalerie de la droite
court rifque d'être ecrafée : tant mieux, parceque plus l'ennemi fera occupé de l'objet qu'il a devant lui, & plus il s'en-
fournera, je lui tomberai à dos, & puis ma Cavalerie auroit

bien

fon Cours de diftance en diftance par des digues, & en le détournant lors que les
etangs font pleins.

bien du malheur fi elle ne fe retiroit fur les chauffées des étangs
où l'ennemi n'oferoit affurement la pourfuivre.   Venons à
une autre.

A eft l'armée qui attaque celle B. C font trois bonnes Re- Planche
XXIX.
doutes à trois cent pas du front de l'armée attaquée, garnies
de deux Bataillons chacune & de ce qu'il faut pour fe defendre. D de la Cavalerie detachée. E deux Batteries dont le
feu flanque & croife dans la plaine. F deux Bataillons dans
deux petites Redoutes pour couvrir les Batteries.

Je veux que l'ennemi foit une fois plus fort que moi; comment m'attaquera-t-il dans ce pofte? Viendra-t-il en front de
bandiere? Il ne le peut fans fe rompre, parcequ'il faut auparavant qu'il emporte les redoutes; cette operation le met en
defordre, mes deux batteries des flancs l'incommodent & il
ne peut paffer outre & laiffer ces redoutes derriére lui. S'il les
fait attaquer par des detachemens, j'en ferai pour les foutenir
& la partie ne fera pas egale, parceque mon Canon le prend
en echarpe.   S'il avance avec tout fon corps d'armée jufqu'à
ces Redoutes, je fais le Signal pour faire avancer à toutes jambes ma Cavalerie qui eft embufquée derriére le bois, qui lui
tombera à dos, je m'ebranlerai en même tems & l'attaquerai.
Embarraffés de ces Redoutes, un peu en defordre & pris en
queuë, il y apparence que j'en aurai bon marché.

Ceci eft bon lors que l'on fait que l'ennemi eft dans la volonté ou dans la neceffité de vous attaquer; car il faut bien fe
garder de vouloir jamais ce qu'il veut; c'eft un principe à la

X x   guer-

guerre excepté dans des cas extraordinaires qui n'admettent
point de regles. Mais lors que l'on a des raisons pour l'attaquer l'on ne sauroit traîner la Situation après soi, il faut faire
ses dispositions selon qu'elle se presente, & ne le point attaquer si elle ne vous est avantageuse. J'appelle avantageuse lors
que vos flancs sont bien couverts, que vous pouvez attaquer
avec la plus grande partie de vos troupes la moindre partie
des siennes, que vous pouvez l'amuser & le tenir en panne,
quand une petite riviere le separe, un marais ou autre chose
enfin. Alors vous pouvez hardiment l'attaquer avec des troupes de beaucoup inferieures, car vous risquez peu.

Suppofé qu'il soit à cheval sur une Riviere & que je marche pour l'attaquer, je ferai ainsi ma disposition. A est l'ar-
Planche
XXX. mée qui attaque celle B. Je tiens avec ma droite sa gauche en
panne & je fais tous mes efforts avec ma gauche pour culbuter
sa droite; je la percerai selon toute apparence le long de la Riviere dans l'endroit marqué C. parcequ'il faut suppofer que
le fort emportera le foible. Si donc je le perce il est battu,
parceque toute sa gauche où est le fort de ses troupes ne peut
plus venir à son secours, qui au contraire se voïant prise
en tête & en flanc se retirera sans doute. Passons à une
autre.

Planche
XXXI.
A est l'armée attaquée par celle B. Je suppose que le ruis-
feau qui est entre elles soit guéable comme il s'en trouve par-
tout. L'on se campe ordinairement sur les bords de ces Ruis-
feaux, tant pour se mettre un peu à couvert que pour la commodité de l'eau. Suppofé donc que les chofes soient ainsi
dif-

difposées, en arrivant vers le foir je me campe devant lui : comme il n'aura pas envie de fe commettre à un combat douteux il ne paffera pas certainement le Ruiffeau pour m'attaquer la nuit & ne quittera pas l'avantage du fon pofte ; je crois au contraire qu'il s'occupera toute la nuit à faire fa difpofition pour la defenfe de fon Ruiffeau. De mon côté je ne laifferai qu'une fimple ligne legerement garnie devant lui, je marcherai toute la nuit avec le refte & me mettrai dans la pofition C. Je n'ai rien à craindre en faifant ce mouvement, car certainement il ne paffera pas le Ruiffeau ni ne le degarnira fur de fimples foupçons. Le jour arrivant il me voit fur fa gauche & devant lui, quelque mouvement qu'il faffe il ne peut que lui caufer du defordre & je ferai fur lui avant qu'il ait pû former fon ordre de Bataille, fi tant y a qu'il veuille en former; car fa grande attention fera toujours fur fon Ruiffeau que je ferai attaquer en même.tems; il enverra fur fa gauche quelques brigades qui arriveront en detail & feront battues de même, parcequ'elles donneront dans un Corps d'armée en ordre, & il fera battu avant qu'il ait pû fe perfuader que ce fût la veritable attaque; & quand fon habileté iroit à s'en appercevoir, il n'eft plus le maitre d'y remedier quelque chofe qu'il faffe, fans parler de la Crainte qui fe mettra dans fes troupes. Paffons encore à une autre.

Je fuppofe qu'une armée foit repandue en differens Corps tout le long d'une groffe Riviere, fur une grande diftance, pour couvrir une Province comme il arrive fouvent. Je me repandrai de même. A eft l'armée qui defend la Riviere, Planche XXXII. B eft celle qui veut la paffer. Ordinairement les grandes

rivie-

rivieres ont des plaines des deux cotés les quelles font bor=
nées par des montagnes d'où coulent des petites Rivie=
res ou des Ruiffeaux quelques fois affez confiderables qui
vont fe jetter dans la groffe Riviere. Or il faut tacher par le
moïen de votre Ruiffeau de conftruire un pont fans que l'en=
nemi s'en apperçoive: car c'eft toujours la grande difficulté
au paffage des rivieres. Vous conftruirez donc votre pont
tout le long du Ruiffeau & vous le ferez couler dans l'endroit
de la Riviere marqué C. où vous ferez un paffage de vive
force; ce qui vous réuffira, fur-tout fi vous faites deux fauffes
attaques en même tems aux endroits marqués D & E. L'en=
nemi n'ofera degarnir nulle part. Les Generaux n'executeront pas les ordres qu'ils recevront, parcequ'ils fe verront attaqués & que chacun croira fon attaque veritable, ils fuppo-
feront même avec raifon que le General n'en fauroit être informé. Pendant tout ce tems-là l'effort fe fait au centre entre la petite Riviere & la Montagne marquée F. Il faudra
d'abord s'emparer des hauteurs, alors l'armée ennemie eft feparée en deux; il ne peut fe flatter d'arriver en même tems
des deux côtés pour m'attaquer, s'il le faifoit il feroit bientôt maffacré. Cela le mettroit d'autant plus en defordre que
vous vous feriez emparé de fes depôts fans avoir peu rifqué;
car votre paffage a réuffi ou non: ce qui ne fauroit jamais être
bien cher pour vous fur-tout fi vous avez bien pris vos precautions & que votre difpofition ait été bien faite. Si une
fois vous avez pris pofte & que votre pont foit fait, ce qui
fera l'affaire de quatre heures & quatre autres qu'il faut pour
paffer trente-mille hommes, j'en donne vingt-quatre à l'ennemi avant qu'il fache à quoi s'en tenir & vingt-quatre autres

avant

avant qu'il ait raſſemblé une de ſes moitiés & qu'il ſoit arrivé
où il faut. Et avec quoi arrivera-t-il ſur une Riviere que je
ſuppoſe bonne, ſans quoi je ne pretends pas entreprendre de
ces ſortes de paſſages? il ſera donc bridé d'un côté par la Montagne & de l'autre par la Riviere.

Toutes les grandes Rivieres que j'ai vû produiſent quantité
de Situations où des paſſages pareils ſont praticables; les me-
diocres de même, mais rarement auſſi bonnes, parceque les
plaines & les montagnes qui les environnent ne ſont pas ſi a-
vantageuſes & que les Ruiſſeaux ne ſont pas ſi conſiderables.
Enfin, je repete qu'il ne faut que du diſcernement pour ſavoir
profiter de mille ſortes de Situations qui ſe preſentent à nous,
ſans quoi un General ne peut ſe flatter de faire de grandes
choſes, même avec les plus nombreuſes armées.

Je ne veux pas finir ce Chapitre ſans parler de l'affaire de
Malplaquet. Si, au lieu de mettre les troupes Françoiſes
dans de mauvais retranchemens, on eut ſimplement fait des
abattis des trois bois vis-à-vis de la trouée & que l'on eut placé dans ces trouées trois ou quatre Redoutes, je crois que les
choſes auroient tournées bien differemment. Qu'auroient fait
les Alliés ? auroient-ils attaqué ces Redoutes ſoutenuës de
pluſieurs brigades? Je penſe qu'ils s'en feroient mal trouvés,
ils y auroient perdu une infinité de monde & ils ne les auroient
certainement pas emporté.

Planche
XXXIII.
XXXIV.
& XXXV.

C'eſt le propre de la nation Françoiſe d'attaquer. Mais
lors qu'un General ſe meſie du grand ordre qu'il faut obſer-

ver

ver dans les Batailles & de l'exacte difcipline des troupes, il
doit faire naitre les occafions de combattre en detail & faire
attaquer par Brigades; affurement il s'en trouvera bien. Le
premier choc des François eft terrible, mais il faut favoir le
renouveller par d'habiles difpofitions: c'eft l'affaire du General. Rien n'y eft fi propre que ces Redoutes, vous y envoïez toujours des troupes nouvelles pour attaquer celles de
l'ennemi qui attaquent; rien ne lui caufe tant de diftraction
& le rend fi craintif, car tandis qu'il attaque, il craint toujours d'être pris par fes flancs, & vos troupes y vont de meilleur cœur, parcequ'elles fentent que leur retraite eft affurée
& que l'ennemi n'oferoit les fuivre à travers ces Redoutes.
C'eft dans cette occafion où vous pouvez tirer les plus grands
avantages de l'impetuofité de vos troupes; mais de les mettre
derriére des retranchemens, c'eft les faire battre, ou au moins
leur ôter les moïens de vaincre.

Que feroit-il arrivé à *Malplaquet* fi Monfieur le *Marechal
de Villars* eut pris la plus grande partie de fon armée & eut
été attaquer une moitié de celle des Alliés, qui avoient eu
l'imprudence de fe mettre de maniere qu'ils étoient feparés
par un bois fans pouvoir fe communiquer? Les derriéres &
les flancs de l'armée Françoife auroient été à couvert. Voïez
la Figure.

Il y a plus d'habileté qu'on ne penfe à faire des mauvaifes
difpofitions, parcequ'il faut favoir les changer en bonnes dans
le moment: rien n'etonne plus l'ennemi, il a compté fur quelque chofe, s'eft arrangé en confequence, & dans le moment
qu'il

qu'il attaque il ne tient plus rien. Je le dis encore & je le repete, rien ne deconcerte tant l'ennemi & l'engage plus à faire de fautes; s'il ne change pas fa difpofition il eft battu, & s'il la change en prefence de fon ennemi, il l'eft encore.

Si le *Marechal de Villars* eut abandonné fon Retranchement à l'approche des Alliés en fe mettant dans l'ordre que je propofe, il me femble qu'une Contre-marche à droite en faifoit l'affaire.

C H A-

CHAPITRE SEPTIEME.

Des Retranchemens & des Lignes.

JE ne fuis ni pour l'un ni pour l'autre de ces ouvrages & je crois toujours entendre parler des murailles de la Chine quand on me parle de Lignes. Les bonnes font celles que la Nature a faites, & les bons Retranchemens font les bonnes difpofitions & les troupes bien difciplinées.

Je n'ai prefque jamais ouï dire qu'il y ait eu des Lignes ou des Retranchemens attaqués, qui n'aient pas été forcés.

Si l'on eft inferieur en nombre, l'on ne tiendra pas derriére des Retranchemens où l'ennemi porte toutes fes forces en deux ou trois endroits; fi l'on eft egal l'on n'y tiendra pas non plus; fi l'on eft fuperieur on n'en a pas befoin; pourquoi donc fe donner la peine d'en faire?

La certitude dans la quelle eft l'ennemi, que vous n'en

fortirez

fortirez pas le rend audacieux, il ruſe devant vous & hazarde des mouvemens de côté, qu'il n'oſeroit faire ſi vous n'étiez pas retranché : cette audace gagne & Officiers & Soldats, parce-que l'homme craint toujours plus les ſuites du danger que le danger même. J'en donnerois une quantité de preuves.

Suppoſé qu'une Colonne attaque un Retranchement & que la tête ſoit ſur le bord du foſſé ; s'il paroît à cent pas de-là une poignée de gens hors du Retranchement, il eſt certain que la tête de cette Colonne s'arrêtera ou ne ſera pas ſuivie. Pourquoi cela ? C'eſt le Cœur humain. Que dix hommes mettent le pied ſur un Retranchement, tout ce qui eſt derriére fuira, & les bataillons entiers l'abandonneront. Qu'ils y voient entrer une troupe de Cavalerie à une demi-lieuë d'eux, tout ſe mettra à fuir.

Lors donc que l'on eſt obligé de defendre des Retranche-mens, il faut bien ſe garder de mettre les Bataillons tout con-tre le parapet, parceque ſi l'ennemi a une fois le pied deſſus, ce qui eſt derriére ſe ſauvera. Cela vient de ce que la tête tourne toujours aux hommes lors qu'il leur arrive des choſes auxquelles ils ne s'attendent point : cette Regle eſt generale à la guerre, elle decide de toutes les Batailles & de toutes les affaires. C'eſt ce que j'appelle *le Cœur humain*, & c'eſt ce qui m'a fait compoſer cet Ouvrage. Je ne penſe pas que perſonne ſe ſoit jamais aviſé d'y chercher la raiſon de la plûpart des Mauvais Succès.

Lors donc que vous mettez vos troupes derriére un parapet,

Z z   elles

elles esperent par leur feu empêcher que l'ennemi passe le fossé & n'y monte; si cela arrive malgré ce feu, les voilà perdus, la tête leur tourne & ils fuient. Il vaudroit mieux y
mettre un seul rang de gens avec des armes de longueur, parcequc ces hommes se proposeroient de repousser à coups de piques ceux qui voudroient monter sur le parapet. Certainement ils executeront leur projet parcequ'ils se le seront pro-
posé & qu'ils attendront l'ennemi là. Si avec cela vous mettez des troupes d'infanterie à trente pas du Retranchement,
ces troupes verront qu'elles sont placées ainsi pour charger
l'ennemi à mesure qu'il entre & qu'il veut se former , elles
ne seront point etonnées de le voir entrer parcequ'elles s'y attendent, & elles le chargeront vigoureusement; au lieu que si
elles avoient été placées tout contre le Rétranchement elles
se seroient enfuïes. Voilà comme un rien change tout à la
guerre, & comme les foibles mortels ne se menent que par
l'opinion.

A cela il faut ajouter la misere de notre maniere de se former pour défendre des Retranchemens. Nous mettons nos
bataillons à quatre de hauteur que nous plaçons contre le parapet. Ainsi il n'y a que le premier rang qui peut tirer avec
quelque succès parcequ'il est sur la banquette. Si l'on fait
monter les autres rangs à mesure que le premier aura tiré, les
coups ne porteront pas, parceque les Soldats se pressent &
qu'ils ne visent sur aucun objet. Outre cela cette manœuvre
met les Bataillons en une terrible confusion & l'ennemi vous
y trouve lors qu'il arrive sur le parapet. Ces Bataillons vous
sont donc totalement inutiles pour le repousser du haut en bas

du

du parapet à mesure qu'il s'y montre, parceque vous ne sauriez l'atteindre avec vos fusils armés de bayonettes & que vous n'avez pas d'armes de longueur. Vos Soldats remuent sans cesse dans les Bataillons, ou plûtôt tous vos Bataillons re-muent en confusion comme des fourmis dans une fourmilliere. Chacun ne songe qu'à tirer, & à mesure que l'ennemi monte sur le parapet vos Bataillons s'en éloignent.

Je ferois une autre disposition que celle-là si j'avois à défen-dre des Retranchemens. La voici.

Je mets des Centuries tout le long du parapet en deux rangs, c'est-à-dire un rang armé de fusils sur la Banquette, & le deuxieme rang armé de piques au pied de la Banquette avec les Officiers & Bas-Officiers. Ensuite je fais doubler le pre-mier rang qui est sur la Banquette par les armés à la legere, ainsi il se trouve cent hommes environ au premier rang par Centurie, & cinquante au second sans les Officiers. Com-me j'eleve mon parapet de six pieds, l'ennemi qui ordinaire-ment se met sur la berme pour tirer par-dessus le parapet, ne sauroit se servir de cet avantage; il est donc obligé de grim-per dessus, alors mon second rang armé de piques le culbute-ra bientôt. Les Officiers & Bas-Officiers qui sont au second rang avec des armes de longueur sont attention aux mouve-mens des Soldats, les animent & leur font allonger des coups de piques du pied de la Banquette, car il se trouve toujours derriére de cinq en cinq hommes un Officier ou Bas-Officier. Mais il faut bien imprimer aux Soldats qu'ils ne doivent point croire que leur feu arrêtera l'ennemi & que le haut du para-

pet

pet est le lieu où ils doivent combattre, afin qu'ils ne soient point effraïés de le voir se jetter dans le fossé : car l'ennemi aura pris une ferme resolution d'essuier le feu, & il l'essuira, vous devez vous y attendre. S'il s'avise de vouloir occuper la berme du Retranchement, comme cela arrive assez souvent, pour vous chasser de la banquette, vous pouvez l'atteindre avec vos armes de longueur & jetter à bas homme par homme à mesure qu'il se decouvre, & s'il entre enfin, qu'il veuille commencer à se former, vous le chargez en detail par Centurie. Ces Centuries ne seront point etonnées de le voir, parcequ'elles s'y attendent & le chargeront vigoureusement.

Voilà ce qui regarde la defense des Retranchemens. Mais l'on doit toujours avoir differentes reserves pour les porter dans les endroits où l'on voit que l'ennemi a le plus de troupes, ce qui n'est pas toujours aisé ; car s'il est habile vous n'en verrez rien : il faut donc placer ces reserves le plus à portée & le plus avantageusement que l'on pourra, ce que la situation du terrein doit decider tant dehors que dedans les Retranchemens. Vous ne devez pas craindre que l'ennemi vous attaque dans des endroits où le terrein est uni à une grande distance, parcequ'il ne voudra pas faire voir le gros de ses troupes dans ces endroits-là, il n'y sera qu'à un Bataillon de hauteur : mais s'il y a une Colline, un Valon, ou la moindre chose par où il puisse venir à couvert, c'est là où il fera tous ses efforts, parcequ'il esperera que vous ne verrez pas sa manœuvre & la quantité de troupes qu'il y porte.

Si vous pouvez pratiquer des passages dans vos Retranchemens

mens & que vous fafliez fortir à propos une troupe ou deux dans le moment que la tête des Colonnes font arrivées fur le bord du foffé, elles s'arrêteront infailliblement, quand même elles auroient forcé le Retranchement, & qu'il y en auroit deja une partie d'entrée, parceque ces Colonnes qui n'ont pas comptées là-deffus craindront pour leurs flancs & leurs derriéres, & il y a apparence qu'elles s'enfuiront même fans favoir pourquoi.

Voici deux Exemples entre mille autres, qui autorifent mes idées, que je vais donner de preference.

Au Siege d'Amiens par les Gaulois, *Cefar* voulant fecourir cette place, fe rendit avec fon armée qui n'étoit que de fept-mille hommes, le long d'un Ruiffeau où il fe retrancha à fon arrivée avec tant de precipitation, que les Barbares perfuadés que Cefar les craignoit attaquerent fes retranchemens qu'il ne fongoit point du tout à defendre: car au contraire dans le tems que les Gaulois travailloient à combler le foffé & à s'emparer du parapet, il fortit avec fes Cohortes & les furprit tellement qu'ils prirent tous la fuite fans qu'un feul fe foit mis en defenfe.

Au Siege d'Alefie par les Romains, les Gaulois infiniment fuperieurs en nombre vinrent les attaquer dans leurs lignes. Cefar ordonna à fes troupes d'en fortir au lieu de les defendre & de fe jetter fur l'ennemi d'un côté pendant qu'il l'attaqueroit de l'autre; ce qui reuffit encore avec tant de fuccès que les Barbares y firent une perte confiderable, fans compter

plus

plus de vingt-mille hommes qui furent fait prifonniers avec leur General.

Planche
XXXVII
&
XXXVIII.

Si l'on veut confiderer la maniere dont je range mes troupes, l'on concevra aifement qu'elles doivent fe remuer avec plus de facilité que les longs bataillons. Car à quoi peuvent fervir plufieurs bataillons fur quatre de hauteur, les uns devant les autres? Ils font lourds à remuer, tout les embarraffe, le terrein, le doublement, & fi le premier eft culbuté il fe renverfe fur le fecond. Mais fuppofons qu'ils ne fe rompent pas, il faudra toujours au fecond Bataillon un long efpace de tems avant qu'il puiffe attaquer, parcequ'il faut que celui qui a été rompu fe foit rangé, ce qui eft long, car il faut qu'il s'étende entre l'ennemi & le Bataillon qui le foutient, & fi l'ennemi n'a la bonté de fe tenir les bras croifés, il vous renverfera certainement ce Bataillon fur l'autre, & celui-là fur le troifieme; car lorfqu'il aura renverfé le premier, il n'a qu'à pouffer brufquement en avant, fuffent-ils trente ils les renverfera tous les uns fur les autres.

Voilà cependant ce qu'on appelle attaquer en Colonne par Bataillons ; quelle Mifere ! Mon ordonnance eft bien differente; car que le premier Bataillon foit renverfé, celui qui le fuit charge dans l'inftant, cela va coup fur coup, je fuis à huit de hauteur & n'ai aucun embarras à craindre, mon choque eft rude & ma marche rapide, je ne crains point la confufion & je deborde toujours l'ennemi quoiqu'en même nombre. C'eft en verité une Mifere que l'ordre fur lequel nous combattons, & je ne con-

çois

çois pas à quoi les Generaux ont penſé de ne l'avoir pas changé.

Ce que je propoſe n'eſt point une nouveauté, c'eſt l'ordre des Romains; avec cet ordre ils ont vaincus toutes les nations. Les Grecs étoient très-habiles dans l'art de la guerre & très-bien diſciplinés, cependant leur grande Phalange n'a jamais pû tenir contre ces petites troupes diſpoſées en echiquier. Auſſi *Polybe* donne-t-il la preferencee à l'ordre des Romains (*). Que feroient donc nos Bataillons qui n'ont ni corps ni ame contre ce même ordre? Que l'on place ces Centuries de quelle maniere que l'on voudra, dans la plaine, dans des païs coupés; que l'on les faſſe ſortir d'une gorge ou de quelques endroits que ce ſoit & que l'on voie avec quelle celerité elles ſe rangeront, on peut les faire courir à toutes jambes pour s'emparer d'un defilé, d'une haye, des hauteurs, & dans l'inſtant que les Drapeaux ſeront arrivés elles ſeront allignées & formées: c'eſt ce qui eſt impoſſible avec de longs Bataillons; car pour ſe mettre comme il faut & pour bien marcher ils ont beſoin d'un terrein fait exprès & d'un tems conſiderable, cela m'a fait pitié à voir & m'a ſouvent donné le cochemare.

,, Dans

(*) *Je n'avois point lû Polybe en ſon entier lors que j'achevai cet ouvrage. Voici ce que j'y trouve ſur la Phalange des Grecs & ſur l'ordre de combattre des Romains. Je ſuis flatté d'avoir penſé comme lui, qui étoit contemporain de Scipion, d'Annibal & de Philippe; & qui pendant le cours des guerres que ces grands hommes ont ſoutenuës s'eſt trouvé dans les differentes armées & y a eu des commandemens diſtingués. Un Auteur ſi illuſtre ne peut que juſtifier mes idées. C'eſt Polybe qui parle.*

A a a 2

„ DANS mon fixieme livre j'ai promis de faifir à la pre-
„ miere occafion qui fe prefenteroit de comparer enfemble
„ les armes des Macedoniens & des Romains, l'ordre de Ba-
„ taille des uns & des autres, & de marquer en quoi l'un
„ eft fuperieur ou inferieur à l'autre. L'action que je viens
„ de raconter me l'offre cette occafion, il faut que je tienne
„ ma parole.

„ Autre fois l'ordonnance des Macedoniens furpaffoit
„ celle des Afiatiques & des Grecs. C'eft un fait que les
„ victoires qu'elle a produites ne nous permettent pas de re-
„ voquer en doute, & il n'étoit pas d'ordonnance en Afri-
„ que & en Europe qui ne le cede à celle des Romains. Au-
„ jourd'hui que ces differens ordres de Bataille fe font trou-
„ vés oppofés les uns aux autres, il eft bon de rechercher en
„ quoi ils different & pourquoi l'avantage eft du côté des
„ Romains. Apparemment que quand on fera bien inftruit
„ fur cette matiere, on ne s'avifera plus de rapporter le fuc-
„ cès des evenemens à la fortune, & qu'on ne louera pas les
„ vainqueurs fans connoiffance de caufe comme ont coûtume
„ de faire les perfonnes non eclairées; mais qu'on s'accoutu-
„ mera enfin à les louer par principe & par raifon.

„ Je ne crois pas devoir avertir qu'il ne faut pas juger de
„ ces deux manieres de fe ranger par les Combats qu'Annibal
„ a livrés aux Romains & par les victoires qu'il a gagnées fur
„ eux. Ce n'eft ni par la façon de s'armer, ni par celle de
„ fe ranger qu'Annibal a vaincu; c'eft par les rufes & par
„ fa

„ fa dexterité. Nous l'avons fait voir clairement dans le recit
„ que nous avons donné de fes Combats ; fi l'on en veut
„ d'autres preuves que l'on jette les yeux fur le fuccès de la
„ guerre. Dès que les troupes Romaines eurent à leur tête
„ un General d'egale force, elles furent victorieufes: qu'on
„ en croie Annibal, Annibal lui-même qui, auffi-tôt la pre-
„ miere Bataille abandonna l'armure Carthaginoife & qui
„ aïant fait prendre à fes troupes celles des Romains, n'a ja-
„ mais difcontinué de s'en fervir. Pyrrhus fit encore plus ,
„ car il ne fe contenta pas de prendre les armures , il em-
„ ploïa les troupes mêmes d'Italie dans les Combats qu'il don-
„ na aux Romains; il rangeoit alternativement une de leurs
„ Compagnies & une Cohorte en forme de Phalange, en-
„ core ce mêlange ne lui fervit-il de rien pour vaincre, tous
„ les avantages qu'il a remportés ont toujours été très-equivo-
„ ques. Il étoit neceffaire que je previnffe ainfi mes lecteurs
„ afin qu'il ne fe prefente rien à leur efprit qui paroiffe peu
„ conforme à ce que je dois dire dans la fuite. Je viens donc
„ à la Comparaifon des deux differens ordres de Batailles.

„ C'eft une chofe conftante & qui peut fe juftifier par
„ mille endroits, que tant que la Phalange fe maintient dans
„ fon état propre & naturel, rien ne peut y refifter de front
„ ni foutenir la violence de fon choc. Dans cette ordonnan-
„ ce on donne aux Soldats en armes trois pieds de terrein.
„ La Sariffe étoit longue de feize coudées, depuis elle a été
„ accourcie de deux pour la rendre plus commode, & après
„ ce retranchement il refte depuis l'endroit où le Soldat la
„ tient jufqu'au bout qui paffe derriére lui & qui fert comme

B b b   „ de

,, de contre-poids à l'autre bout, quatre coudées, & par
,, confequent fi la Sariffe eft pouffée des deux mains contre
,, l'ennemi, elle s'étend de dix coudées devant le Soldat qui
,, la pouffe; ainfi quand la Phalange eft dans fon état propre
,, & que le Soldat qui eft à côté ou par derriére joint fon
,, voifin autant qu'il le doit, les Sariffes du fecond, troifie-
,, me & quatrieme rangs s'avancent au delà du premier plus
,, que celles du cinquieme qui ne les deborde que de deux
,, coudées. Or comme la Phalange eft rangée fur feize de
,, profondeur, on peut aifément fe figurer quel eft le choc,
,, le poids & la force de cette ordonnance; il eft vrai cepen-
,, dant qu'au delà du cinquieme rang les Sariffes ne font d'au-
,, cun ufage pour le Combat, auffi ne les allonge-t-on pas en
,, avant, mais on les appuie fur les épaules du rang precedent
,, la pointe en haut, afin que preffées les unes contre les autres
,, elles rompent l'impetuofité des traits qui paffent au delà
,, des premiers rangs & pourroient tomber fur ceux qui les
,, fuivent. Ces rangs poftericurs & reculés ont cependant
,, leur utilité, car en marchant à l'ennemi ils pouffent &
,, preffent ceux qui les precedent & ôtent à ceux qui font de-
,, vant eux tout moïen de retourner en arriére. On a vû la
,, difpofition tant du Corps entier que des parties de la Pha-
,, lange. Voïons maintenant ce qui eft propre de l'armure
,, & de l'ordonnance des Romains pour en faire la Comparai-
,, fon avec celle des Macedonniens.

,, Le Soldat Romain n'occupe non plus que trois pieds de
,, terrein; mais comme pour fe couvrir de leurs boucliers &
,, fraper d'eftoc & de taille ils font dans la neceffité de fe don-

,, ner

„ ner quelque mouvement, il faut qu'entre chaque Le-
„ gionaire, foit à côté ou par derriére, il refte au moins
„ trois pieds de diftance fi l'on veut qu'il fe remue com-
„ modement.

„ Chaque Soldat Romain combattant contre une Phalange
„ a donc deux hommes & dix fariffes à forcer; or quand on
„ en vient aux mains, il ne les peut forcer, ni en coupant,
„ ni en rompant, & les rangs qui le fuivent ne lui font pour
„ cela d'aucun fecours. La violence du Choc lui feroit ega-
„ lement inutile & fon épée ne feroit nul effet.

„ J'ai donc eu raifon de dire que la Phalange, tant qu'el-
„ le fe conferve dans fon état propre & naturelle, eft invinci-
„ ble de front & que nulle autre ordonnance n'en peut fou-
„ tenir l'effet. D'où vient donc que les Romains font Vic-
„ torieux? Pourquoi la Phalange eft-elle vaincuë? C'eft que
„ dans la guerre le tems & le lieu des Combats varient en
„ une infinité de manieres & que la Phalange n'eft propre
„ que dans un tems & d'une feule façon. Quand il s'agit
„ d'une action decifive, fi l'ennemi eft forcé d'avoir à faire
„ à la Phalange dans un tems ou dans un terrein qui lui foient
„ convenables, nous l'avons deja dit, il y a apparence que
„ tout l'avantage fera du côté de la Phalange : mais fi l'on
„ peut eviter l'un & l'autre comme il eft aifé de le faire, qu'y
„ a-t-il de fi redoutable dans cette ordonnance? Que pour
„ tirer partie d'une Phalange il foit neceffaire de lui trouver
„ un terrein plat, decouvert, uni, fans foffés, fans fondrié-
„ res, fans gorges, fans eminences, fans rivieres, c'eft une

B b b 2   „ chofe

,, chofe avouée de tout le monde. D'un autre côté l'on ne
,, difconvient pas qu'il eft impoffible ou du moins très-rare
,, de rencontrer un terrein de vingt Stades ou plus qui n'of-
,, fre quelques uns de ces obftacles. Quel ufage ferez-vous
,, de votre Phalange, fi votre ennemi, au lieu de venir à vous
,, dans cet heureux terrein, fe repand dans le païs, ravage
,, les villes & fait le degat dans les terres de vos Alliés? Ce
,, Corps reftant dans le pofte qui lui eft avantageux, non feu-
,, lement ne fera d'aucun fecours à vos amis, il ne pourra fe
,, conferver lui-même. L'ennemi, maitre de la Campagne
,, fans trouver perfonne qui lui refifte, lui enlevera fes Con-
,, vois de quelqu'endroit qu'ils viennent. S'il quitte fon
,, pofte pour entreprendre quelque chofe, fes forces lui man-
,, quent & il devient le jouet de fes ennemis. Accordons
,, encore qu'on ira l'attaquer fur fon terrein; mais fi l'enne-
,, mi ne prefente pas à la Phalange toute fon armée en même
,, tems & qu'au moment du Combat il l'évite en fe retirant,
,, qu'arrivera-t-il de votre ordonnance? Il eft facile d'en ju-
,, ger par la manœuvre que font aujourd'hui les Romains.
,, Car nous ne nous fondons pas ici fur de fimples raifonne-
,, mens, mais fur des faits qui font encore tout recens. Les
,, Romains n'emploïent pas toutes leurs troupes pour faire un
,, front egal à celui de la Phalange, mais ils en mettent une
,, partie en referve & n'oppofent que l'autre aux ennemis; a-
,, lors foit que la Phalange rompe la ligne qu'elle a en tête ou
,, qu'elle foit elle-même enfoncée, elle fort de la difpofition
,, qui lui eft propre, qu'elle pourfuive des fuiards ou qu'elle
,, fuie devant ceux qui la preffent, elle perd toute fa force,
,, car dans l'un & l'autre cas il fe fait des intervalles que la
,, re-

,, referve faifit pour attaquer non de front, mais en flanc &
,, par les derriéres.

,, En General puifqu'il eft facile d'eviter le tems & tou-
,, tes les autres circonftances qui donnent l'avantage à la
,, Phalange & qu'il ne lui eft pas poffible d'eviter toutes
,, celles qui lui font contraires, n'en eft ce pas affez pour
,, vous faire concevoir combien cette ordonnance eft au-
,, deffous de celle des Romains? Ajoutons que ceux qui
,, rangent en Phalange fe trouvent dans le cas de marcher
,, par toutes fortes d'endroits, de camper, de s'emparer des
,, poftes avantageux, d'affieger, d'être affiegés, de tomber
,, fur la marche des ennemis lors qu'ils ne s'y attendent pas,
,, car tous ces accidens font partie d'une guerre, fouvent la
,, Victoire en depend, quelquesfois du moins ils y contri-
,, buent beaucoup. Or dans toutes les occafions il eft dif-
,, ficile d'emploïer la Phalange où on l'emploïroit inutilement
,, parcequ'elle ne peut alors combattre ni par Cohorte, ni
,, d'homme à homme, au lieu que l'ordonnance Romaine
,, dans ces rencontres même ne fouffre aucun embarras. Tout
,, lieu, tout tems lui convient, l'ennemi ne la furprend ja-
,, mais de quelque part qu'elle fe prefente; le Soldat Ro-
,, main eft toujours prêt à combattre foit avec l'armée en-
,, tiere, foit avec quelqu'une de fes parties, foit par Com-
,, pagnie, foit d'homme à homme.

,, Avec un ordre de Bataille dont toutes les parties agif-
,, fent avec tant de facilité, doit-on être furpris que les Ro-
,, mains pour l'ordinaire viennent plus aifement à bout de

C c c   ,, leurs

„ leurs entreprifes que ceux qui combattent dans un autre ?
„ Au refte je me fuis obligé de traiter au long cette matiere
„ parcequ'aujourd'hui la plûpart des Grecs s'imaginent que
„ c'eft une efpece de prodige que les Macedoniens aient
„ été vaincus, & que d'autres font encore à favoir comment
„ & pourquoi l'ordonnance Romaine eft fuperieure à la Pha-
„ lange ".

CHA-

CHAPITRE HUITIEME.

De l'Attaque des Retranchemens.

Planche XXXIX.Ors que l'on veut attaquer un Retranchement, il faut toujours tacher de s'étendre le plus que l'on peut pour donner de la jalousie par-tout à l'enne-mi, afin qu'il ne degarnisse aucun endroit pour porter des troupes dans ceux que l'on veut attaquer, quand même il le verroit & ce sont autant de troupes inutiles. Alors tous les Bataillons qui sont pour faire montre doivent être à quatre de hauteur & marcher en ligne, tout le reste de la manœuvre doit se faire derriére ceux-là, & c'est ce qui s'ap-pelle masquer l'attaque. Cette partie de l'art militaire de-pend de l'imagination, un General peut broder là-dessus tant qu'il lui plait, tout est bon, car la certitude où il est de n'ê-tre point attaqué lui permet de faire ce qu'il juge à propos, & il peut profiter de tous les vallons, ravins, hayes & de mille autres choses, tout lui réussira.

En faisant charger par Centurie l'on n'a point de confusion

à

à craindre; chaque Centurion fe fera une affaire particuliere de l'honneur de fon Drapeau, & il eft impoffible que dans le nombre il n'y ait des hommes qui cherchent à rifquer de facrifier leur vie pour fe diftinguer, parceque cela fe voit par les Drapeaux qui font reconnoiffables & remarquables chacun en particulier.

En approchant du Retranchement, l'on doit envoïer en avant des armés à la legere pour attirer le feu, on doit les faire foutenir par d'autres troupes. Enfin lors que l'on voit la tiraillerie en train, les Centuries doivent arriver & donner de furie; fi les premieres font repouffées les autres doivent leur fucceder avant qu'elles aient eu le tems de fuir : & la force & le nombre furmontent les obftacles. En même tems les Centuries à quatre de hauteur doivent arriver, fi vous êtes entré par plufieurs endroits à la fois. Les Bataillons ennemis qui font entre deux & qui voient avancer la ligne s'enfuient. Cette ligne fe met fur le parapet, enfuite l'on fe forme, & l'ennemi pendant ce tems-là fe retire, parcequ'il s'imagine avoir fait tout ce qu'il pouvoit faire.

Planche
XXXIX.

Il y a encore une autre maniere d'attaquer des Retranchemens toute differente de celle-ci & qui eft bien auffi bonne; mais il faut que le terrein le permette, & il faut le connoitre parfaitement. Lors qu'il y a des Ravins, ou des fonds proche du Retranchement où l'on peut faire couler des troupes pendant la marche fans que l'ennemi s'en apperçoive, alors on marche à lui par plufieurs Colonnes à grande diftance l'une de l'autre; il attache toute fon attention fur ces Colonnes,

lonnes, difpofe fes troupes & degarnit fon retranchement:
lors donc que ces Colonnes attaquent , tout court à elles;
puis tout d'un coup les troupes qui fe font cachées paroiffent
& donnent dans les endroits du Retranchement abandonnés.
Ceux qui s'oppofent aux attaques des Colonnes voïant cela fe
deconcertent, la tête leur tourne, parcequ'ils ne fe font point
attendus à cela; ils quittent donc ces attaques fous pretexte
de courir à la defenfe du Retranchement attaqué par les autres; mais la peur les fait fuir.

La defenfe des Retranchemens eft une partie de la guerre
bien difficile, parceque c'eft une manœuvre qui intimide &
ôte le courage aux troupes, & quoique j'aie dit ce qui me
paroit de mieux à faire à ce fujet, & qu'il me femble que ce
foit de toutes les manieres de defendre des Retranchemens la
meilleure, cependant je n'en fais pas grand cas, & tant qu'il
dependra de moi je ne ferai point d'avis qu'on en faffe.   Les
Redoutes font mes ouvrages favoris, & il faut que j'en parle.

CHA-

CHAPITRE NEUVIEME.

Des Redoutes & de leur excellence dans les or-
dres de Bataille.

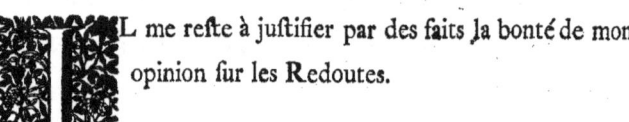

IL me reste à justifier par des faits la bonté de mon
opinion sur les Redoutes.

Avant la Bataille de *Pultawa* les armées de *Charles* XII.
Roi de Suede avoient toujours été victorieuses. La superiorité qu'elles avoient sur celles des Moscovites est presqu'in-
croïable; l'on a vû souvent dix à douze mille Suedois forcer
des Retranchemens gardés par cinquante, soixante & quatre-
vingt-mille Moscovites, les defaire & les tailler en pieces.
Les Suedois ne s'informoient jamais du nombre des Russes,
mais seulement du lieu où ils étoient.

Le *Czar Pierre*, le plus grand homme de son Siecle resi-
sta avec une patience egale à la grandeur de son genie, aux

mau-

mauvais fuccès de cette guerre & ne cessoit de donner des combats pour aguerrir ses troupes.

Dans le cours de ses adversités, le Roi de Suede mit le Siege devant Pultawa. Le Czar tint un Conseil de guerre où les avis furent longtems partagés : les uns vouloient qu'on investît le Roi de Suede avec l'armée Moscovite, qu'on fît un grand Retranchement pour l'obliger à se rendre : d'autres Generaux vouloient qu'on brulat tout le païs à cent lieuës à la ronde pour affamer le Roi de Suede & son armée (cet avis n'étoit pas le plus mauvais & le Czar y inclinoit): d'autres Generaux dirent qu'il étoit toujours à tems d'en venir à cet expedient, mais qu'il falloit avant encore hazarder une Bataille, parceque Pultawa & sa garnison courroient risque d'être emportés par l'opiniatreté du Roi de Suede qui y trouveroit un grand Magazin & de quoi subsister pour passer le desert que l'on pretendoit faire alentours de lui. L'on s'arrêta à cette opinion ; alors le Czar aïant pris la parole dit : Puisque nous nous determinons à combattre le Roi de Suede, il faut convenir de la maniere & choisir la meilleure ; les Suedois sont impetueux, bien disciplinés, bien exercés & adroits ; nos troupes ne manquent pas de fermeté, mais elles ne possedent pas ces avantages ; il faut donc s'appliquer à rendre ceux des Suedois inutiles ; ils ont souvent forcés nos retranchemens, en rase campagne nous avons toujours été battus par l'art & la facilité avec les quels ils manœuvrent ; il faut donc rompre cette manœuvre & la rendre inutile ; pour cela je suis d'avis de m'approcher du Roi de Suede, de faire élever sur le front de notre infanterie plusieurs Redoutes dont

les

les foſſés ſeront profonds, les faire fraiſer & paliſſader & les garnir d'infanterie, cela ne demande que quelques heures de travail, & nous attendrons l'ennemi derriére ces Redoutes; il faudra qu'il ſe rompe pour les attaquer, il y perdra du monde, ſera affoibli & en deſordre lors qu'il nous attaquera, car il n'eſt pas douteux qu'il ne leve le Siege pour venir à nous dès qu'il nous verra à portée de lui; il faut donc marcher de maniere que nous arrivions vers la fin du jour en ſa preſence pour qu'il remette au lendemain à nous attaquer, & pendant la nuit nous eleverons ces Redoutes. Ainſi parla le Souverain des Ruſſes, & tout le Conſeil approuva cette diſpoſition. L'on donna les ordres pour la marche, pour les outils, les faſcines, les chevaux de frize &c. & le 8. Juillet 1709. le Czar arriva vers la fin du jour en preſence du Roi de Suede.

Ce Prince quoique bleſſé ne manqua pas de declarer à ſes Generaux qu'il vouloit attaquer le lendemain l'armée des Moſcowites; l'on fit des diſpoſitions, l'on s'arrangea & l'on ſe mit en marche un peu avant le jour.

Le Czar avoit etabli ſept Redoutes ſur le front de ſon infanterie; elles étoient conſtruites avec ſoin; il y avoit deux Bataillons dans chacune, & toute l'infanterie Moſcowite étoit derriére aïant ſa Cavalerie ſur les ailes. Il étoit donc impoſſible d'aller à l'Infanterie Moſcowite ſans prendre ces Redoutes, parcequ'on ne pouvoit les laiſſer derriére ſoi ni paſſer entre deux ſans courir riſque d'être abimé par le feu. Le Roi de Suede & ſes Generaux qui ne ſavoient rien de cette diſpoſipofition, ne virent de quoi il étoit queftion que lors qu'ils eurent le nez deffus: mais comme la Machine avoit été mife en mouvement il fut impoffible de l'arrêter & de s'en dedire.

La Cavalerie Suedoife renverfa d'abord celle des Mofcowites & s'emporta même trop loin; mais l'Infanterie fut arrêtée par ces Redoutes. Les Suedois les attaquerent & y trouverent une grande refiftance. Il n'y a point d'homme de guerre qui ne fache que pour emporter une bonne Redoute, il ne faille une difpofition entiere, que l'on emploie plufieurs bataillons pour l'attaquer de plufieurs côtés à la fois, & que bien fouvent l'on s'y caffe le nez. Les Suedois en prirent cependant trois non fans une grande perte & furent repouffés aux autres avec grand carnage; il ne fe pouvoit faire autrement que toute l'Infanterie Suedoife fût rompuë en attaquant ces Redoutes, pendant que celle des Mofcowites rangée en ordre regardoit de deux cent pas ce Spectacle fort tranquillement.

Le Roi & les Generaux Suedois virent le peril où ils étoient; mais l'inaction des Mofcowites leur laiffe entrevoir l'efperance de fe retirer; il n'y avoit pas moïen de pouvoir le faire en ordre, car tout étoit rompu, attaquoit inutilement ou fe laiffoit tuer, & fe retirer étoit le feul parti que l'on pût prendre: on retira donc les troupes qui s'étoient emparées des Redoutes, & celles qui fe laiffoient abimer auprès des autres.

Il n'y avoit pas moïen dis-je de les former à portée du feu qui en fortoit; ainfi le tout fe retira mêlé & en defordre

Dans ces entrefaites le Czar fit appeller fes Generaux & leur
demanda ce qu'il convenoit de faire. Monfieur *Allart* un des
moins anciens, fans donner le tems aux autres de dire leur a-
vis, adreffant la parole à fon Maitre lui dit: Si Votre Ma-
jefté n'attaque pas les Suedois dans ce moment, il n'en fera
plus tems après. Sur le champ la Ligne s'ebranla & marcha
en bon ordre à travers les intervalles des redoutes qu'on laiffa
garnies pour favorifer la retraite en cas d'evenement.

A peine les Suedois s'étoient-ils arrêtés pour fe former &
pour fe remettre en ordre qu'ils virent les Mofcowites fur leurs
talons; le defordre s'y mit & la confufion fut generale: cependant ils ne fuient pas encore, ils firent même un effort de
valeur en retournant comme pour charger; mais l'ordre, l'a-
me des batailles, n'y étant pas, ils furent diffipés fans refiftance.

Les Mofcowites qui n'étoient pas accoutumés à vaincre
n'oferent les fuivre, & les Suedois fe retirerent a vaux deroute
jufqu'au Boriftene où ils furent tous fait prifonniers. Voilà
comme l'on peut par d'habiles difpofitions fe rendre la fortune
favorable. Si celle-ci a fait vaincre les Mofcowites qui n'é-
toient encore point aguerris & durant le cours de leurs ad-
verfités, quel fuccès ne peut-on pas efperer chez une nation
bien difciplinée & dont le propre eft d'attaquer? Car que
l'on foit fur la defenfive dans cette difpofition, l'on conferve
en plein l'avantage attaché à ceux qui attaquent, parceque
l'on fait charger l'ennemi par des Brigades que l'on fait avancer à mefure que ces Redoutes font attaquées. Ce choc fe
renou-

renouvelle fouvent & toujours avec de nouvelles troupes, el-les en attendent l'ordre avec impatience & le font vigoureu-fement, parcequ'elles font vuës & foutenuës & fur-tout parce-qu'elles ne craignent pas pour leur retraite. La terreur qui s'empare quelquefois des armées n'eft point à craindre & vous vous rendez pour ainfi dire le maitre du moment favorable qui fe trouve dans les Batailles, je veux dire celui où l'ennemi fe deconcerte. Quel avantage quand on le peut attendre ce moment avec affurance !

Les Mofcowites n'ont pas profités de tous ceux que cette difpofition leur donnoit: car ils ont tranquillement laiffé pren-dre trois de ces Redoutes à leur barbe fans les fecourir, ce qui devoit decourager ceux qui les defendoient, intimider leurs troupes & augmenter l'audace des Suedois. L'on peut donc dire avec apparence de verité que cette difpofition feu-le a vaincuë les Suedois fans que les troupes Mofcowites ayent beaucoup contribuées à la Victoire.

Ces Redoutes font d'autant plus avantageufes qu'il faut peu de tems pour les conftruire & qu'elles font propres à une infi-nité de circonftances, où une feule fuffit fouvent pour arrêter tout une armée dans un terrein refferré ; pour empêcher qu'on ne vous trouble dans une marche critique ; pour ap-puier une de vos ailes ; pour partager un terrein en deux ; pour occuper un grand terrein lors qu'on n'a pas affez de troupes &c.

Planche XL. *Calcul du Tems & de ce qu'il faut pour conſtruire*
une Redoute.

Excavation du foſſé - - - - - - - - 144ᵗ il faudra
Avec les Regaleurs - - - - - - - - - 288 hommes.
Pour les faſcines - - - - - - - - - - 500
Pour les piquets - - - - - - - - - 300
Pour les paliſſades - - - - - - - - - 400
——————
1488

Quatorze cent quatre-vingt-huit hommes feront une Redoute en cinq heures de tems.

CHA.

CHAPITRE DIXIEME.

Des Espions & des Guides.

L'ON ne sauroit trop faire attention aux Espions & aux Guides. Monsieur *de Montecuculli* dit qu'ils servent comme les yeux dans la tête & qu'ils sont aussi necessaires à un General; il a raison, l'on ne sauroit trop emploïer d'argent pour les avoir bons. Ces gens doivent être choisis dans le païs où l'on fait la guerre; il faut les prendre intelligens & adroits, en disperser par-tout chez les Officiers Generaux, chez les Vivandiers & sur-tout chez les Pourvoïeurs des Vivres, parceque les approvisionnemens, les depôts & les cuissons font juger des desseins de l'ennemi.

Il faut que ces Espions ne se connoissent pas les uns les autres, & il en faut de plusieurs ordres; les uns propres à se faufiler dans les Compagnies; d'autres courant l'armée pour acheter & pour vendre : ceux-ci doivent connoitre chacun un de leurs compagnons du premier ordre pour en recevoir ce qu'ils doivent aller porter au General qui les paye. Il faut charger

de

de ce detail quelqu'un qui foit fidele & intelligent, s'en faire rendre compte tous les jours & être fûr qu'il ne puiſſe pas être corrompu.

Je ne m'etendrai pas plus au long fur cette matière, qui au reſte eſt un detail qui depend de pluſieurs circonſtances deſquelles un General peut profiter par ſa prudence & par ſes intrigues.

CHA-

CHAPITRE ONZIEME.

Des Indices.

L y a des Indices à la Guerre qu'il est neceffaire d'etudier & fur lefquels on peut juger avec une efpece de Certitude.

La Connoiffance que l'on a de l'ennemi & de fes ufages y contribuent beaucoup; il y en a de communs à toutes les nations.

Par exemple, lors que dans un Siege vous voïez vers le foir à l'horifon & fur des hauteurs, des gens atroupés & desœuvrés qui regardent vers la ville, vous devez être fûr qu'il y aura une attaque confiderable, parceque dans les differens corps il s'eft fait des detachemens, ce qui eft caufe que toute l'armée fait qu'il y aura une attaque & que les desœuvrés choififfent les endroits eminens vers la fin du jour pour pouvoir regarder à leur aife.

Lors que l'on entend beaucoup tirer dans le Camp des ennemis & que l'on eft campé à fa portée, l'on doit s'attendre à

avoir

avoir le lendemain une affaire, parceque les Soldats nettoyent & dechargent leurs armes.

L'on peut juger par la poussiere s'il se fait un grand mouvement dans l'armée ennemie, ce qui n'arrive jamais sans quelques raisons: la poussiere des Fourageurs n'est pas de même que celle des Colonnes, mais il faut savoir s'y connoitre.

L'on juge aussi à la lueur des armes quand le Soleil donne dessus, de quel côté se fait le mouvement. Si les rayons sont perpendiculaires, l'ennemi marche à vous; s'ils sont variés & peu frequens, il se retire; s'ils vont de la droite à la gauche, il marche vers sa gauche; s'ils vont au contraire de la gauche à la droite, il marche vers sa droite. S'il y a beaucoup de Poussiére dans son Camp, qu'il n'ait pas fait de fourage, & que cette poussiere soit generale, il renvoie ses vivandiers & ses equipages, & vous devez vous assurer qu'il marchera bientôt: cela vous donne le tems de faire vos dispositions pour l'attaquer dans sa marche, parceque vous devez savoir s'il peut venir à vous, si c'est son intention & de quel côté il doit marcher; vous en jugez par sa position, ses depôts, ses approvisionnemens, par le terrein & enfin par toute sa contenance.

Quelque fois il a ses Fours sur sa droite ou sur sa gauche. Si vous pouvez savoir le tems & la quantité de sa Cuisson & qu'une petite Riviere vous couvre, vous pouvez faire un mouvement de côté, puis vous revenez brusquement sur vos

pas

pas & vous envoïez dix à douze mille hommes pour attaquer ces Fours, vous les foutenez par toute votre armée qui arrive à mefure, & l'expedition doit être faite avant qu'il ait pû y remedier, parceque vous avez toujours quelques heures fur lui avant qu'il foit averti de votre mouvement ; outre qu'il fe paffe encore un tems de l'avertiffement à la certitude, qu'il voudra toujours avoir avant de s'ebranler, de maniere qu'il recevra la nouvelle de l'attaque de fon depôt avant qu'il n'ait ordonné fon mouvement.

Il y a une infinité de pareilles rufes à la guerre que l'on peut emploïer fans trop fe commettre & dont les fuites font d'une auffi grande confequence que celles d'une Victoire complette, & qui oblige quelque fois l'ennemi à venir vous attaquer à fon desavantage, ou à fe retirer honteufement quoique fuperieur en nombre, & vous n'avez dis-je que peu ou point rifqué.

G g g   C H A-

CHAPITRE DOUZIEME.

Des Qualités que doit avoir un General d'Armée.

JE me forme une idée du General d'armée qui n'est point chimerique, j'ai vû de tels hommes. La premiere de toutes les qualités est la Valeur sans la quelle je fais peu de cas des autres, parcequ'elles deviennent inutiles. La seconde est l'Esprit, il doit être courageux & fertile en expediens. La troisieme est la Santé.

Il doit avoir le talent des promptes & heureuses Ressources; savoir penetrer les hommes & leur être impenetrable: la Capacité de se prêter à tout: l'Activité jointe à l'Intelligence: l'Habileté de faire en tout un choix convenable, & la justesse du Discernement.

Il doit être doux & n'avoir aucune espece d'humeur, ne savoir

voir ce que c'eft que la haine, punir fans miféricorde & fur-
tout ceux qui lui font les plus chers, mais jamais ne fe fâcher;
être toujours affligé de fe voir dans la neceffité de fuivre à la
rigueur des regles de la Difcipline militaire & avoir toujours
devant les yeux l'exemple de *Manlius*; s'ôter de l'idée que
c'eft lui qui punit, & fe perfuader à foi-même & aux autres
qu'il ne fait qu'adminiftrer les loix militaires. Avec ces qualités il fe fera aimer, craindre & fans doute obéir.

Les Parties d'un General font infinies: l'art de favoir faire
fubfifter une armée, de la menager; celui de fe placer de façon qu'il ne puiffe être obligé de combattre que lors qu'il le
veut; de choifir fes poftes; de ranger fes troupes en une infinité de manieres; & favoir profiter du moment favorable qui
fe trouve dans les Batailles & qui decide de leur fuccès. Toutes ces chofes font immenfes & auffi variées que les lieux &
les hazards qui les produifent.

Pour les voir, il faut qu'un General d'armée ne foit occupé de rien un jour d'affaire. L'examen des lieux & celui de
fon arrangement pour fes troupes doit être prompt comme le
vol d'un aigle. Sa difpofition doit être courte & fimple;
comme qui diroit: La premiere Ligne attaquera, la feconde foutiendra, ou tel Corps attaquera & tel foutiendra.

Il faudroit que les Generaux qui font fous lui fuffent gens
bien bornés s'ils ne favent pas executer cet ordre & faire la
manœuvre qui convient, chacun à fa Divifion. Ainfi le General ne doit pas s'en occuper ni s'en embarraffer: car s'il veut

faire

faire le Sergent de Bataille & être par-tout, il fera precifé-
ment comme la Mouche de la fable qui croïoit faire marcher
un Coche.

Il faut donc qu'un jour d'affaire un General d'armée ne
faffe rien; il en verra mieux, fe confervera le jugement plus
libre, & fera plus en état de profiter des fituations où fe trouve l'ennemi pendant la durée du Combat, & quand il verra
fa belle, il devra baiffer la main pour fe porter à toutes jambes
dans l'endroit defectueux, prendre les premieres troupes qu'il
trouve à portée, les faire avancer rapidement & payer de fa
perfonne: c'eft ce qui gagne les batailles & les decide. Je
ne dis point, où ni comment cela doit fe faire, parceque la
varieté des lieux & celle des pofitions que le Combat produit
doivent le demontrer: le tout eft de le voir & de favoir en
profiter.

Monfieur le *Prince Eugene* poffedoit dans la grande cette
partie qui eft la plus fublime du metier & qui prouve le
plus un grand Genie; je me fuis fait une application d'etudier
ce grand homme, & fur ce point j'ofe croire que je l'ai pe-
netré.

Bien des Generaux en Chef ne font occupés un jour d'affaire
que de faire marcher les troupes bien droites, de voir fi elles con-
fervent bien leurs diftances, de repondre aux queftions que les
Aides de Camp leur viennent faire, d'en envoïer par-tout &
de courir eux-mêmes fans ceffe; enfin ils veulent tout faire,
moïennant quoi ils ne font rien. Je les regarde comme des

gens

gens à qui la tête tourne & qui ne voient plus rien, qui ne
savent faire que ce qu'ils ont fait toute leur vie ; je veux dire mener des troupes methodiquement. D'où vient cela ?
C'est que très-peu de gens s'occupent des grandes parties de
la guerre, que les Officiers passent leur vie à faire exercer
des troupes & croient que l'art militaire consiste seul dans
cette partie ; lors qu'ils parviennent au commandement des
armées, ils y sont tout neufs & faute de savoir faire ce qu'il
faut, ils font ce qu'ils savent.

L'une de ces Parties est Methodique, je veux dire la Discipline & la maniere de combattre, & l'autre est Sublime :
aussi ne faut-il point choisir pour celle-ci des hommes ordinaires pour l'administrer.

Si un homme n'est pas né avec les talens de la guerre &
que ces talens ne soient perfectionnés, il ne sera jamais qu'un
General mediocre. Il en est de même de tous les talens ; il
faut être né avec celui de la Peinture pour être un excellent
Peintre, avec celui de la Musique pour en composer de bonne &c. Toutes les choses qui visent au Sublime font de même ; c'est pourquoi l'on voit si rarement des gens qui excellent dans une Science, qu'il se passe des Siecles sans en produire. L'application rectifie les idées, mais elle ne donne jamais
l'ame, c'est l'ouvrage de la Nature.

J'ai vû de fort bons Colonels devenir de très-mauvais Generaux. J'en ai connu d'autres qui étoient grands preneurs
de villes, excellens pour manœuvrer dans une armée, qui, à

Hhh

les

les ôter de là , n'étoient pas capables de mener mille chevaux à la guerre, à qui la tête tournoit totalement, & qui ne
favoient prendre aucun parti. Si un pareil homme vient à
commander une armée , il cherchera à fe fauver par les difpofitions, parcequ'il n'aura point d'autres reffources. Pour les
faire mieux comprendre il embrouillera la tête à toute fon armée à force d'Ecritures. La moindre Circonftance chan-
geant tout à la guerre, il voudra changer fa Difpofition, mettra tout dans une Confufion horrible, & infailliblement il fe
fera battre.

L'on doit une fois pour tout etablir une maniere de combattre, que les troupes doivent favoir ainfi que les Generaux
qui les menent. Ce font des Regles generales, comme :
Qu'il faut garder fes diftances dans la marche ; Que lorfque
l'on charge il faut le faire vigoureufement ; Que s'il fe fait
des trouées dans la premiere ligne, c'eft à la feconde à les
boucher. Il ne faut point d'Ecritures pour cela, c'eft l'A.
B. C. des troupes, rien n'eft fi aifé, & le General ne doit
pas y donner toute fon attention comme la plûpart le font.
Mais de quoi il doit bien s'occuper, c'eft d'obferver la Contenance de l'ennemi, les Mouvemens qu'il fait, où il porte
des troupes ; chercher à lui donner de la jaloufie dans un endroit, pour lui faire faire quelque fauffe demarche ; le decon-
certer ; profiter des momens, & favoir porter le coup de la
mort où il faut. Mais pour tout cela il faut fe conferver le jugement libre & n'être point occupé des petites chofes.

Je ne fuis cependant point pour les Batailles, fur-tout au
com-

commencement d'une guerre, & je fuis perfuadé qu'un habile General pourroit la faire toute fa vie fans s'y voir obligé :
rien ne reduit tant l'ennemi que cette methode & n'avance
plus les affaires. Il faut donner de frequens Combats & fon-
dre pour ainfi dire l'ennemi petit à petit, après quoi il eft o-
bligé de fe cacher.

Je ne pretends point dire pour cela, que lors que l'on trouve
l'occafion d'ecrafer l'ennemi qu'on ne l'attaque & que l'on ne
profite des fauffes demarches qu'il peut faire : mais je veux dire
que l'on peut faire la guerre fans rien donner au hazard, & c'eft
le plus haut point de perfection & de l'habileté d'un General.
Mais quand on fait tant que de donner bataille, il faut favoir tirer profit de la Victoire, & fur-tout ne point fe contenter d'a-
voir gagné un Champ de bataille comme c'eft la louable coutume.

L'on fuit religieufement les paroles d'un Proverbe, qui
dit, qu'il faut faire un pont d'or à l'ennemi.   Cela eft faux,
au contraire il faut le pouffer & le pourfuivre à toute outrance ; toute cette Retraite qui paroit fi belle fe convertira bientôt en Deroute.   Dix-mille hommes detachés detruiront une
armée de cent-mille qui fuit ; rien n'infpire tant la terreur
& ne caufe tant de dommage à l'ennemi du quel on fe de-
fait fouvent pour une bonne fois : mais bien des Generaux
ne fe foucient pas de finir la guerre fi-tôt.

Si je voulois citer des exemples pour appuier ce que je viens
de dire j'en trouverois une infinité ; mais je me contenterai de
donner celui-ci.

A

A la Bataille de *Ramillie*, comme l'armée Françoife fe retiroit en très-bon ordre fur un plateau affez étroit, bordé de deux côtés de profonds Ravins, la Cavalerie des Alliés la fuivoit à petit pas comme à un exercice, & l'armée Françoife marchoit auffi fort doucement fur vingt lignes & plus peut-être parceque le terrein étoit etroit. Un Efcadron Anglois s'approcha de deux Bataillons François & fe mit à tirailler ; ces deux Bataillons croïant qu'ils alloient être attaqués firent volte face & firent une decharge fur cet Efcadron ; qu'arriva-t-il ? toutes les troupes Françoifes lâcherent pied au bruit de ce feu, la Cavalerie s'enfuit à toutes jambes & toute l'Infanterie fe precipita dans les deux Ravins avec une confufion horrible, de façon que dans un moment le terrein fut libre & l'on ne vit plus perfonne.

Que l'on vienne me vanter après cela le bon ordre des Retraites & la prudence de ceux qui font un pont d'or à l'ennemi après qu'ils l'ont défait en Bataille : je dirai qu'ils fervent mal leur Maitre. Je ne dis pas qu'il faille s'abandonner avec toutes fes troupes pour fuivre l'ennemi. Mais il faut detacher des Corps & leur ordonner de pouffer tant que le jour durera, en bon ordre. Car lors que l'ennemi fuit une fois on le chafferoit avec des Veffies.

Si celui que vous envoïez fe met à efcadronner & à marcher avec precaution, c'eft-à-dire qu'il faffe la manœuvre ; ce n'eft pas la peine de l'envoïer. Il faut qu'il attaque, pouffe & pourfuive fans ceffe. Toutes les manœuvres font bonnes alors, il n'y a que les fages qui ne valent rien.

Ainfi

Ainſi je ne parlerai pas ici de Retraites dans un Chapitre particulier, & je finirai par dire qu'elles dependent en tout de la Capacité des Generaux, des differentes circonſtances & des ſituations. Au reſte il n'y a de belle Retraite que lors qu'elle ſe fait devant un Ennemi qui agit mollement : car s'il pourſuit à toute outrance elle ſe convertira bien-tôt en deroute.

F I N.

REFLEXIONS

SUR ʟᴀ PROPAGATION

DE

L'ESPECE HUMAINE,

REFLEXIONS

Sur la Propagation de l'Espece Humaine (*).

Près avoir traité d'un Art qui nous instruit avec methode à la destruction du genre humain, je vais tacher de faire connoitre les moïens aux quels on pourroit avoir recours pour en faciliter la Propagation.

Il n'y a forte de chose dont on ne s'avise lors que l'on n'a rien à faire, l'on reflechit sur les plus elevées ainsi que sur les moindres. La Diminution extraordinaire dans le monde depuis Jules César a souvent attirée mon attention; il est certain que les peuples innombrables qui habitoient l'Asie, la Grece, la Scythie, la Germanie, les Gaules, l'Italie & l'Afrique, ont disparus à mesure que la Religion Chretienne s'est

eten-

(*) Mon intention n'étoit pas d'abord de mettre ces Reflexions au jour; mais je m'y suis determiné afin de faire connoître que ce ne sont pas des sotises ni des infamies, comme certaines personnes ont voulu le persuader (quoiqu'elles ne les eussent jamais luës & que ce qu'elles en savoient n'étoit que par ouï-dire.) L'on verra au contraire, que tout ce que l'Auteur dit à ce sujet est à bonne intention, puisqu'il croïoit que ce seroit un moïen de peupler le monde, en detrui-

sant

etendue en Europe, & la Mahometane dans les autres parties
du monde. Cette Diminution va toujours en augmentant. Il
y a environ foixante ans que Monfieur *de Vauban* fit le de-
nombrement des habitans qui étoient en France, il s'en trouva vingt millions; il s'en faut bien que ce nombre y foit à
prefent.

Je fuis perfuadé que l'on fera un jour obligé de faire quelque changement dans la Religion à cet egard; car fi l'on
confidere combien les ufages qui y font etablis font contraires
à la Propagation, l'on ne fera point etonné de cette Diminution. Le Mariage y eft oppofé ainfi que l'Education; les
plus belles années fe paffent dans l'attente d'un mari, la nature cependant ne perd point fes droits, & la jeuneffe fait
des chofes qui detruifent les parties de la generation. La Co-
quetterie, la Debauche les accompagnent, & la Reputation
de paffer pour Vierges ne contribue pas peu à la Diminution
de l'Efpece.

Il faut ajouter à cela, que telle femme qui ne fait point
d'enfant avec le mari qu'elle a, en feroit avec un autre, parceque fouvent les degouts s'en mêlent, le mari & la femme

ne

---

fant la Debauche & la Libertinage: mais s'il s'eft trompé doit-on regarder cette
Erreur comme un Crime?

Je penfe, comme je crois que tout le monde penfera, que *Mr. le Marechal
de Saxe* étoit plus grand General que grand Legifte, & que ces Mariages li-
mités qu'il propofe au lieu de faire un bien feroient au contraire un defordre affreux dans la Societé: car combien d'enfans fans biens, fans education, peri-
roient de mifere, lors qu'ils feroient abandonnés par le caprice d'un pere ou
d'une mere? Ne vaudroit-il pas mieux que la terre ne fût habitée que par peu
d'hommes qui foient à leur aife, que d'être peuplée d'un multitude de Miferables

ne font que languir enfemble , & tout le Syfteme en general eft contraire aux loix de la Nature.

Selon la Sainte Ecriture le premier Commandement que Dieu fit à l'homme eft , *Croiffez & multipliez ;* de tout c'eft celui au quel on fait le moins attention.

Si l'on refufe à la Nature ce qu'elle demande, la faculté d'engendrer fe perd; & de cent femmes qui fe livrent au manege des filles à peine y en a‑t‑il dix capables de genera- tion. Combien donc de femmes inutiles dans un Etat & peu propres à remplir les devoirs pour les quels l'Auteur de la Na- ture les a créées! Que l'on examine par‑tout dans les Villes & à la Campagne, fi l'on ne trouvera pas dix filles non mariées qui font en état d'avoir des Enfans contre une qui le fera.

Un Legiflateur qui formeroit un Syfteme fur la Propaga- tion en faifant des loix fages detruiroit la Debauche , parce- qu'elle n'eft point dans la Nature & qu'elle ne tire fon origi- ne que des loix qui y font oppofées; ce Legiflateur formeroit les fondemens d'une Monarchie redoutable à toute la terre. Pour cela il faudroit etablir par l'education , Que la Sterilité

vient

bles & de Vagabonds, qui nous retraceroient les ravages de ces nations barba- res qui inonderent & defolerent toute l'Europe? Cette liberté de fe marier & de fe quitter feroit d'ailleurs de bien petite confequence pour la Propagation; qu'y gagneroit‑on? rien, fi‑non que l'on feroit par Arrêts authentiques , ce que l'on fait deja tacitement. Si le nombre des hommes diminue, n'en attribuons point la caufe aux liens du Mariage; malheureufement aujourd'hui l'on n'eft rien moins qu'efclave de la foi conjugale, & lors que les Epoux ne s'accommodent plus , chacun cherche de fon côté moïennant quoi peu de chofe fe perd.

Il y a eu autre fois des maladies epidemiques, comme la Pefte , la Lepre & la

Ladre-

vient de la debauche, & y attacher de la honte dès l'âge de quinze ans; Que plus une femme auroit d'enfans plus fa fituation feroit heureufe, ce qui pourroit fe faire en ordonnant que le Dixieme jour, foit du Revenu des enfans ou de l'ouvrage de leurs mains feroit confacré à la mere; alors cette mere emploïeroit toute fon induftrie à les elever pour fe faire par leur nombre un avenir heureux. Il faudroit auffi faire une Ordonnance, par la quelle chaque mere qui auroit une fois prefenté au Magiftrat dix Enfans vivans auroit 100. Ecus de penfion; celle qui en auroit prefenté quinze, 500; & celle qui en prefenteroit vingt, 1000. Cette perfpective pour des gens du commun feroit qu'ils emploïeroient toute leur induftrie à les bien élever, & s'en feroient dès leur jeuneffe un point capital; les meres ne precheroient autre chofe à leurs filles.

On pourroit peut-être m'objeéter que les Peres craindroient de fe charger de trop d'enfans; mais je reponds à cela qu'ils coutent peu tant qu'ils font petits, & l'on a toujours remarqué, que plus un Artifan ou un Payfan a d'enfans & mieux vont fes affaires, parceque dès l'âge de fix à fept ans il les emploïe à quelque chofe.

Mais

Ladrerie qui ont fait des ravages affreux; & ce mal que nous appellons Venerien n'a fait que remplacer d'autres maladies qui nous font inconnuës à prefent. Toutes ces miferes humaines n'ont pas tant fait de ravages dans le monde que ce mal contagieux qui regne aujourd'hui; ce n'eft pas de la V. . . . le que je veux parler, c'eft *le Luxe & la Molleffe* qui eft cette maladie contraire à la Propagation; autre fois elle n'étoit connue que dans les Palais des Grands, maintenant elle gagne jufques dans les hamaux: c'eft elle qui multiplie nos befoins & qui fait que les enfans deviennent à charge aux peres & aux meres, parcequ'ils leur coutent beaucoup de les elever & de les entretenir. Nous ne fommes plus dans ces tems heureux où la fimplicité & la frugalité n'étoient pas une honte; aujourd'hui

le

Mais pour parvenir plus efficacement à bien peupler, il faudroit etablir par les loix qu'aucun mariage à l'avenir ne se feroit que pour cinq années, & qu'il ne pourroit se renoüveller sans dispense, s'il n'étoit né aucun enfant pendant ce tems: mais aussi que les mêmes epoux qui auroient renouvellé leur mariage jusqu'à trois fois & qui auroient eus des enfans, seront inseparables & devront vivre ensemble le reste de leur vie. Tous les Theologiens du monde ne sauroient prouver l'impieté de ce Systeme, parceque le mariage n'est etabli que pour la Population.

Si la Religion Chretienne est contraire à la Propagation en rendant les mariages indissolubles & en ne permettant qu'une seule femme, la Mahometane ne l'est pas moins en accordant la pluralité; car dans ce grand nombre de Femmes enfermées, une seule ordinairement s'empare du cœur de son maitre, & les autres qui deviennent ses Servantes restent inutiles. Tous les hommes exercent un pouvoir tyrannique sur ce sexe charmant, parceque c'est eux qui ont fait les loix & que ces loix leur sont commodes. Les Turcs les enferment, & nous les tyrannisons par les prejugés. Voilà d'où vient la fausseté dans les femmes, parcequ'elles sont continuellement

con-

---

le fils d'un manant est elevé avec plus de faste & de delicatesse que le fils de son Prince. Que l'on examine la prodigieuse quantité de personnes mariées & non mariées, qui vivent dans le Celibat & qui renoncent aux loix du Mariage, sous pretexte de la repugnance qu'elles ont de laisser des enfans pauvres, & l'on verra que c'est une des causes qui contribue le plus à la Depopulation.

Mais au reste si l'on fait bien reflexion combien toute la Nature est sujette à des revolutions, l'on sera porté à croire que dans le cours des tems, il se rencontre de siecles qui sont plus, les autres moins propres à la Propagation. Les productions de la terre ne sont-elles pas variées, & ne remarquons-nous pas des

L ll   années

contraintes de deguiſer ce qu'elles penſent, tout leur ſyſtemé n'étant point dans la Nature. Si chaque femme étoit en droit de ſe choiſir un mari ſelon ſon inclination & pour un tems limité, on ne leur verroit point faire de choſes contraires à la Nature, ni de celles où elles courent riſque de la vie; le tems des amours viendroit & ce tems ſeroit tout emploïé à l'a-mour; l'on ne verroit point de debauche, parceque les hom-mes, ni les femmes n'y auroient point recours pour ſatisfaire aux loix de la Nature, qui eſt ſage; & cette facilité de ſe marier & de ſe quitter feroit que tout le monde ſe marieroit. L'on arrêteroit par là les progrès continuels du mal contagieux qui infeĉte toute la terre & qui altere de jour en jour l'Eſ-pece des hommes. Pour être certain de cette verité, il n'y a qu'à conſiderer la différence des peuples où ce mal a com-mencé à faire ſes premiers progrès, d'avec ceux où il eſt moins connu.

Voïons par un Calcul raiſonné la différence du plus & du moins que cela feroit à la Propagation.

Lors que les femmes ne produiſent qu'une fille chacune que nous nommerons femmes, une femme n'aura produit à la dixieme generation qu'une femme à l'Etat. Nous voulons prendre ſix generations chacune de 30 années, ce qui fera 180 ans.

Si

années abondantes & ſteriles? S'il y a des influences qui cauſent la ſterilité de la terre, n'eſt-il pas vraiſemblable qu'il y en ait qui agiſſent egalement ſur les ani-maux? N'en doutons pas, puiſque nous voïons des climats bien plus favorables à la propagation, les uns que les autres, comme la Province de *Kianski* à la Chi-ne où les femmes ſont ſi fecondes, qu'elles ſont toujours enceintes & mettent
trois

Si une femme en produit deux

La premiere 2

Les 2 *fecondes* 4

Les 4 *troifiemes* 8

Les 8 *quatriemes* 16

Les 16 *cinquiemes* 32

Les 32 *fixiemes* . . . . . 64 *femmes en* 180 *ans.*

Ainfi la difference fera de 1 *à* 64. *fi elles en font deux au lieu d'une.*

Si elles en produifent trois en trente ans, qui eft un nombre tout commun & tout ordinaire, pour celles qui fe mettent à en faire, & que parmi celles-là il s'en trouve qui le paffent de beaucoup: je fuppofe donc que toutes les femmes agiffent de bonne foi, par principe de Religion, par leur interêt ou felon les loix de la Nature.

La premiere 3

La troifieme 9

La neuvieme 27

La vingt-feptieme 81

La quatre-vingt-unieme . . . 163

La cent foixante-troifieme . . . 489 *femmes en* 180 *ans.*

En y ajoutant d'hommes cela feroit 978.

Par

trois à quatre enfans au monde à la fois: cette fecondité peuple le païs d'une fi grande multitude d'habitans que fon abondance & fa fertilité ne peuvent les nourir quoique la recolte s'y faffe deux à trois fois l'année, en forte que la plûpart font obligés d'aller chercher fortune ailleurs, & de vivre errans dans les Etats d'Afie.

Par confequent

Dix femmes	. . . . . :	9780
Cent	. . . .	97800
Mille	. . . .	978000
Cent-mille	. . . .	97800000
Un million	. . . . . .	978000000

Ainfi un million de femmes, qui eft à peu près la dixième partie de celles qu'il y a en France auront produites en cent quatre-vingt ans, neuf-cent foixante dix-huit millions d'ames, lors qu'elles auront faites chacune fix enfans. Ce nombre eft enorme ; lors même qu'on en retrancheroit les trois quarts il feroit prodigieux.

A   L A   H A Y E

De l'Imprimerie de D A N I E L M O N N I E R
M D C C L V I.

Fautes d'Impreſſion

à Corriger.

Page 37. ligne 24. *liſez*, Demi-Centurie armée à la legere.

Page 49. ligne 8. *liſez*, ce feroit tirer fur une poignée de puces.

Page 49. ligne 19. *liſez*, je dois avant de finir ce Chapitre faire un petit calcul du feu de mes armés à la legere.

Page 71. ligne 21. *liſez*, leur troiſieme rang doit fortir à la debandade.

Page 104. ligne 6. *liſez*, qu'il n'y a que les malheureux qui perdent.

Page 122. ligne 9. *liſez*, feroit fort peu d'effet.

Page 124. ligne 18. *liſez*, des Climats fort rudes.

Page 155. ligne 5. *liſez*, profondeur 1 toiſe 2 pieds.

Page 162. *Au lieu de* foſſes, *liſez* foſſés.

Page 222. ligne 21. *liſez*, le Libertinage.

A V I S
AU
RELIEUR.

Toutes les planches doivent être à la fin suivant l'ordre de leur nombre collées avec des onglets, non pas dans le dos mais à l'extremité de la feuille, afin qu'elles puissent déborder le livre pour la commodité des Lecteurs.

PLANCHES.

Figures pour l'intelligence des Planches Suivantes.

Général Légionaire	Caporal
Colonel	Sergent d'affaire
Lieutenant Colonel	Fourier
Major	Capitaine d'armes
aide Major	Tambour
Centurion	Soldats armés à la légere
Lieutenant	Infanterie
Seconds Lieutenants	Cavalerie
Enseigne	Amusette
Sergent	Enseigne Légionaire

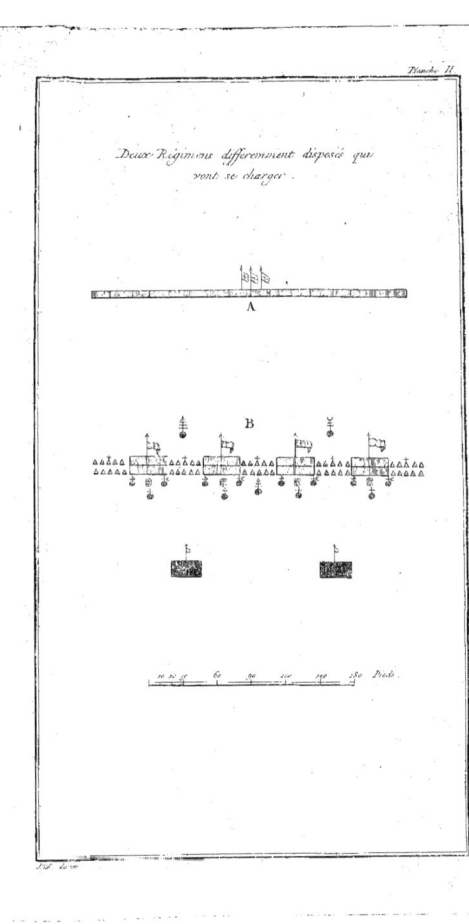

Deux Régimens differemment disposé qui
vont se charger.

••••••• *Compagnie sur le pied de paix.*

•••••••••• *Compagnie sur le pied Complet.*

•••••••••••••• *Compagnie sur le pied de guerre.*

Centurie suivant le pied
de Paix.

10   20   30   40   50 *Pieds*

Centurie Suivant le pied

Complet.

Centurie Suivant le pied

de guerre.

Échelle.

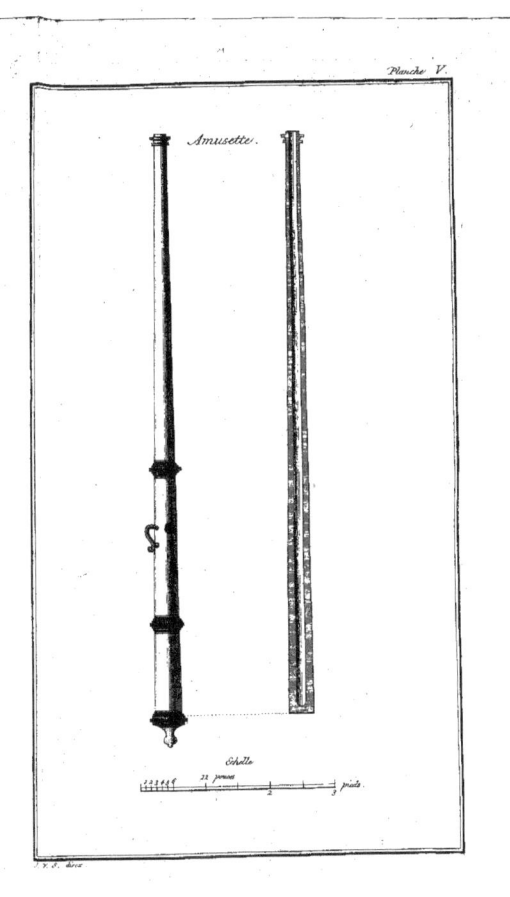

Planche V.

Amusette.

Echelle

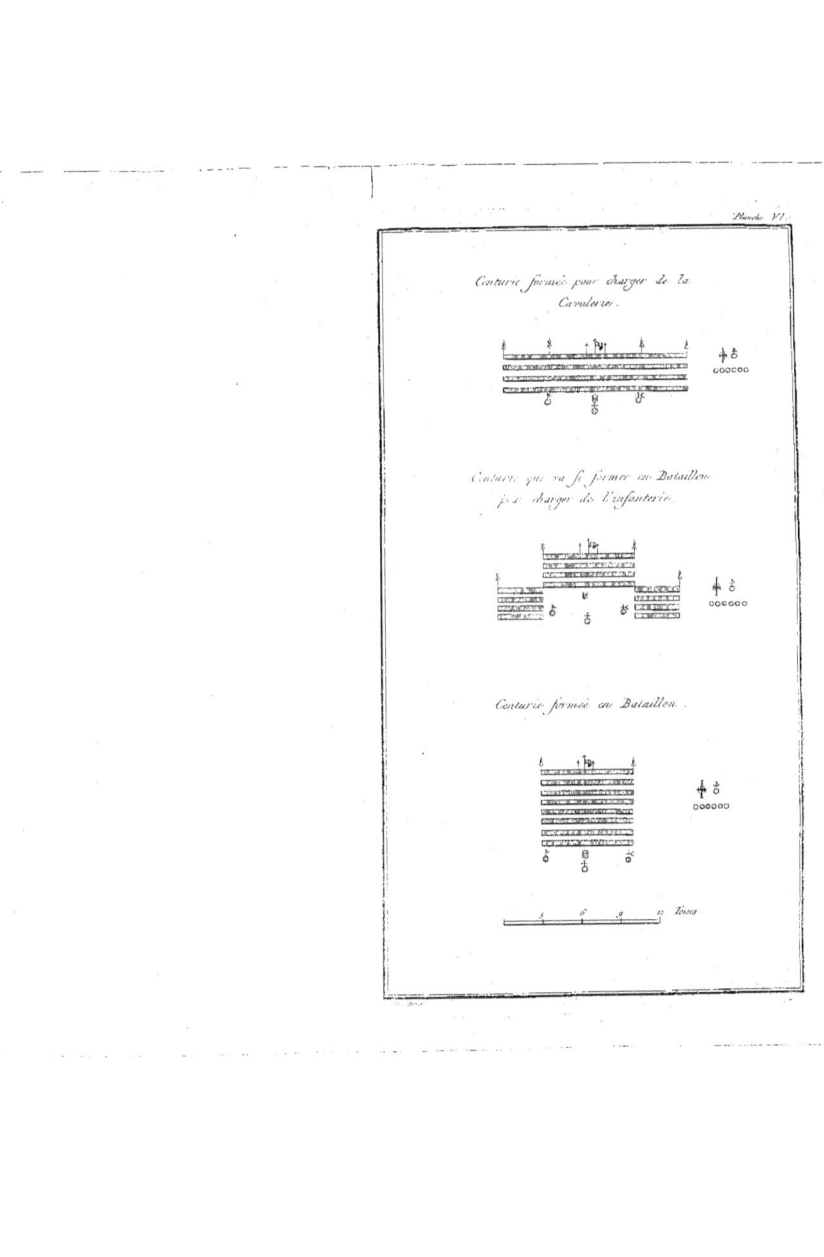

Centurie formée pour charger de la
Cavalerie.

Centurie qui va se former en Bataillon
pour charger de l'infanterie.

Centurie formée en Bataillon.

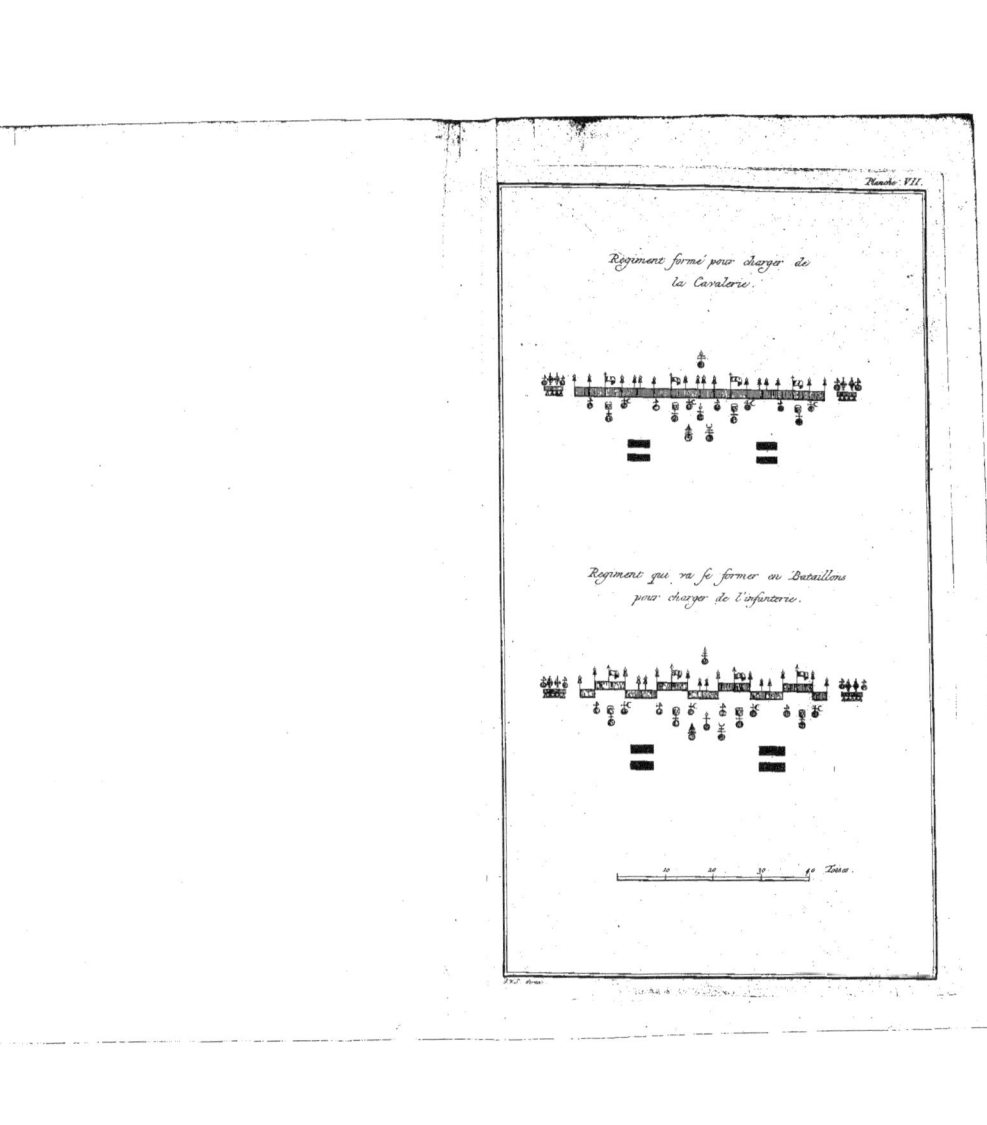

Régiment formé pour charger de
la Cavalerie.

Régiment qui va se former en Bataillons
pour charger de l'infanterie.

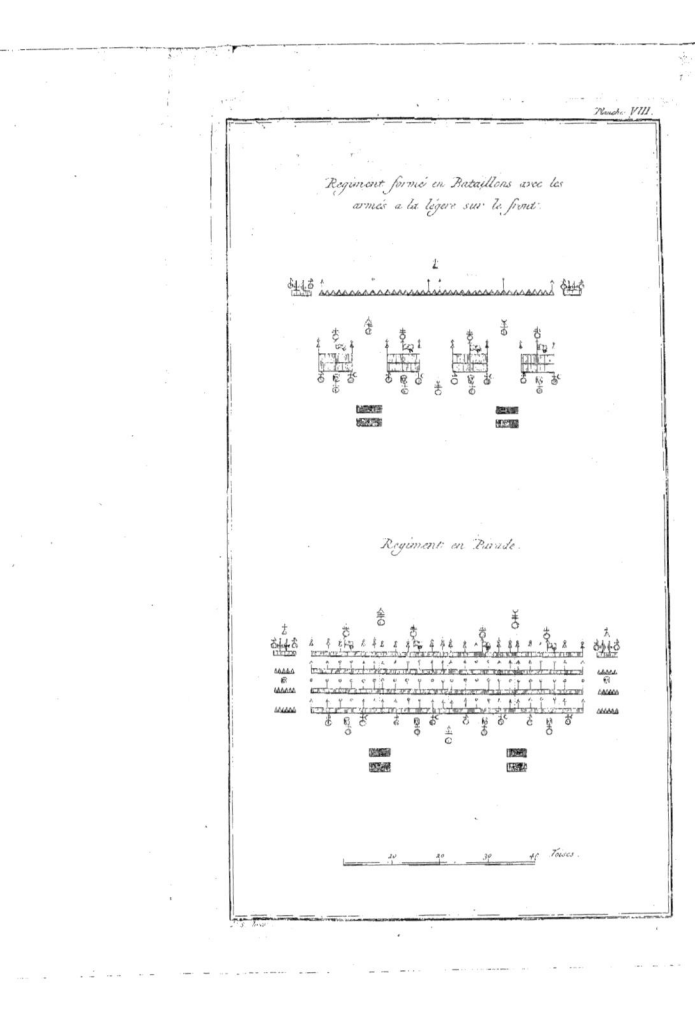

Régiment formé en Bataillons avec les armés a la légère sur le front.

Régiment en Parade.

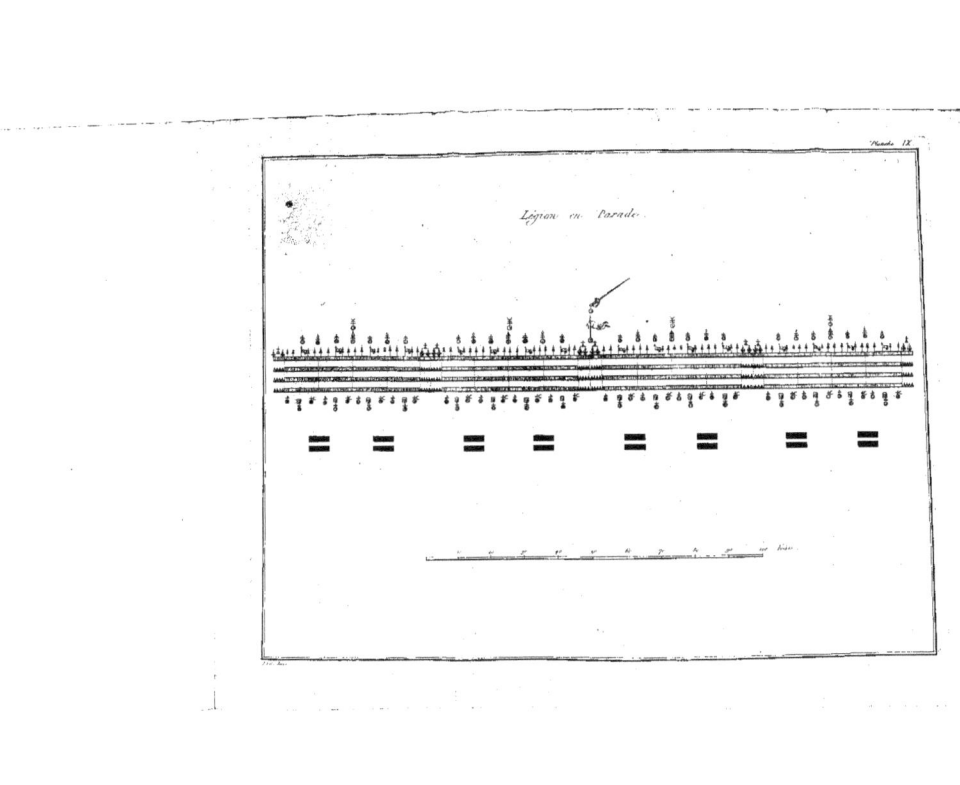

Légion en Parade.

Légion formée

Pour chasser la

Cavalerie

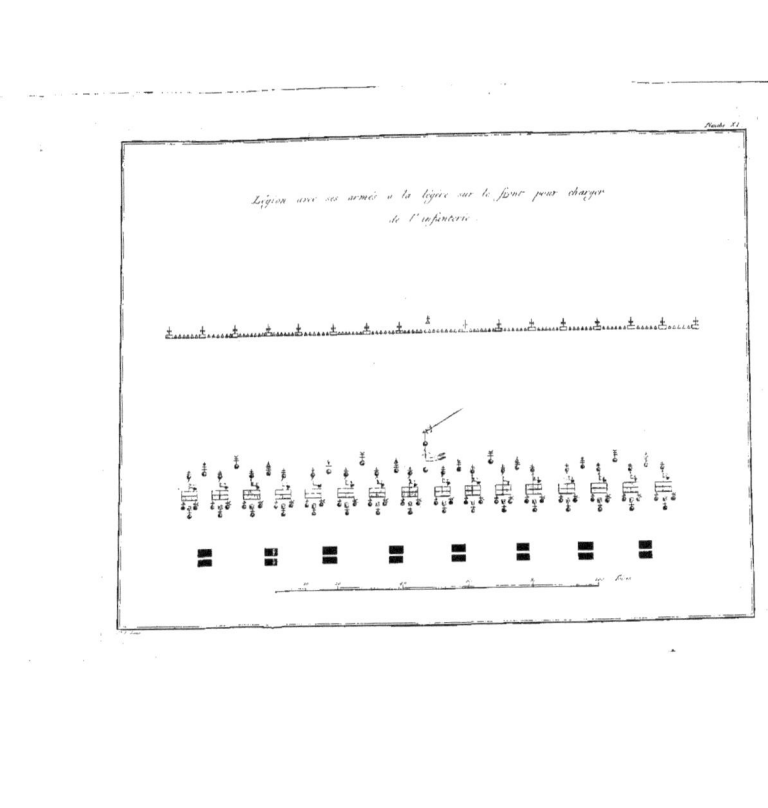

Légion avec ses armées à la légère sur le front pour charger de l'infanterie.

Cavalier venant du fourage.

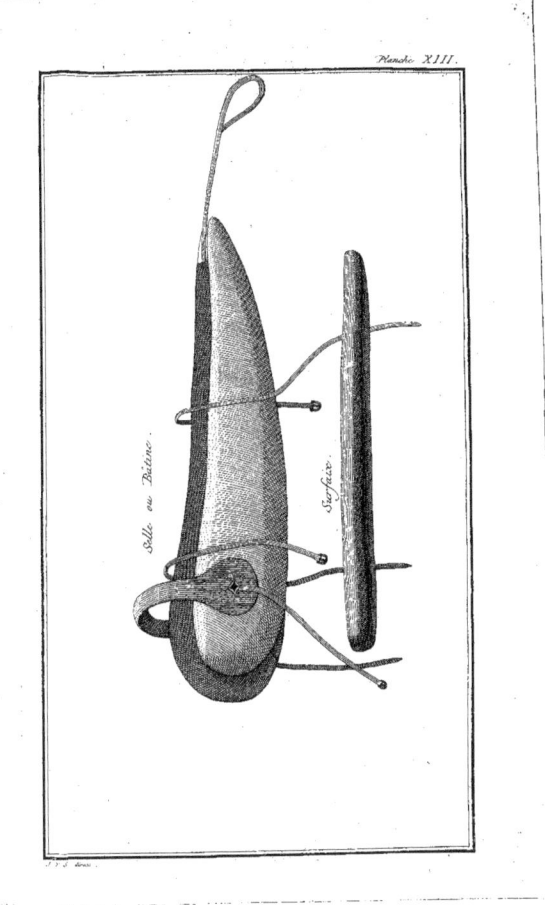

Selle ou Bâtine.

Surface.

J. J. J. direx.

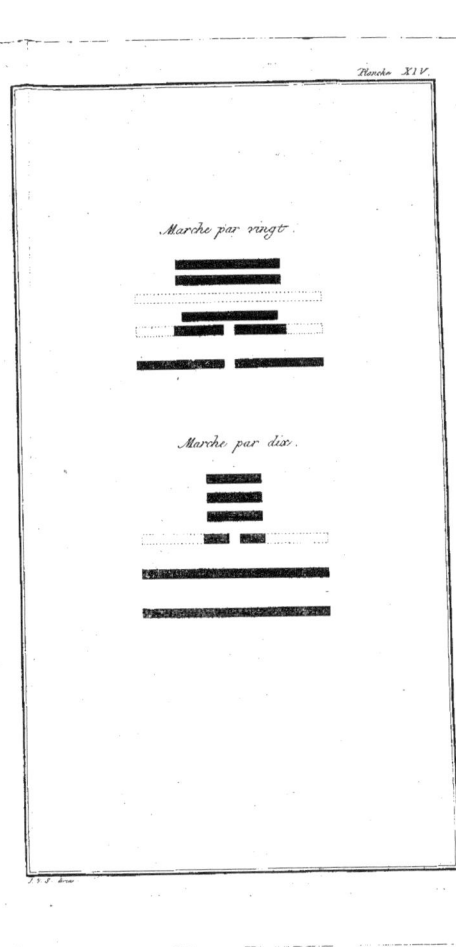

Marche par vingt.

Marche par dix.

à droite par demi quart de rang pour

mettre pied a terre.

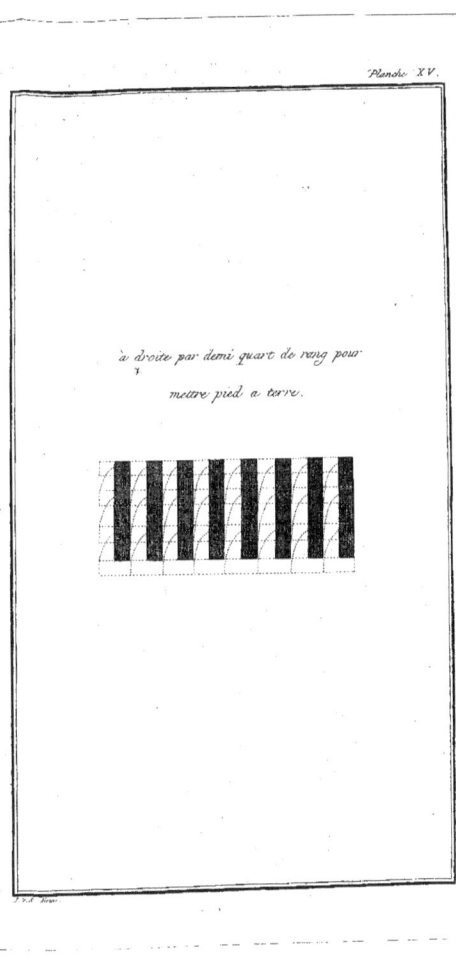

Plan et profil d'une Tente pour Camper un Escadron
de Cavalerie, hommes et chevaux.

Profil

Plan

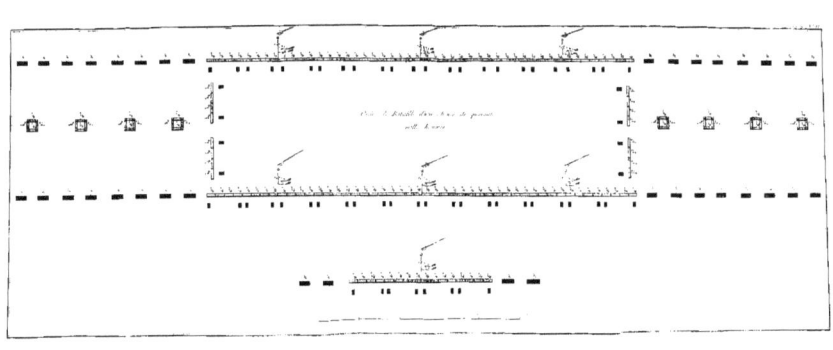

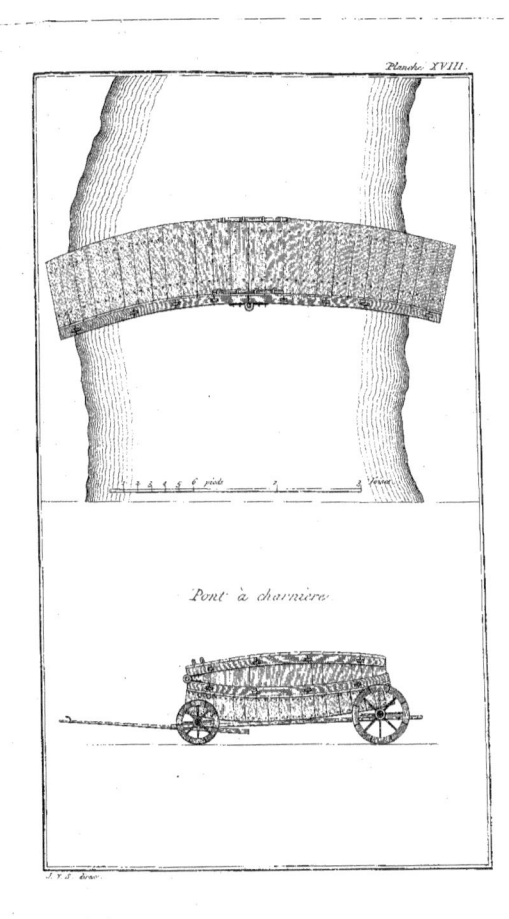

Pont à charnière.

J. V. S. direx.

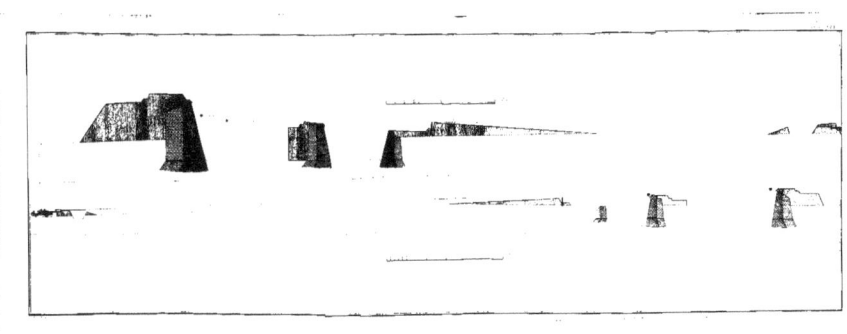

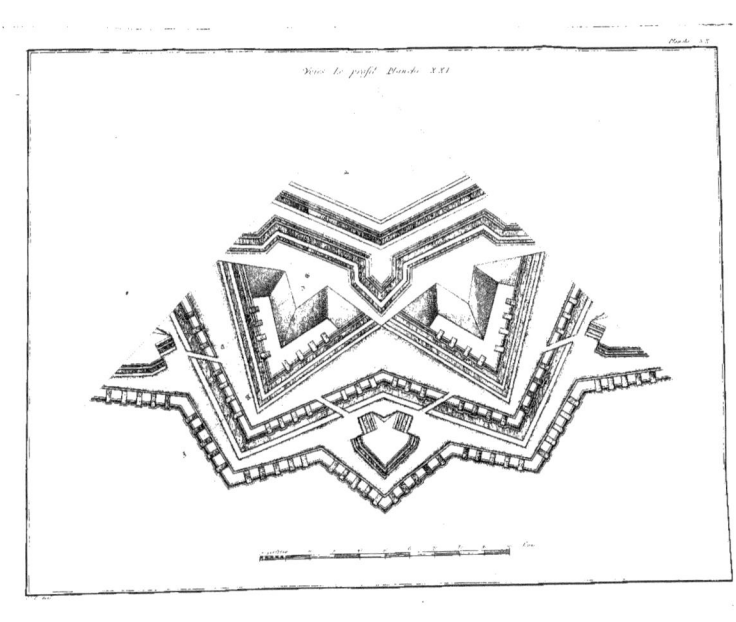

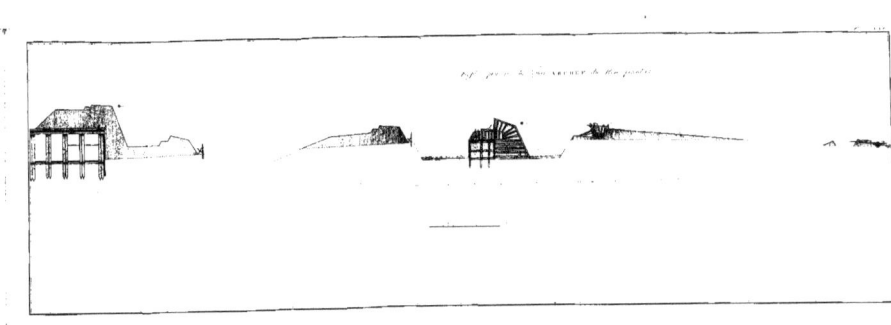

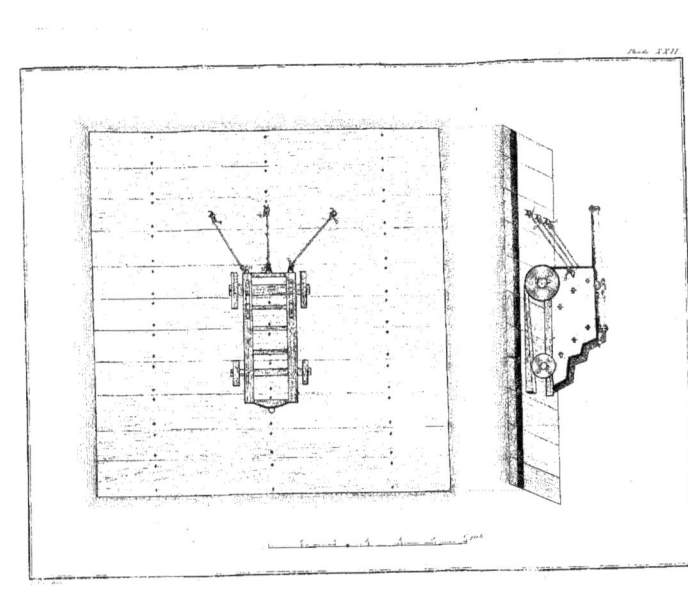

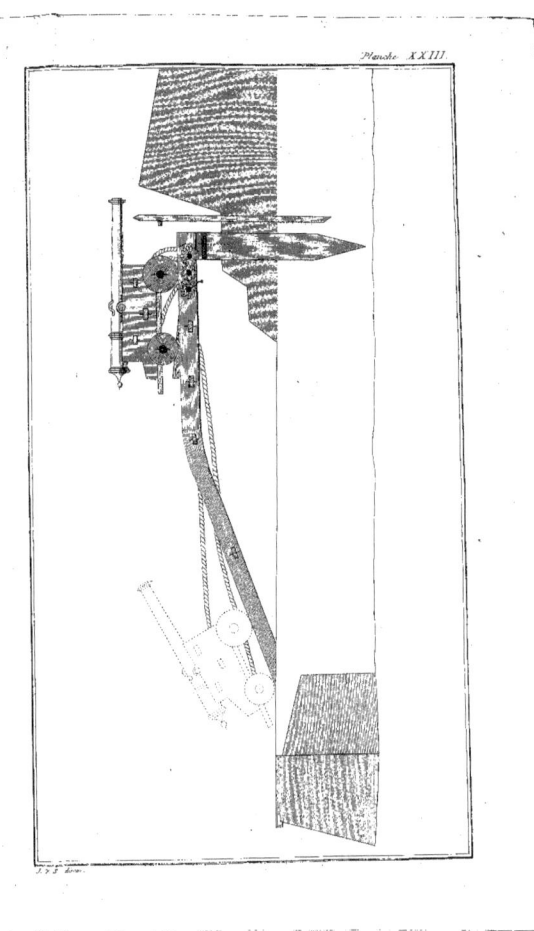

J. V. F. direx.

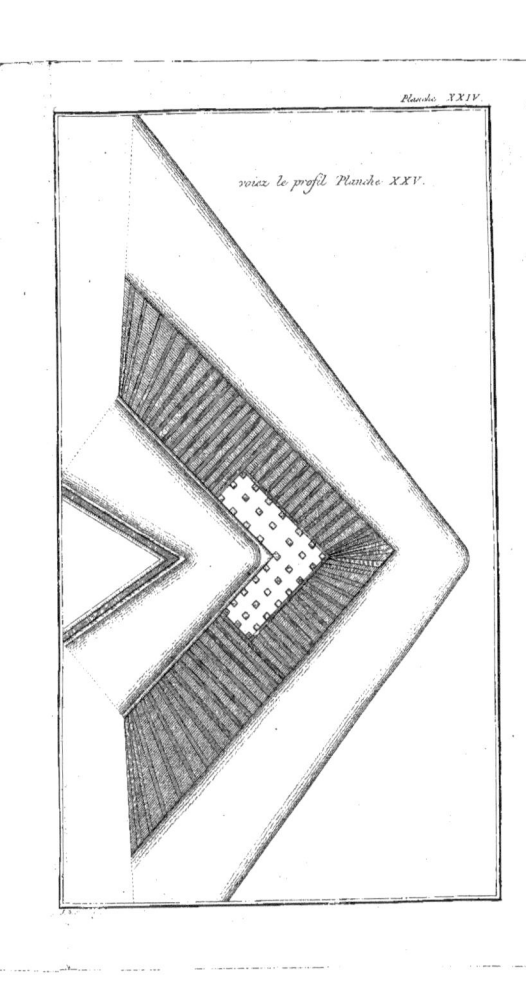

voiez le profil Planche XXV.

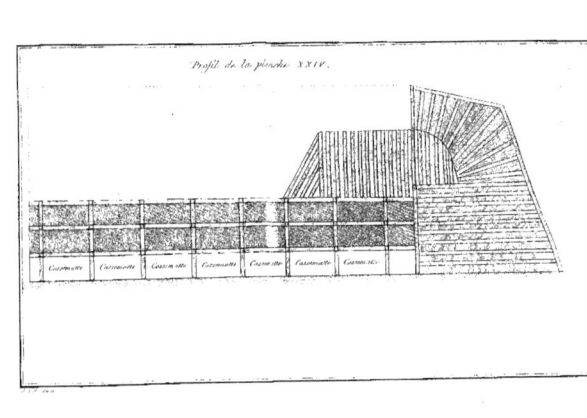

Profil de la planche XXIV.

Pl. XXVI.

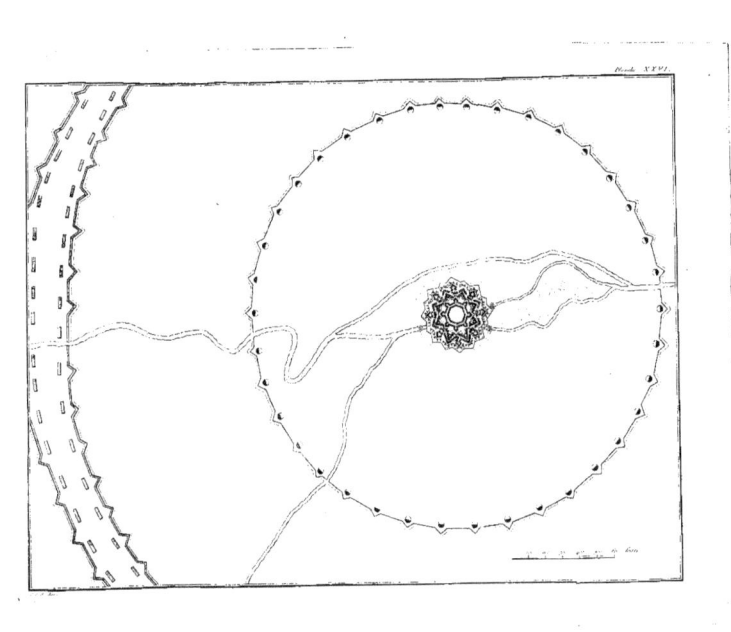

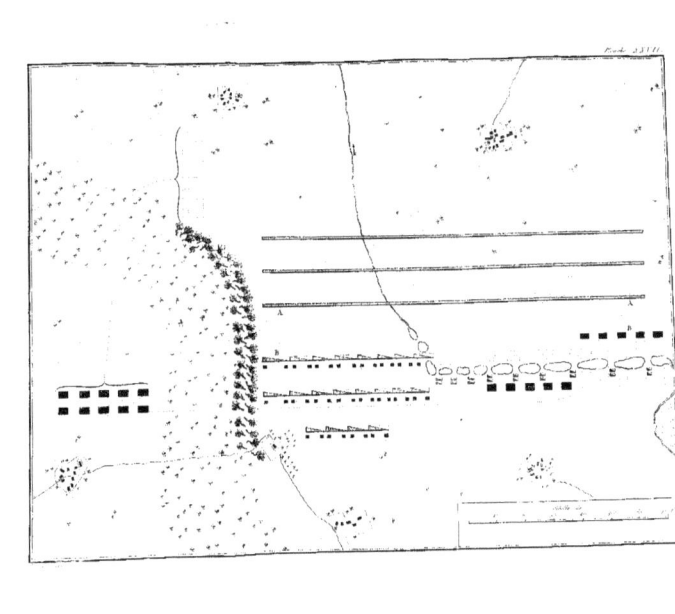

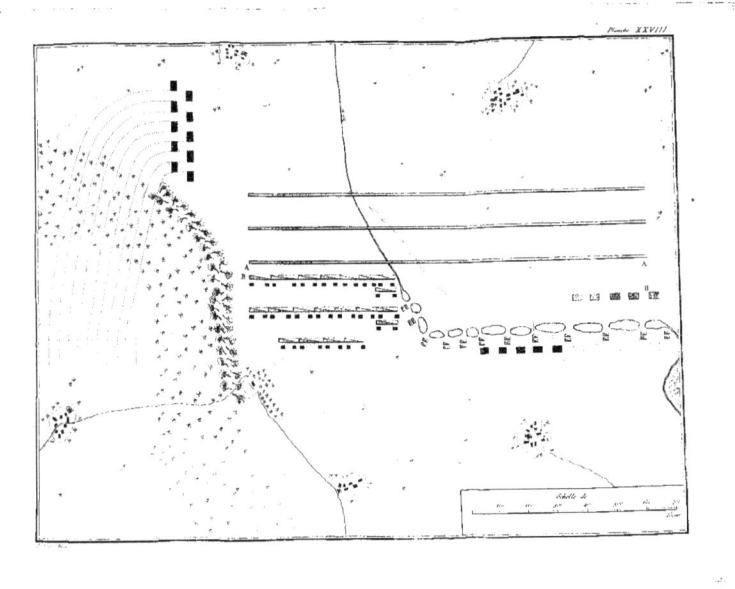

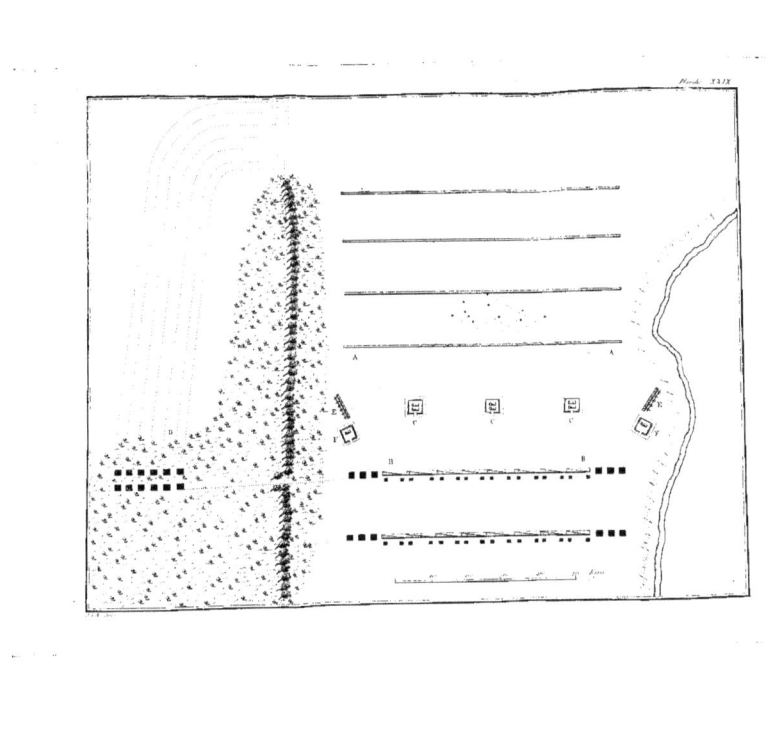

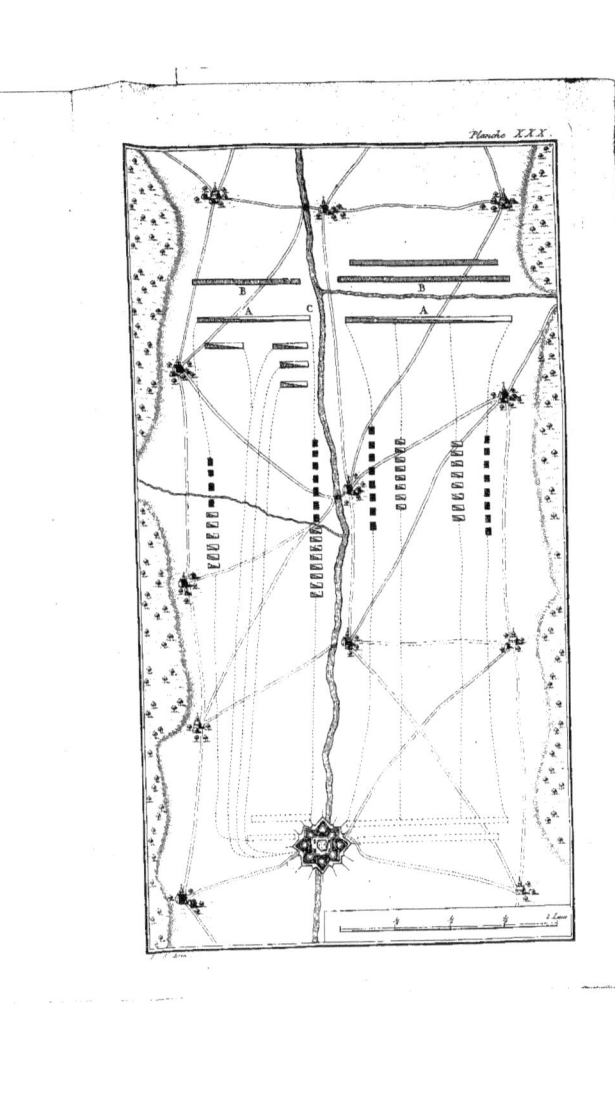

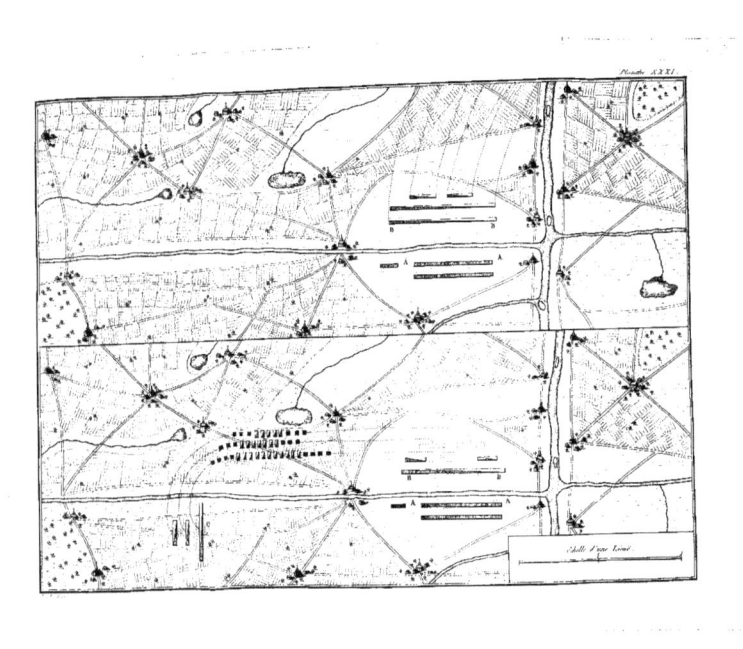

Echelle d'une Lieue.

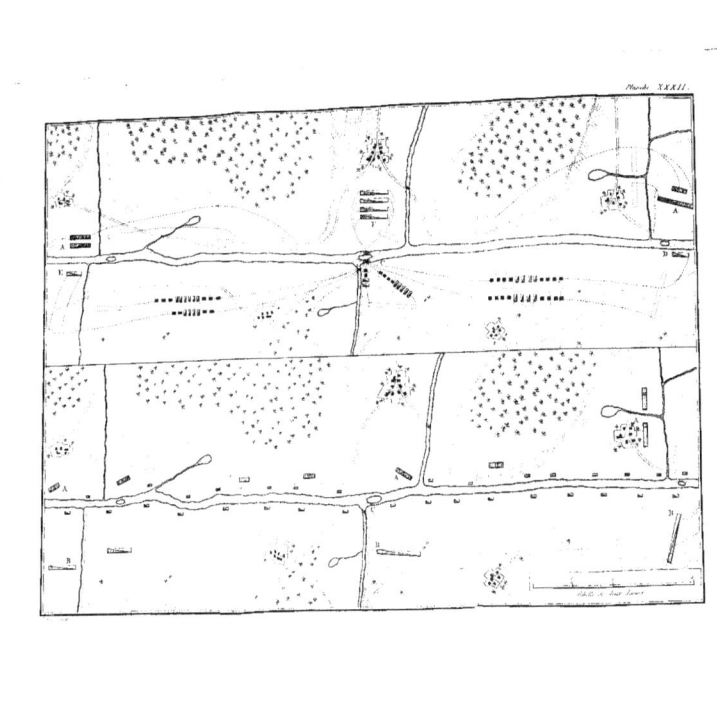

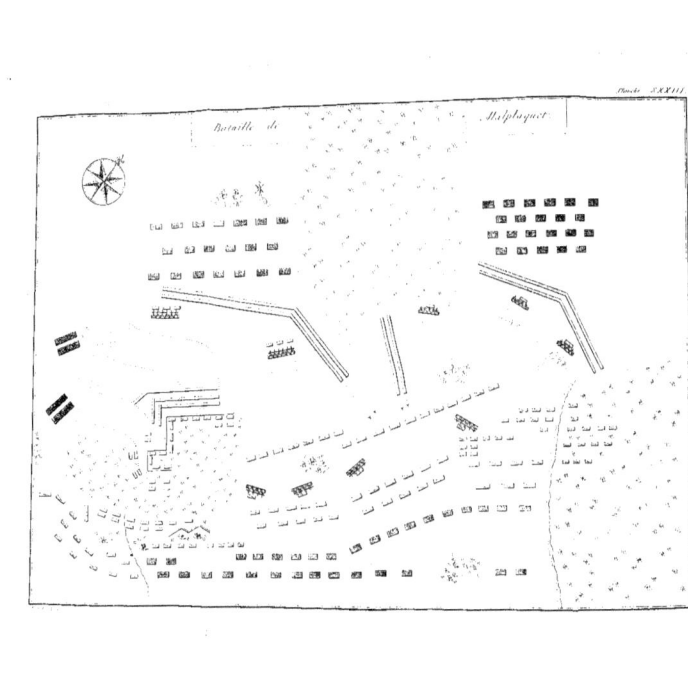

Bataille de   Malplaquet

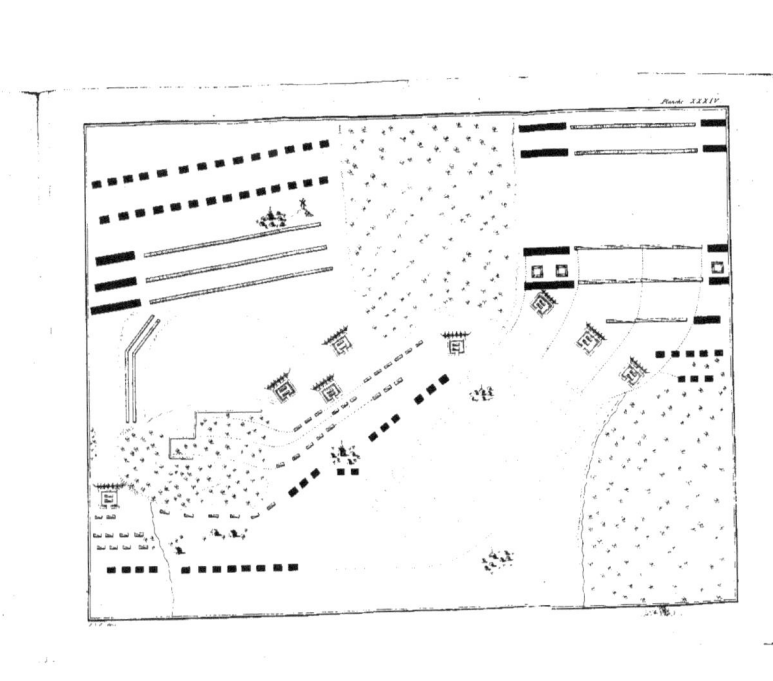

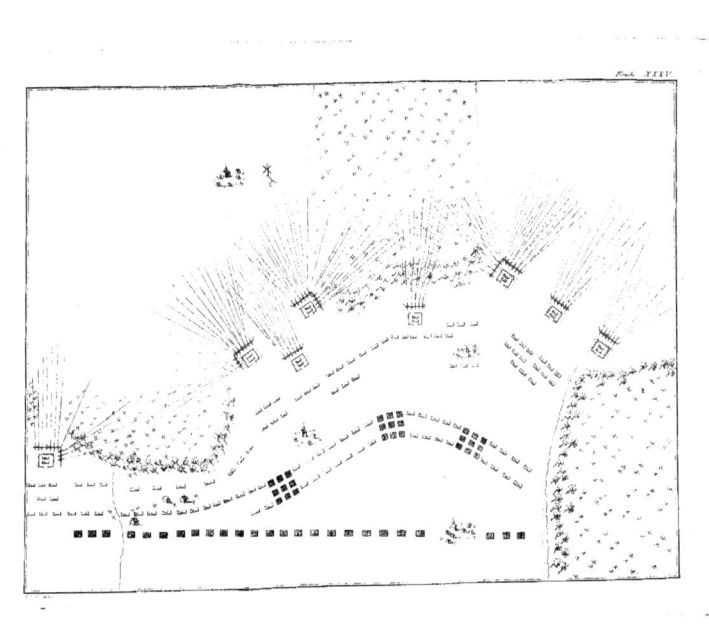

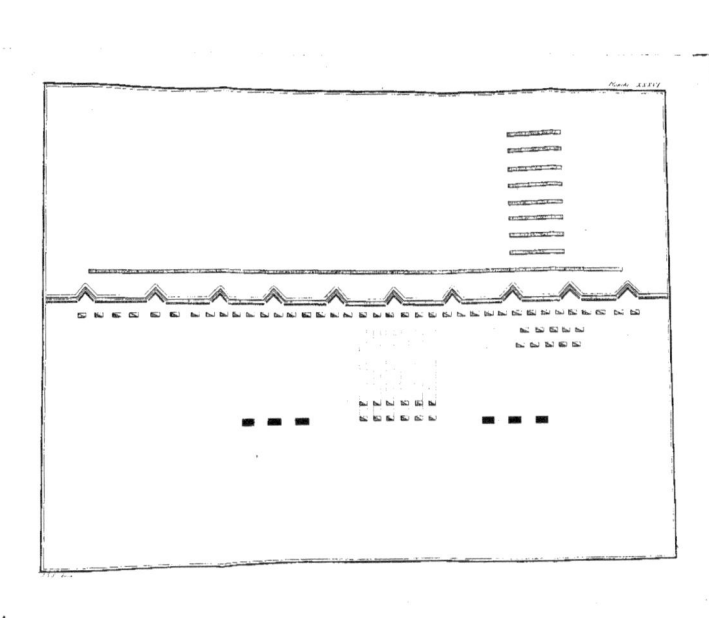

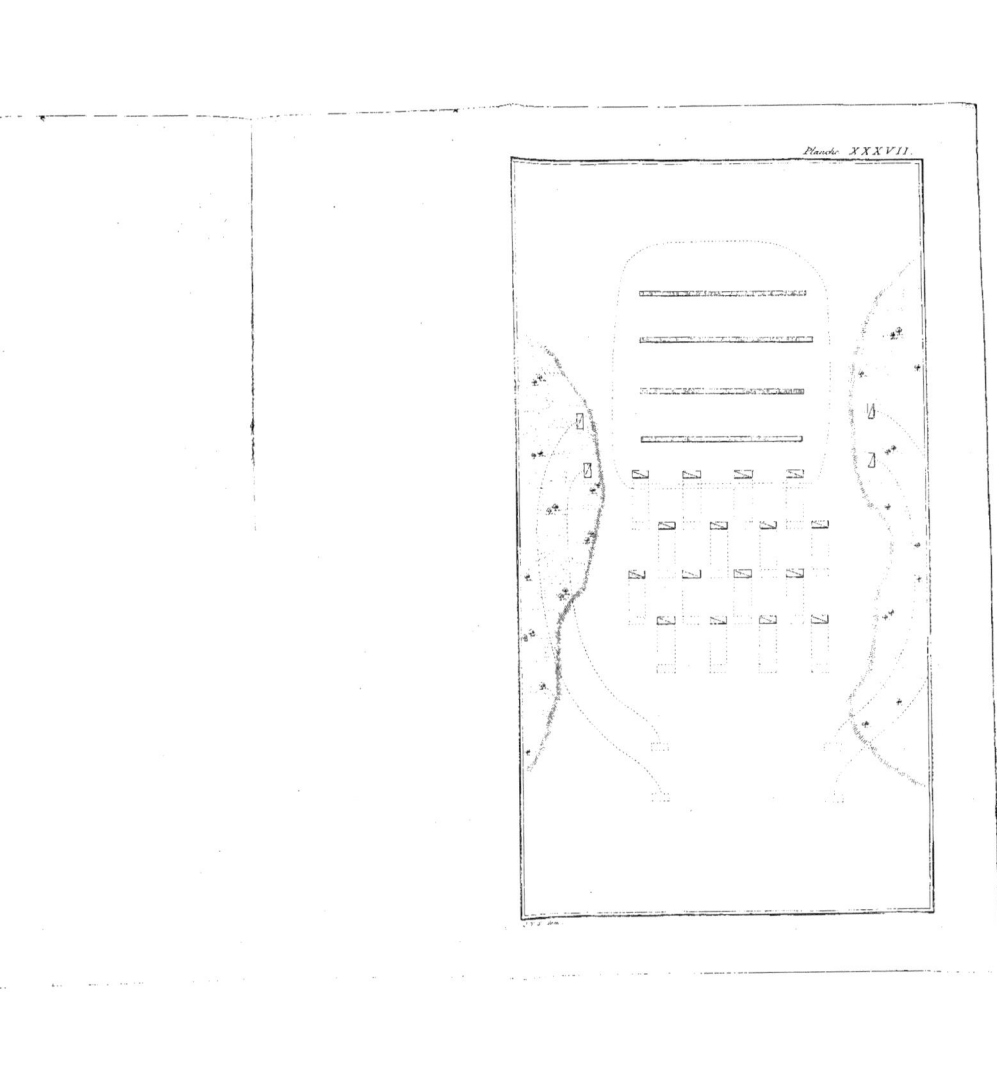

Planche XXXVIII.

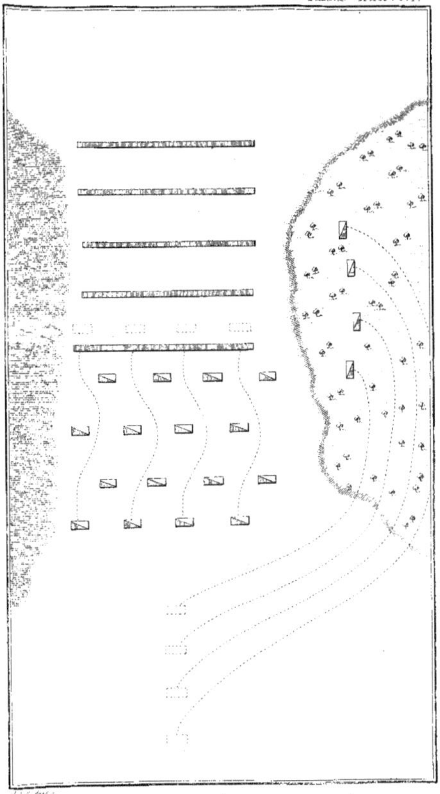

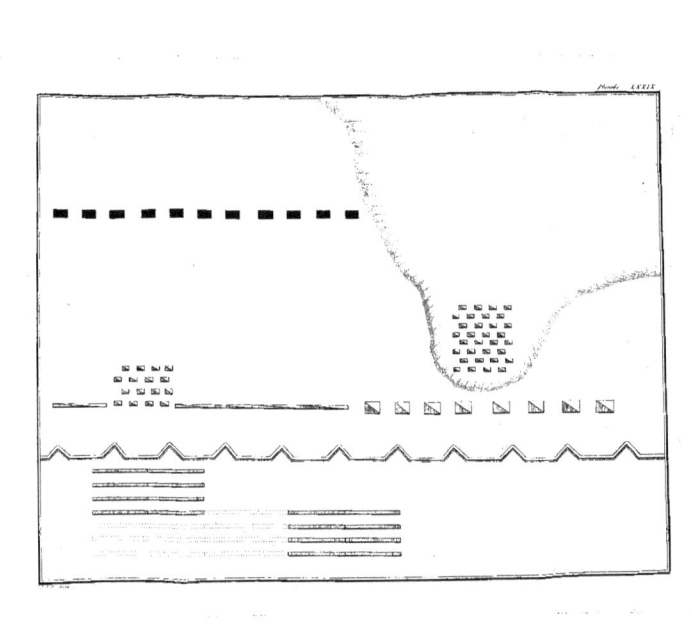

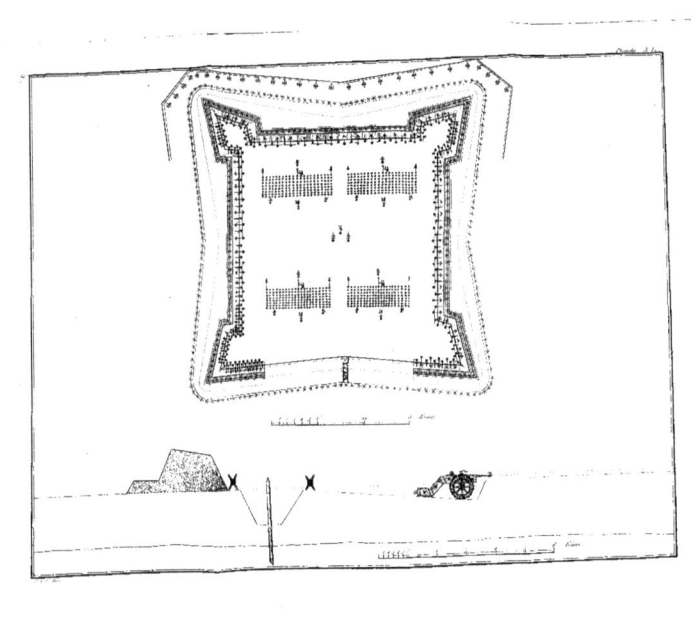

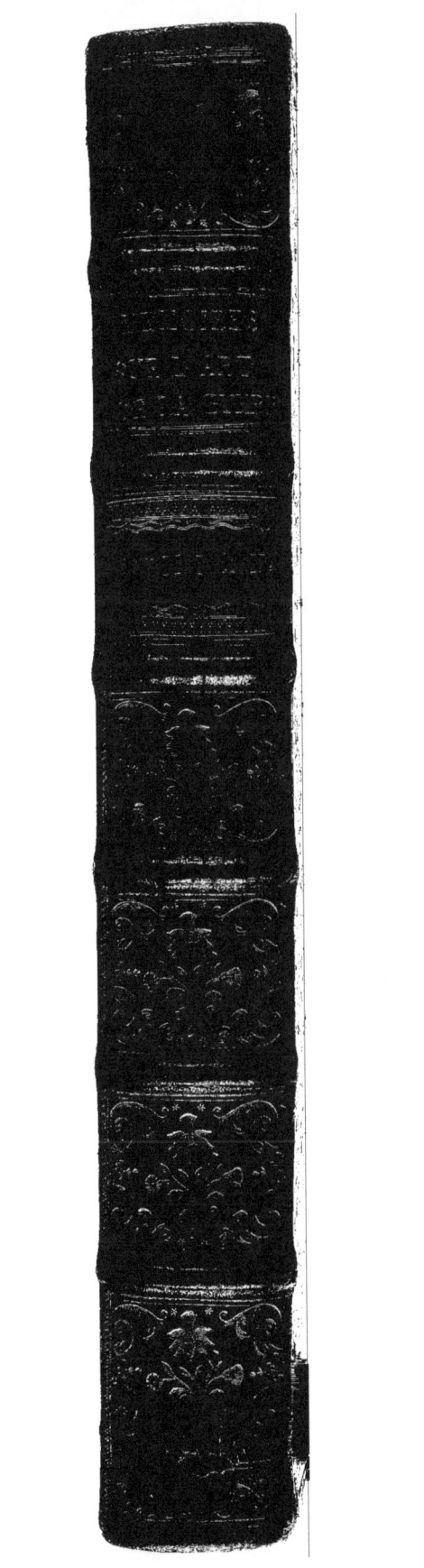

www.ingramcontent.com/pod-product-compliance
Lightning Source LLC
Chambersburg PA
CBHW050156030726
47505CB00005B/1397